Une Nuit Sombre et Mortelle

Les Mystères de la Librairie Nevermore, 1

STEFFANIE HOLMES

ISBN : 978-1-991349-05-7

Couverture : Jacqueline Sweet

 Réalisé avec Vellum

REJOIGNEZ LA NEWSLETTER POUR ÊTRE AU COURANT DES DERNIÈRES NOUVEAUTÉS

Vous souhaitez découvrir une scène bonus gratuite avec le point de vue de Quoth et les règles de Heathcliff concernant la librairie ? Obtenez un exemplaire gratuit de *Cabinet of Curiosities* – un recueil de nouvelles et de scènes bonus de Steffanie Holmes – en vous inscrivant à sa newsletter.

www.steffanieholmes.com/newsletterfrench

Chaque semaine, dans ma newsletter, je parle des véritables phénomènes paranormaux, des événements étranges, des lieux en ruines et des faits effrayants qui inspirent mes histoires. Vous recevrez également des scènes bonus et des nouvelles exclusives grâce à la newsletter. J'adore parler à mes lecteurs, alors rejoignez-nous pour un peu de plaisir et d'effroi :)

À tous les petits amis littéraires
qui me gardent éveillée la nuit.

Alors cet oiseau d'ébène, par la gravité de son
maintien et la sévérité de sa physionomie,
induisant ma triste imagination à sourire :
« Bien que ta tête, — lui dis-je, — soit sans
huppe et sans cimier, tu n'es certes pas un
poltron, lugubre et ancien corbeau, voyageur
parti des rivages de la nuit. Dis-moi quel est
ton nom seigneurial aux rivages de la Nuit
plutonienne ! » Le corbeau dit : « Jamais
plus ! »

— EDGAR ALLAN POE

I

Recherché : Assistant(e)/Remplisseur(se) d'étagères/ Polyvalent(e) pour travailler dans une librairie de livres d'occasion. Doit parler couramment la littérature classique, détester les livres électroniques et tous ceux qui s'y adonnent et avoir l'habitude de répondre aux questions ineptes des clients pendant huit heures d'affilée. Ne peut pas être allergique aux chats ou à la poussière – si je dois choisir entre vous et le chat, vous perdrez. Travail difficile et très mal payé. Postulez à la Librairie Nervermore.

*H*oulà. Je fermai l'application Communautaire d'Argleton et mis mon téléphone dans ma poche. *La personne qui a écrit cette annonce n'a vraiment pas envie d'embaucher un assistant.*

Malheureusement pour lui ou elle, c'était sans compter sur moi, Wilhelmina Wilde, une créatrice de mode qui avait récemment échoué, propriétaire de deux yeux détraqués et humaine en carton. J'allais décrocher ce poste d'assistante, que l'Auteur-de l'Annonce- Grognon-Obsédé-Par-Les-Chats-Et-Radin le veuille ou non.

Je n'avais plus le choix

Je levai les yeux vers l'imposante façade victorienne en briques de la Librairie Nevermore – au 221 Butcher Street, à Argleton, dans le Barsetshire – avec un mélange d'effroi et de nostalgie. J'avais passé la majeure partie de mon enfance dans un coin sombre de cette librairie et désormais, si je me débrouillais bien, je pourrais l'observer depuis l'autre côté du comptoir. Cette éventualité était comme un phare brillant dans ma vie sombre et merdique.

Je ne me souvenais pas qu'elle avait l'air si... inquiétante.

Hormis l'inscription *Librairie Nevermore* écrite en caractères gothiques défraîchis au-dessus de l'entrée, la façade ne laissait pas deviner que je me trouvais actuellement devant l'une des plus grandes librairies d'occasion d'Angleterre.

La façade de style maison géorgienne, agrémentée de petites touches victoriennes, s'élevait sur quatre étages depuis la rue et ressemblait plus à un orphelinat sordide sorti tout droit d'un roman gothique qu'à un espace de stockage pour la grande littérature.

Les arbres courbaient leurs branches dénudées devant les fenêtres assombries et la glycine se faufilait sur les briques crasseuses, enveloppant le bâtiment d'une épaisse couche de feuillage. Des toiles d'araignée s'enroulaient autour du treillis et drapaient les rebords des fenêtres. Il ne semblait pas y avoir une seule lumière allumée à l'intérieur.

Les mauvaises herbes étouffaient les deux pots de fleurs placés contre la porte, qui autrefois étaient recouverts d'un bleu éclatant mais qui étaient désormais tachés de traînées brunes et blanches à cause d'oiseaux un peu trop enthousiastes. Un pigeon roucoulait de manière inquiétante depuis la gouttière au-dessus de la porte, me menaçant d'un dépôt indésirable. Des lucarnes jumelles semblaient jeter un regard noir et maléfique sur l'étroite rue pavée et un tout petit balcon en fer forgé noir au deuxième étage leur faisait office de dents. Une tourelle hexagonale se dressait depuis l'angle sud-ouest, là où elle aurait pu prendre le soleil avant que Butcher Street ne se construise autour d'elle.

Lorsque j'étais enfant, les deux premiers étages étaient consacrés à la librairie – un ensemble de labyrinthes de couloirs étroits et de pièces exigües où chaque mur et chaque table était couvert de livres. L'ancien propriétaire – un vieil homme légèrement aveugle nommé M. Simson – habitait les deux autres étages, mais pour autant que je sache, le nouveau propriétaire se servait peut-être de cet espace pour y consommer de l'opium ou comme fumoir à viande.

Au moins, le soleil britannique faiblard perçait les nuages, ce qui me permettait de distinguer les moindres détails de la façade. Les bâtiments situés de part et d'autre de celle-ci, étaient recouverts de cette ombre noire qui me suivait désormais partout. Je louchai en direction de l'enseigne écrite à la craie dans la rue, espérant dénicher des indices quant à la personnalité du nouveau propriétaire, mais tout ce que je perçus fut des lignes bizarres qui ressemblaient à des pattes de poulet.

Cet endroit est encore plus terne que dans mes souvenirs, il aurait bien besoin que l'on en prenne soin. Comme moi d'ailleurs. Je plissai les yeux en direction de mon reflet sur la vitre obscure de la librairie, mais je parvins à peine à distinguer ma silhouette. Au moins, je savais que j'avais fière allure lorsque j'avais quitté la maison, avec ma jupe plissée Vivienne Westwood (achetée sur eBay pour vingt-cinq livres) ma chemise à volants vintage, ma cravate pour homme d'une boutique gothique bizarre de Camden Market et ma veste vintage avec un pin en émail sur le col, sur lequel on pouvait lire « Jane Austen est ma pote ». Le tout combiné avec mes Docs préférées et ma paire de lunettes à monture épaisse, j'avais réussi mon look de libraire badass.

Enfin, seulement si l'on ne tenait pas compte du fait que je poussais mon nez contre la vitre pour voir mon reflet et que je tournais la tête afin d'apercevoir tous les détails de ma tenue à cause de cette obscurité rampante dans les coins de mes yeux.

S'il vous plaît, Isis et Astarte et toutes les autres déesses qui m'écoutent, laissez-moi obtenir ce travail. Je ne supporterais plus un seul rejet.

Je lissai mes cheveux, pris une grande inspiration, poussai la porte grinçante de la librairie et fis un saut dans le temps.

Alors que le carillon de la librairie retentissait et que l'odeur du papier moisi me chatouillait les narines, j'eus l'impression d'avoir neuf ans à nouveau. D'être l'enfant bizarre et rejetée dont la mère avait été bannie de tous les évènements scolaires après avoir escroqué le président de l'association des parents d'élèves avec un programme sur le trading Forex qui n'était en fait qu'un CD-Rom de ma mère, qui comparait des opérations de change au fait de faire la lessive. (C'était de sa faute s'il s'était fait escroquer. Qui utilise encore des CD d'abord ?).

Dès que la sonnerie de l'école retentissait, je courais jusqu'en ville, je passais cette même porte et je m'évadais dans un autre monde. Je me blottissais dans le fauteuil en cuir craquelé de la salle d'histoire mondiale avec une énorme pile de livres et je lisais jusqu'à ce que ma mère termine son travail et vienne me chercher. Les livres étaient devenus mes amis – les personnages comme Jane Eyre et Dorian Gray remplaçaient très bien les enfants qui étaient horribles avec moi. Et lorsque j'étais devenue un peu plus grande et que les garçons du lycée se moquaient de moi et s'émerveillaient devant ma meilleure amie, je m'étais à nouveau plongée dans les livres – et cette fois-ci pour tomber amoureuse des vilains garçons, des garçons intelligents, ceux pleins de colère, de désir et de souffrance. Les hommes mystérieux et les anti-héros comme Heathcliff et Sherlock Holmes et les auteurs pleins de mélancolie comme Edgar Allan Poe semblaient s'adresser directement à mon âme.

M. Simson me parlait à peine, mais le fait que je lise tous les livres de la librairie sans pouvoir en acheter un seul ne semblait pas le déranger. Parfois, il me laissait même fouiller dans les cartons de livres rejetés avant de les envoyer au recyclage. Les gens entraient dans la librairie et essayaient de vendre à M. Simson tout un tas de livres que l'on retrouvait dans les gares – des bouquins de James Patterson et de John Grisham que personne n'achetait d'occasion. Lorsqu'il refusait leur offre généreuse, ils revenaient la nuit et glissaient les livres un par un dans la boîte aux lettres, alors M. Simson en avait toujours à portée de main. Je volais les livres pour les ramener chez nous, dans notre HLM – si Maman me surprenait en train de lire, elle me sermonnait sur le fait que les hommes n'aimaient pas les filles intelligentes et nous nous disputions – et je les lisais sous les draps, le soir, ou cachés dans mes livres de classe durant les cours.

C'était à la Librairie Nevermore que j'avais découvert la musique punk pour la première fois. J'avais retrouvé une boîte de vieux magasines des années 1970 dans la section Musique Populaire et je m'étais perdue dans toutes ces photos délavées d'adolescents qui s'ennuyaient avec des crêtes colorées. Aucun d'eux n'était à sa place et ils s'en foutaient. J'étais tombée amoureuse.

La petite Mina adolescente s'était alors plongée dans la musique punk et la mode, avait acheté une machine à coudre d'occasion et avait commencé à découper tous ses vêtements.

La mode était devenue un moyen pour moi de m'exprimer et m'avait ouvert à un monde plus grand, plus brillant et plus lumineux que les logements sociaux, que mon école pourrie, que mon absence de poitrine et que le petit village d'Argleton.

Lorsque vous n'avez pas d'amis et que vous avez une

librairie entière à votre disposition pour effectuer des recherches, vous terminez tous vos devoirs. À la fin de ma dernière année de lycée, on m'avait offert quatre bourses d'études pour des universités prestigieuses. Mais il n'y avait qu'une seule chose que je désirais réellement – devenir une créatrice de mode punk. La prochaine Vivienne Westwood, voilà, merci. Alors quand j'avais obtenu une place au fameux Fashion Institute de New York, j'avais emballé mes Docs et ma machine à coudre et j'avais quitté Argleton pour de bon.

Du moins, c'était ce que je croyais.

Durant quatre années merveilleuses, j'avais vécu à New York, travaillé comme une acharnée, profitant de la vie avec ma meilleure amie Ashley et j'avais appris tout ce qu'il y avait à apprendre sur l'industrie de la mode. L'année dernière, j'avais terminé mes études et Ashley et moi avions décroché le même stage d'un an chez Marcus Ribald, notre créateur préféré de tous les temps après Vivienne.

Puis j'avais fini par remarquer un léger flou dans le coin de mon œil et j'étais tombée dans les escaliers trois jours de suite. Lorsque j'essayais d'attraper ma tasse de café, je la faisais tomber ou alors je signais un document et je ratais complètement la ligne. Je pensais que ce n'était rien – je passais mon temps à avoir la gueule de bois et à me nourrir de café et de hot dogs du jour, ce qui, je le supposais, expliquait les maux de tête qui m'assaillaient jour et nuit. Mais je continuais de forcer, de travailler et de boire. Je vivais un rêve. Rien ne pouvait m'arrêter.

Faux. Il avait suffi d'un rendez-vous médical éprouvant et de la trahison d'Ashley pour me stopper net.

Au revoir le stage. Adieu l'appartement miteux infesté de rats que j'aimais secrètement. Ravie de vous avoir connus rêves de réussite future et d'habillage de célébrités sur les tapis rouges. Désormais, j'étais de retour à Argleton, dormant dans ma vieille chambre minable et nerveuse à l'idée de passer un entretien pour un foutu poste *d'employée polyvalente en librairie.*

Je pénétrai dans l'intérieur lugubre. Ma botte atterrit sur la moquette épaisse du hall d'entrée, flanqué de part et d'autre de grandes étagères remplies de livres. Une petite rangée de rongeurs empaillés m'observait depuis de minuscules boucliers en bois cloués le long des moulures. *Je ne me souviens pas de ceux-là.* Le nouveau propriétaire avait des goûts étranges en matière de décoration intérieure. Mais en même temps, il était aussi l'auteur de cette annonce acerbe...

Je promenai mes doigts le long des ouvrages, en faisant attention à ne pas trébucher sur les piles de livres de poche qui jonchaient le sol. L'odeur de moisissure, de naphtaline, de cuir et de vieux papier m'effleura les narines et l'air ambiant *transpirait* pratiquement les livres.

— Il y a quelqu'un ? dis-je, toussant alors que la poussière me chatouillait l'arrière de la gorge.

La librairie a-t-elle toujours été aussi poussiéreuse ?

Salut beauté, croassa une voix derrière moi. Je pivotai, prête à rétorquer. Mais personne ne se trouvait dans l'embrasure de la porte. Je tendis le cou pour scruter les coins de la pièce, mais je ne distinguai rien dans l'obscurité.

D'où provenait cette voix ?

— Il y a quelqu'un ? dis-je à nouveau.

La première chose que je ferais si j'ai le job, ce sera d'égayer un peu cet endroit.

Quelque chose bruissa dans le coin sombre au-dessus de la porte. Je levai les yeux et distinguai la forme d'un énorme oiseau noir perché en haut de l'étagère. Au début, je crus qu'il était empaillé lui aussi, mais il déploya une longue aile qu'il agita contre mon visage.

—Argh !

Je levai le bras en l'air et me cognai le coude contre une pile de livres qui s'effondra par terre. Le corbeau croassa avec satisfaction et replia son aile.

Mais nom d'Astarte, que fait un corbeau ici ? Il va faire ses besoins sur les livres. Je me demande s'il vit dans le toit quelque part. Il faudra trouver sa cachette si l'on veut le chasser d'ici...

— Croac, dit le corbeau d'un ton accusateur, comme s'il avait lu dans mes pensées.

— Je suppose que tu te fonds plutôt bien dans le décor, dis-je en jetant un regard noir à l'oiseau et en me penchant pour ramasser les livres. Un corbeau dans la Librairie Nevermore. Une fois, sur le minuit lugubre...

— Croac.

Les yeux jaunes du corbeau s'illuminèrent. Il y avait quelque chose dans ce croassement qui sonnait comme un avertissement.

— OK. OK. Je ne suis pas venue ici pour réciter des poèmes à un oiseau de toute façon, dis-je en me levant et en massant mon coude endolori. J'aimerais parler au patron. Tu sais où je peux le trouver ?

Comme s'il avait compris ma question, le corbeau quitta l'étagère, passa à côté de moi et s'envola vers l'angle, disparaissant à travers une arche sur la gauche. Je le suivis dans ce qui avait dû être un salon et n'était plus qu'un mélange d'étagères dépareillées et de meubles de pacotille. Au milieu de la pièce se trouvaient deux lourdes tables en chêne, l'une accueillant un grand globe, l'autre un tatou empaillé. Les livres étaient empilés si haut les uns sur les autres qu'on aurait dit que le tatou se construisait des remparts. De vieux fauteuils de cinéma et des poufs sous la fenêtre constituaient un coin lecture et le grand bureau d'avocat qui avait servi de comptoir à M. Simson trônait toujours à côté de l'immense cheminée, même si la plaque en laiton sur le devant indiquait désormais « M. Earnshaw ».

Le corbeau me contourna et se percha sur la lampe du bureau, ses serres claquant contre le métal. Il me fallut quelques instants pour distinguer l'homme penché sur le bureau – les cheveux sombres et ondulés qui tombaient sur ses épaules masquaient son visage et ses vêtements noirs se fondaient dans le bois derrière lui.

— On est fermés, dit une voix bourrue derrière la chevelure.

— Votre enseigne indique toujours que vous êtes ouverts.

— Eh ben, retourne-la pour moi en sortant, dit la voix d'un ton à la fois exaspéré et désintéressé.

— Hum, d'accord. Vous êtes M. Earnshaw c'est bien ça ? dis-je en le saluant.

Mais il ne leva pas les yeux de son papier.

— J'ai vu l'offre d'emploi que vous avez postée sur l'application Argleton et je voulais...

— L'application ? dit-il en relevant la tête.

Des yeux habités par un feu noir m'observèrent d'un air suspicieux sous une paire de sourcils épais, profondément enfoncés dans un visage à la peau sombre d'une beauté si remarquable que j'en eus le souffle coupé.

Le nouveau propriétaire était plus jeune que ce à quoi je m'attendais – M. Simson avait été un vieil homme, même lorsque je n'étais encore qu'une enfant – et bien trop beau pour travailler dans une librairie. Ses traits exotiques et ses pommettes saillantes auraient pu figurer sur la couverture d'un magazine de mode. Sa façon de lever le menton d'un air provocateur et de crisper ses lèvres d'un air hautain dissimulait une tempête qui faisait rage en lui.

Le danger émanait de lui par vagues. Le danger... et le désir.

Des muscles épais saillaient sous les coutures de sa chemise. Il avait relevé les manches jusqu'aux coudes et l'un de ses avant-bras épais était orné d'un tatouage représentant un arbre stérile et noueux avec quelques mots en écriture cursive inscrit en dessous.

Même si c'était un réel Adonis, ce monsieur Earnshaw avait également l'air d'être un vrai con. Il fronça son nez parfaitement sculpté et ses lèvres se retroussèrent en un rictus.

— Qu'est-ce que c'est qu'une foutue application ?

Mais c'est quoi ce genre de question ?

— Euh… vous savez, une application pour votre téléphone, pour que vous puissiez obtenir les horaires de bus ou parler à vos potes ou…

— Ne me parle pas de *téléphone*, s'agaça Earnshaw. Les gens passent trop de temps sur leurs téléphones.

Ah oui. J'avais oublié le passage dans l'annonce qui mentionnait le fait de détester les ebooks. *Il doit faire partie de ces types bizarres qui haïssent la technologie.*

— Oh, je suis d'accord. Je veux dire, on ne devrait se servir de nos téléphones que pour appeler. Et aller sur nos réseaux sociaux. C'est tout. Je ne lirais jamais un livre sur le mien, balbutiai-je, cachant mon téléphone dans mon dos. Je veux dire, les études l'ont bien prouvé, ça peut causer des dommages oculaires sur le long terme et…

— T'as beau ne pas arrêter de parler, ça ne change rien au fait que nous sommes fermés. Qu'est-ce que tu *veux* ?

— Je viens postuler pour le poste d'assistante.

Je me mis à fouiller dans mon sac pour retrouver l'enveloppe que j'avais soigneusement scellée, essayant d'éviter de lui montrer accidentellement la liseuse électronique cachée derrière ma trousse de maquillage.

— J'ai apporté mon CV avec toutes mes qualifications et…

— Je n'en ai pas besoin. Si tu veux ce travail, dis-moi pourquoi je devrais t'embaucher.

— OK, eh bien…

C'était l'entretien le plus étrange que j'avais jamais passé.

Earnshaw me transperça du regard, réduisant mes entrailles en bouillie. J'ouvris la bouche, mais il cligna ensuite des yeux et ses longs cils noirs se mélangèrent au-dessus de ceux-ci – ils étaient comme des trous noirs, engloutissant des univers tout entiers pour le déjeuner. Un frisson partit de la base de mon cou et parcourut ma colonne vertébrale sans s'arrêter avant de me venir me caresser entre les jambes.

Désormais, je voulais ce job plus que tout, juste pour pouvoir observer ce spécimen toute la journée. Punaise, j'avais toujours eu un faible pour les vilains garçons acariâtres. Ça, c'était de la faute d'Emily Brontë. Son Heathcliff brutal et indomptable avait ruiné toutes mes chances avec les gentils garçons.

— Si ta réponse c'est de baver comme une pauvre imbécile, grogna-t-il, alors t'as qu'à te mettre ce job là où je pense...

— Non, ce n'est pas ma réponse, dis-je en rougissant.

Mais c'est qui ce type ? Adonis ou pas, comment a-t-il pu s'en tirer en parlant comme ça aux clients et employés potentiels ? Pas étonnant que cet endroit soit désert.

— J'étais seulement en train de réfléchir. Vous devriez m'embaucher parce que je suis une vraie bosseuse. Je suis ponctuelle. J'ai de l'expérience dans la vente et le design, je peux faire du graphisme et arranger les vitrines...

— Je m'en fiche. Pourquoi est-ce que tu veux travailler *ici* ? Personne ne veut travailler ici. C'était justement le *but* de cette annonce.

Je me creusai la tête pour trouver une réponse à sa question. *Qu'est-ce qu'il attend de moi ?*

— Euh... j'imagine que c'est parce que j'avais l'habitude de passer beaucoup de temps dans cette librairie quand j'étais enfant. Je sais où doivent être rangés tous les livres et j'ai aidé personnellement M. Simson à réparer la caisse au moins deux fois, dis-je en désignant le vieil appareil que le corbeau était en train de picorer.

Earnshaw me lança un regard noir, ses yeux parcourant mon visage comme s'il cherchait quelque chose. Il ne dit pas un mot. Le silence s'étira entre nous jusqu'à ce que le corbeau en ait assez de chercher des verres dans la machine à cartes de crédit et se mette à me fixer du regard lui aussi.

Est-ce qu'il attend que j'en dise plus ?

— Et... euh, j'ai toutes sortes de compétences utiles.

Je m'efforçai de trouver quelque chose qui puisse me rendre sympathique aux yeux de cet homme au menton fort.

— J'ai un diplôme de mode, donc j'imagine que ce n'est pas très utile. Mais je suis une Milléniale, donc je peux m'occuper des réseaux sociaux de la librairie. Je pourrais créer un site internet...

Tu le vois bien, non ? dit cette étrange voix que j'avais entendue un peu plus tôt. *C'est évident. C'est celle dont il t'a parlé.*

Earnshaw grogna. Je plissai les yeux vers lui. *Est-ce qu'il l'entend aussi ?*

Allez, embauche-la, dit la voix. *Elle est jolie.*

— Hé ! dis-je en jetant un coup d'œil par-dessus mon épaule, cherchant le propriétaire de la voix pour pouvoir lui donner un coup de pied dans les testicules.

Mais il n'y avait personne dans la pièce.

Était-ce Earnshaw ? Mais la voix ne lui ressemblait pas et vu la façon dont il me fixait encore du regard, il me croyait sans doute déjà folle. *Peut-être qu'il n'a pas entendu la voix après tout ?*

Et puis, celle-ci semblait plutôt provenir de l'intérieur de ma tête.

Pitié, ne me dites pas qu'en plus de tout le reste, j'entends désormais des voix...

Je l'aime bien, m'interrompit la voix. Je suis sûr qu'elle m'apportera des friandises. Des bulots, du saumon fumé, peut-être même une souris.

Je jetai à nouveau un coup d'œil par-dessus mon épaule. *Est-ce que la personne se cache dans le couloir ? Derrière la pile de poufs ?*

— Qui est là ?

Earnshaw releva la tête.

— À qui tu parles ?

— Vous n'avez pas entendu ? Je crois que ce corbeau vient de me dire que j'étais jolie.

Je plaisantais, pourtant Earnshaw plissa les yeux. Il tendit le bras et enroula une main immense autour du bec du corbeau.

— Ne sois pas ridicule. Les corbeaux n'ont pas d'opinions. Tu n'as pas laissé la porte ouverte j'espère. On est censés être fermés.

— Non. Je...

Mes épaules s'affaissèrent.

Mais de qui je me moque ? C'est sans espoir.

— Bon, je suppose que je vais y aller alors, dis-je finalement. Merci de m'avoir accordé votre temps et...

— Tu commences demain, me dit Earnshaw avec un regard noir. On ouvre à neuf heures. Sois là à huit heures et demie, mais ne laisse personne d'autre entrer. Si tu es en retard, c'est l'oiseau qui percevra ton salaire. Bienvenue à la Librairie Nevermore.

2

— Chérie, ronronna une voix dès que j'ouvris la porte d'entrée, le ton montant sous l'effet de l'excitation. T'es rentrée ! Viens m'aider.

Mon ventre se noua en entendant la voix de ma mère. Je *connaissais* cette voix. C'était sa voix de : J'ai-découvert-le-secret-pour-devenir-riche-au-delà-de-mes-rêves-les-plus-fous. Autrement dit, le début d'un autre de ses stratagèmes pour gagner de l'argent rapidement.

Ma mère était obsédée par l'idée de devenir riche. Selon moi, elle ne resterait pas riche très longtemps, car elle ne savait pas du tout gérer son argent, mais jusqu'à présent, nous n'en avions jamais eu assez pour tester ma théorie. Durant toute ma vie, nous avions toujours été à deux doigts de nous faire jeter dehors pendant qu'elle enchaînait les combines, convaincue que cette fois-ci elle gagnerait des millions. Mélanges pour smoothies, vitamines, mixeurs complexes, crèches lumineuses, faux ongles à coller – ma mère les avait toutes essayées, chacune la plongeant un peu plus dans les dettes.

Lorsqu'elle ne vendait pas des produits inutiles aux habitants peu méfiants d'Argleton, elle gagnait sa vie en tant que voyante et tarologue dans un magasin local de cristaux et sorcellerie. Elle n'avait pas le moindre don de clairvoyance (comme en témoignait son incapacité à prédire les échecs de ses business, pourtant inévitables) mais elle avait étudié les façons de faire des sœurs Fox et de Mina Crandon et connaissait tout un tas d'astuces.

Lorsque j'avais annoncé à ma mère que j'avais décidé de renoncer à ma bourse d'études pour Oxford pour aller faire une école de mode à New York, elle m'avait serrée dans ses bras et m'avait dit que j'étais bien la fille de sa mère. « Je n'avais pas envie de te le dire, chérie, mais les professeures riches, ça n'existe pas. Quand tu seras la prochaine Vivienne Westwood, je veux être placée à côté d'Edward Woodward sur le tapis rouge ». « Edward Woodward est mort, maman », lui avais-je dit. « Oh, je suis sûre que tu trouveras un moyen d'arranger ça, chérie », avait-elle répondu.

Puis ma mère s'était lancée dans une longue description de la robe qu'elle voulait que je dessine pour son mariage avec Edward Woodward. Voilà, c'était ma mère, dans son monde imaginaire. Là-dessus, nous avions un point commun.

Elle était actuellement en train de traîner une énorme plate-forme métallique dans notre salon exigu.

— Il faut qu'on sorte le reste de la voiture.

— C'est quoi ce *truc* ?

— C'est une plateforme vibrante, dit ma mère en souriant, laissant retomber la plateforme sur le tapis avec un bruit sourd. Les cosmonautes russes s'en servent pour entraîner leurs corps aux conditions de l'espace. C'est incroyable, non ? Tu te tiens dessus et ça fait bouger la graisse. Regarde.

À ma grande horreur, ma mère enleva son pull et monta sur la plateforme qu'elle brancha à la prise murale. Celle-ci s'anima, faisant vibrer son corps entier, à tel point que la chair de son estomac se mit à onduler comme une photo Polaroid, et ce n'était pas une comparaison que j'avais envie de faire avec ma mère.

— Ça f-f-f-ait t-r-r-availler tous les -m-m-muscles de mon c-c-c-orps, dit-elle en vibrant. Et ça favorise la circulation, la f-f-f-orce musculaire et s-s-s-stimule le collagène. Et regarde, si je fais ça...

Elle s'accroupit et se pencha en avant pour que son poids repose sur ses genoux.

— M-m-mon ventre t-t-t-ravaille encore plus.

— Argh, Maman ! dis-je en me détournant.

La vue du ventre de ma mère qui s'agitait allait me hanter toute la nuit.

— Est-ce que tu sais au moins ce que ça veut dire stimuler le collagène ? ajoutai-je.

— T'es vraiment une rabat-joie, dit-elle.

Elle descendit de la machine et appuya sur l'interrupteur.

— Je viens de brûler vingt-deux calories. Ça veut dire que j'ai le droit de prendre du gâteau en dessert. J'en ai vingt autres comme ça dans la voiture. Elles sont géniales, non ?

— Pourquoi est-ce que t'as vingt plateformes vibrantes dans ta voiture ? demandai-je avec une certaine appréhension, connaissant déjà la réponse.

— C'est mon nouveau business ! dit-elle avec un grand sourire en me poussant vers la porte. Je sais que tu fais la tête, Mina, mais écoute-moi. Cette fois-ci, ce sera *différent*. C'est bien mieux que tout ce que j'ai essayé avant, parce que je peux me *diversifier*. Je pourrais avoir *différentes sources de revenus*. En plus de vendre des plateformes vibrantes, je m'occuperai des cours, je vendrais des compléments alimentaires, des vidéos d'exercices et des mélanges de smoothies...

— Oh, non, pas encore des smoothies, gémis-je, mon ventre se tordant alors que je me remémorais ses dernières tentatives – des soi-disant mélanges pour smoothies avec des saveurs comme « brocolis, pissenlit et myrtille » et « thé vert, asperge et piment de Cayenne. »

Les business de ma mère ne seraient pas aussi mauvais si elle ne me forçait pas sans cesse à y participer. Un smoothie au thé vert, aux asperges et au poivre de Cayenne, c'est à la limite de la maltraitance.

Sous l'abri à voiture, la petite Fiat de ma mère croulait sous le poids des plateformes vibrantes. Des nuages gris convergeaient à l'horizon, enveloppant les logements sociaux d'une brume grise et morne. J'ouvris le coffre et saisis une plateforme, mes muscles se contractant sous le poids. De l'autre côté de la rue, les dealers nous observaient à travers leurs rideaux occultants.

Je traînai cinq plaques vibrantes à l'intérieur et les rangeai dans l'angle du salon, à côté des cinq cartons de vêtements pour bébé de son ancien business, Baby-Mobile. Ma mère parvint à en faire entrer deux par la porte avant d'être soudain prise d'une mystérieuse quinte de toux et de s'enfermer dans la salle de bain. Je fus tentée de laisser le reste dans la voiture pour qu'elle s'en charge toute seule, mais j'étais de bonne humeur à cause du job à la librairie alors je m'occupai de ramener le reste à l'intérieur.

Ma mère sortit juste au moment où je posais le dernier carton sur une pile fragile.

— Tu vois ? Ça va marcher, Mina. Ces plateformes vont nous permettre de réaliser notre rêve, je le sens.

— On ne peut plus voir la télé maintenant, remarquai-je.

— Ce ne sera que pour ce soir, chérie. Je vais vendre toutes les plateformes demain et ensuite on aura assez d'argent pour une grosse télé.

Elle enroula le bras autour de mes épaules endolories et me guida jusqu'à la cuisine, sa toux affligeante ayant soudain disparu sans laisser de trace.

Tu veux du thé !

— J'ai cru que tu ne me le proposerais jamais.

Dans notre kitchenette minuscule, je fis chauffer la bouilloire pendant que ma mère sortait des tasses, du lait et des sachets de thé.

— Comment ça s'est passé à la librairie ?

— J'ai eu le poste, lui dis-je avec un grand sourire. Je commence demain.

Ma mère secoua la tête. Elle ne partageait pas mon enthousiasme pour les vieilles librairies et les revenus stables.

— Ne t'inquiète pas chérie, tu ne seras pas obligée de travailler longtemps dans cet horrible endroit. Dès que j'aurais vendu ces plateformes vibrantes et recruté dix commerciaux, je pourrais nous entretenir toutes les deux dans le luxe, comme on le mérite. Et comme ça, ça n'aura plus d'importance quand tu deviendras aveu…

— Ne prononce pas ce mot. Je n'ai pas envie d'en discuter.

— Je sais, chérie, mais…

— T'as déjà entendu parler du type qui tient la librairie, monsieur Earnshaw ? l'interrompis-je en me penchant devant le réfrigérateur pour voir si nous avions du vin ou du cidre.

En y réfléchissant bien, le thé ne serait pas suffisant pour moi ce soir – J'avais besoin d'alcool pour effacer le souvenir de l'estomac tremblotant de ma mère.

— Je croyais que Earnshaw avait quitté la ville depuis. Oh, Mina, tu ne peux pas travailler pour ce git…

— Tu ne devrais pas utiliser ce mot, Maman.

— Pff, encore ces histoires de politiquement correct.

Ma mère faisait partie de cette génération qui exigeait des autres qu'ils tolèrent leurs insultes au nom de la grande tradition anglaise.

— Bref, je n'aime pas ses yeux diaboliques. J'ai entendu dire qu'il était un cousin éloigné de monsieur Simson. Il est venu du

Nord quand monsieur Simson a pris sa retraite, mais il ne semble pas connaître grand-chose à la gestion d'une librairie. Ni même n'importe quel type de boutique. Il n'y connaît rien en *diversification* ou aux *différentes sources de revenus*. Le village a organisé le marché de Noël la semaine dernière et il n'a accroché aucune décoration ! Debbie Fisher lui a demandé de tenir un stand lors de la collecte de fonds pour les animaux et il lui a lancé un regard noir ! Un homme comme lui ne devrait pas se permettre de jeter des regards noirs.

— C'est vrai qu'il a un regard méchant, acquiesçai-je en repensant au mélange d'inquiétude et de désir que j'avais pu ressentir lorsque mon nouveau patron m'avait regardée droit dans les yeux.

— Si tu souhaites vraiment travailler pour lui, peut-être que tu pourras le convaincre de nettoyer un peu cet endroit. Avec de jolies vitrines et peut-être un endroit pour mes plateformes vibrantes dans un coin ? dit ma mère en me regardant avec espoir tout en versant son thé.

— Il ne semble pas être le genre de type à aimer le changement, mais je ferai de mon mieux.

Je bus une gorgée de mon thé. Parfait, avec juste la bonne quantité de lait et une petite pointe de sucre. Même si ma mère me rendait folle parfois (OK, bon, tout le temps) elle savait ce qui comptait dans la vie.

Ma mère tendit la main vers le comptoir et caressa mes doigts des siens. Les rides de sa peau se dressèrent comme des chaînes de montagnes. Ses yeux s'affaissèrent dans les coins. Une pointe de culpabilité me serra la poitrine. Était-ce juste ma mère qui vieillissait ou bien tout ce que je lui avais fait subir ces derniers mois l'avait fait vieillir prématurément ?

Je jetai un regard derrière elle, vers la pile de cartons contenant des produits d'une entreprise de cosmétique par correspondance, empilés dans un coin de la cuisine. Ils étaient remplis de traitements anti-âge miracles qui aideraient ma mère à remonter le temps. Si seulement je pouvais remonter le temps de ma propre vie.

— Maman, comme je te l'ai dit, je n'ai pas envie d'en parler, dis-je en me forçant à sourire. Je vais bien. Je reprends ma vie en main.

Ma mère ne paraissait pas très convaincue. Elle devait sentir que je ne lui disais pas tout. Elle connaissait le diagnostic évidemment. Je le lui avais pleuré au téléphone de nombreuses fois. Mais pour autant qu'elle sache, j'avais quitté mon stage qui arrivait à sa fin et j'étais de retour à Argleton pour profiter de la cuisine de chez moi pendant que je réfléchissais à la prochaine étape.

— J'ai lu les cartes pour toi.

Ma mère sortit un jeu de tarot de sa poche et étala les cartes sur la table.

— À chaque fois, je vois la même chose. Tu fuis le passé et tu vas droit dans le mur.

— Tu ne crois pas aux cartes de tarot, Maman. Sérieusement, je vais bien.

Je terminai mon thé, mis ma tasse dans l'évier et ouvris la bouteille de cidre.

— Qu'est-ce qu'on fait pour ce soir ? Je pensais à des croque-monsieur. Ou des plats à emporter indiens en bas de la rue ?

— Partons sur des croque-monsieur. J'ai dépensé tout mon argent dans les plateformes vibrantes...

Ma mère sortit le pain du placard tandis que je prenais le fromage et une tomate. Je me mis à découper le fromage, mais ma mère me fit signe de m'éloigner.

— Va t'asseoir, chérie. Je vais m'en occuper. N'oublie juste pas qu'on pourra bientôt embaucher un cuisinier privé.

— Bien sûr, Maman, dis-je en buvant une gorgée de mon cidre.

Elle fronça les sourcils.

— Tu parais tellement triste, Mina. Tu n'as pas l'air enthousiaste pour mon nouveau business. Oh, je sais ce qui peut te remonter le moral. Je n'arrive pas à croire que j'ai oublié de te le dire, j'ai vu Emma Greer à la poste quand je suis allée chercher les plateformes et elle m'a dit que Ashley était de passage. Elle reste jusqu'à Noël.

Je me figeai, ma tasse à mi-chemin vers mes lèvres. Ashley.

— C'est super, Mina, non ? Vous pourrez passer du temps ensemble, comme vous l'avez toujours fait.

Non. Ce n'est pas possible. Je ne peux pas affronter mon ex-meilleure amie. Pas avec tout ce qui se passe. Pas après qu'elle ait...

Je m'adossai à ma chaise et vidai toute la bouteille de cidre dans mon gosier, sans même m'arrêter lorsque les bulles remontèrent jusque dans mon nez. Je me levai, repoussant ma chaise si fort qu'elle heurta les cartons.

— Je viens de me souvenir qu'il faut que j'aille... pratiquer mon regard noir dans le miroir. Monsieur Earnshaw m'a dit que je ferais mieux de m'adapter à l'atmosphère de la librairie.

— Mina...

— Appelle-moi quand le dîner est prêt. À plus, Maman !

Je me précipitai dans ma chambre, mis la stéréo à fond et claquai la porte derrière moi. M'appuyant contre celle-ci, je m'agenouillai, laissant les hurlements de colère de Sid Vicious m'envahir alors que j'essuyais les larmes qui coulaient sur mes joues.

J'ai déménagé à l'autre bout du monde pour m'éloigner d'Ashley et maintenant elle est là. Mais pourquoi l'univers me déteste-t-il autant ?

3

Ça va aller, n'arrêtai-je pas de me répéter tandis que je me retournais dans mon lit pour essayer de dormir. Argleton est une grande ville. *Je parie que je ne la verrai même pas.*

Je suis forte, me répétai-je ensuite en faisant tourner la paille de mon Smoothie QuickFit Pure Plus à la fraise (au moins, celui-ci était à peu près comestible). *J'ai connu bien pire dans ma vie — j'ai grandi dans la pauvreté et sans père, j'ai vécu des années de harcèlement scolaire, ma mère était..., ma mère, il y a eu mon diagnostic, j'ai perdu mon travail avec Marcus... je peux bien supporter de croiser Ashley.*

Ashley déteste lire, me rappelai-je en remontant Butcher Street jusqu'à la porte d'entrée de Nevermore dans ma paire de Docs vintage préférée, celle en cuir verni rouge cerise. *Elle n'envisagera jamais d'entrer dans cette librairie.* Je vérifiai l'heure en tournant la poignée. Huit heures trente pile. Pas une minute d'avance ou de retard. *Je vais impressionner Earnshaw aujourd'hui et il finira par m'apprécier et peut-être qu'il y aura enfin un truc dans ma vie qui se passera bien —*

La lourde porte refusa de bouger. Je fis le tour de la librairie et tentai la porte de derrière. Fermée elle aussi. Je retournai devant l'entrée et me mis à toquer avec force.

— C'est pas bientôt fini ce raffut ?! cria tout à coup une voix nasillarde de l'autre côté de la rue.

— Bonjour madame Ellis, répondis-je à la femme qui se penchait par-dessus la fenêtre du premier étage.

Madame Ellis était institutrice à l'époque où j'étais au lycée. C'était une vieille dame ronde et bienveillante aux joues rouges qui aimait trois choses dans la vie : enseigner, les gâteaux pour le thé et les romances érotiques. Elle était penchée par-dessus sa fenêtre, ses cheveux bleus enroulés dans des bigoudis serrés, et arborait un air sévère, l'air de dire : tu-n'as-pas-intérêt-à-me-contrarier-jeune-fille.

— Mina Wilde, c'est toi ? dit-elle en m'observant à travers ses lunettes écailles, son air dur laissant place à un grand sourire. Je croyais que tu étais partie vivre dans une grande ville.

— Je l'étais, madame Ellis, mais je suis de retour pour quelque temps. Je vais travailler à la librairie...

— C'est très bien, ma petite. Mais n'oublie pas que certains d'entre nous se sont couchés tard pour la répétition de la chorale hier soir, grogna-t-elle en ouvrant les volets. Je ne supporte plus le vin de messe comme avant.

— Ferme ton clapet vieille bique ! cria M. Pearson depuis sa fenêtre en bas de la rue.

— Ce n'était pas moi, c'était la petite Wilde ! cria Mme Ellis en retour. Même si tout le monde sait que *wild* signifie déchaînée en anglais, je ne suis pas sûre qu'elle y connaisse grand-chose. De mon temps, on enchaînait des orgies qui duraient des jours...

— Argh ! dis-je en plaquant mes mains sur mes oreilles.

— Mais c'est quoi ce boucan ? dit le boucher d'à côté en pointant le bout de son nez.

Taisez-vous, taisez-vous tous ! cria une voix depuis une autre fenêtre qui s'ouvrit d'un coup.

Je toquai à nouveau à la porte.

— Monsieur Earnshaw, ouvrez !

S'il vous plaît ? Avant que l'on ne me jette du goudron et des plumes dans la rue, ou que l'on me force à nouveau à en apprendre plus sur la vie sexuelle de mon ancienne professeure.

Une fenêtre s'ouvrit depuis le balcon et une tête aux boucles noires indisciplinées surgit.

— Vous ne savez pas lire le panneau ou quoi ? dit une voix grave. On est fermés.

— Monsieur Earnshaw, c'est moi, Mina Wilde. Vous m'avez embauchée hier ? Vous m'aviez dit que je devais venir à huit heures trente pile, ni plus tôt ni plus tard.

J'entendis un grognement évasif.

— Très bien. Va acheter des cafés pendant que je trouve un pantalon.

Je tentai d'empêcher mon cerveau d'imaginer l'endroit délicieux où le corps tonique de mon patron n'était pas entravé par des vêtements. Ce n'était pas une bonne idée de penser à lui comme ça, surtout quand il était si grincheux. Je partis à la boulangerie et commandai deux tasses de café brûlant ainsi que quelques scones encore chauds qui sortaient du four.

La porte de la librairie s'ouvrit en grand alors que je descendais les marches. Mais à la place de Earnshaw, un autre beau spécimen de la gent masculine se trouvait dans l'encadrement de la porte. L'homme était si grand qu'il dut se baisser pour passer sous le chambranle. Une chemise blanche impeccable moulait ses épaules larges et une veste grise finement taillée mettait en valeur sa carrure majestueuse – le genre de musculature robuste que l'on obtenait à travers des exercices énergiques tels que le vélo. Des cheveux bruns coupés de près recouvraient sa tête et il portait une mallette d'ordinateur en cuir avec une assurance qui suggérait qu'il pourrait me tuer avec si nécessaire. Deux yeux bleu glacé croisèrent mon regard et le sourire qui se dessina sur ses lèvres était purement diabolique.

Oh, miam. Mon estomac convoitait quelque chose qui n'avait rien à voir avec le petit-déjeuner. *Je pourrais te dévorer...*

— Oh, mais il ne fallait pas.

Le type tendit une main aux longs doigts et prit l'un des scones de mon plateau.

— Hé, c'était pour monsieur Earnshaw, dis-je.

— Il n'en a pas besoin. Le sucre le rend grincheux.

Le gars se mit à mâcher joyeusement, essuyant du revers de la main une pointe de crème sur son nez parfait.

— Crois-moi, je viens de t'épargner une matinée abominable. Pas besoin de me remercier. Je suis James Moriarty, à ton service. Tout le monde m'appelle Morrie.

Il me tendit la main. Je la serrai et un courant électrique me traversa le bras avant d'atterrir entre mes cuisses. *Isis, aide-moi, cet homme est synonyme d'ennuis.*

— Vous vous appelez *James Moriarty* comme le méchant dans Sherlock Holmes ? ricanai-je. Pas étonnant que tout le monde vous appelle différemment.

— Je peux t'assurer que cette association est une coïncidence. James Moriarty, le personnage, est tombé d'une falaise et comme j'ai horreur du grand air, cela ne risque pas de m'arriver. Quant à mon surnom, on me l'a imposé, évidemment. Si j'avais pu donner mon avis, j'aurais demandé à tout le monde de m'appeler « Votre Majesté ». Ou peut-être « Le Bien Doté », dit-il en me faisant un clin d'œil et mon ventre tressauta. Lorsque je te ferai hurler mon prénom, tu pourras m'appeler comme tu voudras.

Euh, waouh. OK.

Il est clairement synonyme d'ennuis.

J'ouvris la bouche pour dire quelque chose, mais que Isis me vienne en aide, je ne trouvai pas quoi répondre.

— Tu dois être la nouvelle assistante, dit Morrie après quelques secondes de silence. Tu m'as fait gagner mon pari, alors je t'apprécie déjà.

— Votre pari ?

— Oui. Cela fait des mois que je demande à son Altesse Grincheuse de prendre un ou une assistante. Il était convaincu que personne n'accepterait de travailler pour lui. J'ai parié cent livres que s'il mettait une annonce sur l'application, il aurait au moins une candidature. Il a accepté mon pari à condition qu'il écrive l'annonce lui-même et que je la mette en ligne, puisqu'il ne sait même pas ce qu'est une application. Et maintenant, te voilà, ce qui est fascinant, dit-il, ses yeux bleus me parcourant du regard. Tu as grandi dans ce village mais tu es récemment revenue d'outre-mer. Des États-Unis si je ne m'abuse ? New York peut-être ?

Je blêmis.

— Comment vous savez ça ?

Je n'avais rien dit de tout cela à monsieur Earnshaw.

— C'était une série de déductions simples. Je t'ai entendu parler à Mme Ellis, et d'après ce qu'elle a dit et son ancien métier d'enseignante, j'en ai conclu que vous deviez vous connaître depuis ta plus tendre enfance. Même si tu n'avais pas crié dans la rue, j'aurais deviné New York à cause du léger accent que tu as acquis. Il est évident que tu es partie d'ici depuis longtemps puisque tout le monde dans le village sait qu'il ne faut pas toquer à cette porte avant neuf heures si l'on ne veut pas s'attirer d'ennuis. Surtout si l'on apporte le mauvais café, dit Morrie en prenant l'une des deux tasses sur le plateau. Il le préfère noir.

— Et comment vous savez ça ? dis-je en fulminant, sans

prendre la peine de lui indiquer qu'il était en train de boire le mien.

Ces cafés n'étaient pas donnés et je n'avais plus beaucoup d'économies. Je ne m'étais pas non plus attendu à devoir acheter le petit-déjeuner pour un total inconnu.

— Ah, cela devrait être facile pour toi de le déduire. Mais nous n'avons pas le temps pour les bavardages. Le jeu est en marche.

Morrie descendit les marches, sa sacoche d'ordinateur cognant contre ses longues jambes. Il me jeta un coup d'œil par-dessus son épaule, m'adressant à nouveau son sourire malicieux.

— Si jamais tu en as assez d'essayer de converser intelligemment avec notre ami Earnshaw, va à l'étage et attends-moi. Oh, on va bien s'amuser, Miss...

— Elle ne montera pas, dit soudain Earnshaw avec un regard noir.

Il descendit les marches à grands pas et arracha le dernier scone de la main de Morrie. J'ouvris la bouche pour dire quelque chose, mais il avait déjà disparu dans les profondeurs de la boutique.

— T'as intérêt à entrer d'ici les prochaines trente secondes ! cria-t-il de l'autre côté de la porte. Sinon, je donne ton poste à l'oiseau.

Morrie haussa les épaules.

— Il tient un peu trop à son espace personnel. Honnêtement, je suis même surpris qu'il laisse entrer les clients dans la librairie. Je suis son colocataire et il refuse de me laisser lui faire à manger. Pourtant, je suis un excellent cuisinier.

— Alors comme ça vous vivez à l'étage ? demandai-je.

Mes doigts s'enroulèrent autour de la poignée, conscients que Earnshaw m'attendait à l'intérieur. Mais le sourire de Morrie me figeait sur place et mes jambes étaient en coton. Un frisson délicieux me parcourut l'échine tandis que Morrie étudiait à nouveau mon corps du regard. *J'espère que j'aurai l'occasion de te voir plus souvent, étrange et délicieuse créature.*

— Vous travaillez aussi pour la librairie ?

— Certainement pas. J'ai un vrai métier, dit Morrie avant d'inspecter une montre connectée sur son poignet. Et je ferais d'ailleurs mieux de m'y rendre. Mais je peux rester encore quelques minutes si tu le souhaites, juste pour m'assurer qu'il te laisse au moins toucher les livres.

— Merci, c'est gentil, dis-je en souriant à Morrie.

Cette journée s'annonce sous de meilleurs auspices.

Morrie m'escorta jusqu'à la boulangerie pour racheter un autre café et un scone. Lorsque nous retournâmes à la librairie, il me tint la porte ouverte, balayant son bras avec galanterie. Mes yeux luttèrent à nouveau dans la pénombre du couloir. Deux silhouettes sombres s'élancèrent sur la moquette marron devant moi. Je les suivis jusqu'à la pièce principale. Un chat noir, une femelle, se tenait sur la grande table en chêne surmontée d'un globe, une patte levée avec méfiance tandis qu'elle observait le chandelier au-dessus. Le corbeau était perché sur l'un des bras du luminaire, agitant le bout de son aile pour narguer le chat.

— Tu as déjà joué à ce jeu, Grimalkin, marmonna Earnshaw en s'adressant au félin sans lever les yeux de son écran d'ordinateur. Tu perds à chaque fois. Pourquoi ce serait différent cette fois-ci ?

Je posai le café restant sur le bureau.

— J'espère que vous l'aimez fort et noir.

— Comme mon âme, soupira-t-il avant d'attraper la tasse.

J'attendis que Earnshaw me donne des instructions, mais il garda les yeux rivés sur l'écran en buvant son café, la bouche déformée par un air renfrogné. Morrie replia son corps longiligne dans le fauteuil à oreilles situé sous la fenêtre. Il sortit son téléphone de sa poche et tapota sur l'écran, mais je voyais bien qu'il ne lisait pas. Ses yeux laissaient des traînées brûlantes sur mon corps.

— Bon…, dis-je en agitant les bras. Par quoi je commence ? Je peux enlever les stores opaques et m'occuper des vitrines ? Ou bien je pourrais dépoussiérer les étagères dans le…

— Hiiiiiiii !

Je pivotai juste à temps pour voir un éclair noir passer derrière les étagères de la section Histoire Médiévale. Le lustre se mit à osciller violemment lorsque le corbeau déploya ses ailes en signe de victoire.

— Croac, déclara l'oiseau.

— Arrête de la torturer, dit Earnshaw en lui jetant un regard noir.

Elle m'a arraché deux plumes de la queue, rétorqua une voix sombre.

Je levai les yeux. C'était la même voix qu'hier. Ce n'était pas la voix traînante de style étudiant en école privée de Londres de Morrie ni le dialecte nordique de Earnshaw. C'était une voix gutturale, riche et tout à fait envoûtante.

Elle ne semblait également pas avoir de propriétaire.

— Il y a quelqu'un d'autre ici ? demandai-je.

— On n'est pas encore ouverts, rétorqua Earnshaw.

— Mais je viens d'entendre une voix qui parle de plumes…

— Oh, je suis désolée, dit soudain une femme.

Je me retournai et vis une vieille dame qui se tenait devant la porte, serrant un grand sac à main en tissu entre ses mains tremblantes.

— La porte était ouverte. Je voulais juste savoir si vous aviez un certain livre. Cela fait des années que je le cherche dans différentes librairies, mais personne ne peut m'aider.

Earnshaw haussa les sourcils dans ma direction, comme pour dire « Tu vois ? »

Mais... ce n'est pas la même voix !

La dame s'approcha du comptoir, les mains écartées de quinze centimètres.

— Est-ce que vous avez ce livre ? Je l'ai lu dans un hôtel de Londres en 1984. Ou 1983. Je ne me souviens pas bien. Il est à peu près de cette taille, avec une couverture bleue et ça s'appelle quelque chose comme « *La Confiserie des Idiots...* »

Earnshaw soupira. Il souleva son imposante carcasse de la chaise et s'avança vers l'étagère des Classiques qui occupait un mur entier de la pièce. Il en sortit un exemplaire de « *La Confédération des Cancres* » de John Kennedy Toole et le lui fourra dans les mains.

— Celui-ci ?

— Euh, oui... oui c'est celui-là ! dit-elle en observant le livre d'un air choqué.

— Je vous l'encaisse ? dis-je avec un grand sourire en me plaçant derrière le comptoir.

Je n'arrive pas à croire qu'on fait déjà une vente si tôt dans la matinée. C'est si excitant !

— Oh, eh bien, je..., dit-elle en retournant la couverture. C'est un peu onéreux pour moi, je suis désolée. Mais merci, dit-elle en reposant le livre sur le bureau avant de s'éloigner. Je vais y aller...

— Croac ! dit le corbeau depuis sa position sur le chandelier.

— Oh, un corbeau ! dit la femme tandis qu'un sourire enchanté se dessinait sur ses lèvres. Qu'est-ce qu'il fait à l'intérieur de la librairie ?

— Il vit ici, dit Morrie.

— C'est vrai qu'il a l'air à l'aise sur son petit perchoir, roucoula-t-elle. On dirait la mascotte de la boutique. Ça me rappelle un poème... les religieuses me l'avaient fait apprendre par cœur quand j'étais petite à l'école. « Alors cet oiseau d'ébène, par la gravité de son maintien et la sévérité de sa physionomie, induisant ma triste imagination à sourire ... »

— Croac, dit le corbeau.

— Je ne ferais pas ça si j'étais vous, l'avertit Morrie, glissant son téléphone dans la poche de sa veste et crispant les doigts comme s'il s'attendait à ce qu'il se passe quelque chose en particulier.

— « Bien que ta tête, — lui dis-je, — soit sans huppe et sans cimier, tu n'es certes pas un poltron... »

— Croac.

— Sérieusement, madame.

— Laisse-la, dit Earnshaw en plaçant le livre de Toole sur les genoux de Morrie avant d'ouvrir le livre en désignant quelque chose sur la page. Elle a scellé son destin.

— De quoi vous parlez ? demandai-je au moment même où le corbeau leva une patte, orienta son corps et lâcha une énorme fiente sur l'épaule de la femme.

Elle hurla, levant son sac à main pour frapper le corbeau, mais il s'était déjà envolé, se posant gracieusement sur le tatou. La dame hurla une série de mots qui auraient fait rougir les religieuses et se précipita dans le couloir. Toute la boutique trembla lorsqu'elle claqua la porte. Le carillon retentit.

— *Croac !* cria le corbeau après elle avant de se lisser les plumes.

Earnshaw et Morrie éclatèrent de rire. Je posai les mains sur mes hanches.

— Vous auriez pu l'aider ! criai-je. Vous auriez pu lui donner un mouchoir ou au moins lui proposer le livre pour moins cher.

— Quoi et la *payer* pour qu'elle me l'enlève des mains ? dit Earnshaw en brandissant le livre où je pus apercevoir le prix écrit en lettres cursives : £1.50.

— Mais, elle a dit qu'il était trop cher. Et elle n'avait pas l'air pauvre. Le sac qu'elle portait était un classique de chez Chanel.

— Voilà ta première leçon sur le commerce des livres d'occasion. Chaque jour, de nombreuses personnes entrent dans les librairies. Seules certaines d'entre elles souhaitent acheter des livres. Les autres ont envie de te faire perdre ton temps. Tu apprendras à distinguer les deux, mais seulement si tu restes assez longtemps et si tu ne fais rien de stupide. Elle, elle était là pour nous faire perdre du temps et maintenant, elle ne reviendra plus. L'oiseau nous a rendu service.

Earnshaw fouilla dans le tiroir du haut et en sortit une poignée de canneberges séchées. Il les jeta sur le sol. Le corbeau descendit du luminaire et sautilla sur le tapis pour récupérer son butin.

— Il est vraiment mignon, dis-je. Je ne savais pas qu'on pouvait avoir un corbeau comme animal de compagnie.

Le corbeau en question leva la tête et me lança un regard féroce de ses yeux marron bordés d'or, comme s'il s'opposait à mon choix de mots. Ce qui était ridicule. Les corbeaux étaient intelligents, mais ils ne comprenaient pas l'anglais pour autant.

— Ce n'est pas un animal de compagnie, gronda Earnshaw. C'est un autre colocataire nuisible, tout comme cet imbécile là-bas.

— Je ne suis pas un imbécile, bâilla Morrie. C'est toi, *Heath* qui utilise toute l'eau chaude pour shampouiner tes sourcils.

Earnshaw avait en effet de magnifiques sourcils.

— Vous vous appelez Heath ?

Morrie ricana.

— Il ne te l'a pas encore dit ? Vu comment tu t'es amusée de mon prénom, tu vas *adorer* le sien. Notre libraire bien-aimé et acariâtre s'appelle Heathcliff Earnshaw.

4

J'éclatai de rire.

— Comme Heathcliff, l'infâme voyou des *Hauts de Hurlevent* ?

— Ma mère avait un abominable sens de l'humour, marmonna Heathcliff.

Plus que ça, elle avait même de sacrés dons de clairvoyance. Car sinon comment expliquer que ce crétin à la beauté dévastatrice, aux sourcils épiques et à l'air sombre ait fini par porter le nom de *Heathcliff* ?

— C'est hilarant.

Je me mis à rire. Je m'appuyai contre le bureau, contractant le ventre tandis que des larmes d'amusement perlaient au coin de mes yeux.

— Comment vous pouvez vivre dans une librairie en ayant des noms pareils ? C'est tellement métaphorique.

Heathcliff et Morrie échangèrent un drôle de regard.

— On s'est rencontrés en ligne, dit Morrie. Sur un chat pour les enfants d'une lignée d'obsédés littéraires.

Je mis quelques secondes à enregistrer ce qu'il venait de dire.

— Oh. Vous êtes en couple ?

Évidemment, tous les indices étaient là – deux célibataires vivant au-dessus d'une librairie, le style vestimentaire impeccable de Morrie, le fait que Heathcliff n'arrête pas de me regarder avec ce rictus de dégoût. De toute évidence, ils étaient plus que des colocataires. *Merde*. Je paraissais tellement déçue. Je tentai de masquer mon ton en toussant.

— Je veux dire, ça ne pose absolument aucun problème, évidemment. Je veux juste dire que je n'avais pas réalisé, non pas que ça me concerne d'une manière ou d'une autre...

— James a répondu à une annonce que j'avais mise en vitrine, dit Heathcliff. Nos prénoms ne sont qu'une coïncidence malheureuse.

— Nous ne sommes pas ensemble, ajouta Morrie en passant la langue sur ses lèvres. Même si ce n'est pas faute d'avoir essayé. Heathcliff est tellement prude.

— Donc Morrie tu es..., osai-je demander.

— Pansexuel, je crois que l'on dit de nos jours. Dans le monde des livres, c'était connu sous le nom de déviance sexuelle.

Morrie parcourut à nouveau mon corps du regard et je frissonnai. *Oui, s'il vous plaît.*

— Donc, si tu as envie de te le taper, je t'en prie, dit Heathcliff d'un air renfrogné. Mais ne le faites pas à l'étage. C'est là que je mange.

— Hé, c'est complètement déplacé...

— Bon, tous ces bavardages ne font pas avancer le travail, dit Heathcliff avant de tirer un carton de sous son bureau avec tellement de force qu'un nuage de poussière lui revint en pleine figure, colorant ses sourcils et sa barbe d'un beau gris. Ça, ce sont des livres.

— Sans blague, Sherlock, dis-je avant de jeter un coup d'œil à Morrie. Sans vouloir t'offusquer.

Oh, mais je ne m'offusque jamais.

— Je veux que tu fouilles cette boîte et que tu choisisses les livres qu'on va garder, puis tu vas les enregistrer sur l'ordinateur et les ranger sur les étagères. Il n'y aura pas beaucoup de livres à conserver, dit Heathcliff avant de jeter un regard noir à Morrie. Et c'est *lui* que tu peux remercier pour cette tâche ingrate, parce que pendant que je m'éclipsais au bureau de poste, il s'est fait amadouer par une octogénaire stupide et a accepté ces bêtises.

J'ouvris le carton et y découvris des piles de livres de James Patterson et Nora Roberts. Des romans de gare, évidemment.

— Si tu te demandes pourquoi nous ne voulons pas de ce genre de livres...

— Parce que ce sont des romans de gare. On ne vend pas de romans de gare ni de Mills et Boon, ni des bibles du dix-neuvième siècle. Si jamais quelqu'un vient avec des livres sur les chemins de fer, le développement personnel, des histoires locales, à moins qu'elles ne soient auto-éditées, et des volumes de Folio Society, ceux-ci vont immédiatement sur la pile des livres retenus. Je vous l'ai dit, j'ai grandi dans cette librairie. Monsieur Simson m'a appris pas mal de choses, dis-je avant de brandir une copie des *5 Langages de l'Amour*. Justement, ça, on le garde.

Morrie et Heathcliff échangèrent un regard appuyé. *Est-ce qu'ils sont en train de juger mes compétences ou j'ai raté un truc ?*

Ils se détournèrent tous les deux, comme s'ils avaient été surpris en train de faire une bêtise.

— Tu vois, elle gère, gros grincheux, dit Morrie en agitant la main vers Heathcliff avant de ramasser un exemplaire abimé de *Jurassic Park* sur le dessus du carton et de s'installer à nouveau dans le fauteuil en cuir.

Le corbeau se percha sur le dossier du canapé, regardant

par-dessus l'épaule de Morrie et bougeant la tête au-dessus de la page. On aurait presque dit qu'il lisait avec lui.

Je me mis à trier la pile de livres. Grimalkin revint dans la pièce et s'enroula autour de mes chevilles. Morrie lut pendant que Heathcliff travaillait sur son ordinateur. Pour Heathcliff, travailler consistait à frapper les touches du poing et à pousser des jurons imagés lorsque l'écran de son ordinateur ne faisait pas ce qu'il voulait.

— Ça va ? dis-je en regardant par-dessus son épaule alors que je posais une pile de livres validés sur son bureau.

— Je déteste ces foutues commandes en ligne, grogna-t-il en frappant à nouveau le côté de l'écran. Pourquoi est-ce que les gens ne peuvent-il pas simplement venir à la librairie comme au bon vieux temps ?

— Peut-être parce qu'ils ont été brûlés par ton côté si solaire ? rétorqua Morrie depuis l'autre côté de la pièce.

— Croac, ajouta le corbeau.

— Ça suffit tous les deux, répondit Heathcliff. Tu ne devrais pas être au travail, toi ?

Morrie bâilla.

— Et rater l'occasion de te voir expliquer comment fonctionne l'ordinateur à Mina ? Jamais. Je leur ai envoyé un texto pour leur dire que je serai en retard. Ils s'en fichent. Ils ont des choses plus graves que ça à régler aujourd'hui.

— En fait, ça a l'air assez simple, dis-je en me penchant par-dessus l'épaule de Heathcliff. Tu as juste à ajouter les livres à ce catalogue en ligne et ça les synchronise avec Amaz...

— Ne prononce pas ce mot ici ! hurla Heathcliff en plaquant ses mains contre ses oreilles.

Surprise, je me mis à reculer, me rattrapant au bord du bureau avant de basculer en un tas désordonné. Grimalkin s'enfuit sur une étagère.

— Quel mot ? haletai-je, m'efforçant de ramener mon

rythme cardiaque à la normale. Tu veux dire celui du plus grand magasin en ligne du monde ? Mais alors, comment parler de la gestion de la librairie...

— On le surnomme La-Boutique-En-Ligne-Dont-On-Ne-Doit-Pas-Prononcer-Le-Nom, dit Morrie d'un ton joyeux. Bien que Heathcliff ait quelques expressions plus savoureuses, si tu préfères.

— Très bien, soupirai-je. J'aurais dû me douter que je travaillais dans une maison de fous. Je n'arrive pas à croire que je vais dire ça, mais Heathcliff, montre-moi comment on met les livres sur La-Boutique-En-Ligne-Dont-On-Ne-Doit-Pas-Prononcer-Le-Nom.

Je me penchai par-dessus l'épaule de Heathcliff tandis qu'il m'expliquait le fonctionnement du catalogue et du logiciel de tarification. Il y avait plusieurs facteurs à prendre en compte, mais il me prévint surtout que je devais faire attention à la correspondance automatique des prix. Cette fonction garantissait qu'un livre téléchargé soit toujours moins onéreux que le volume le moins cher en vente sur La-Boutique-En-Ligne-Dont-On-Ne-Doit-Pas-Prononcer-Le-Nom, mais si nous ne surveillions pas attentivement les prix, nous pourrions accidentellement vendre une première édition inestimable pour trois centimes.

À en juger par la façon dont Heathcliff frappait le clavier d'un seul doigt et tapait sur le côté de l'écran chaque fois qu'il ne trouvait pas le bouton qu'il voulait, il avait manifestement laissé partir quelques premières éditions à des prix défiant toute concurrence.

Alors que je tendais la main pour attraper la souris, mon bras effleura le sien, provoquant un frisson dans mon corps qui n'avait rien à voir avec le froid hivernal. *C'est n'importe quoi. Je ne peux pas craquer pour ce gars. C'est mon patron, un vrai con, et à en juger par la coupe de sa chemise, il n'a aucun sens de la mode. On dirait qu'il sort tout droit du dix-neuvième siècle.*

— ... et c'est là que l'on peut voir les commandes en ligne. Vérifie cette boîte de réception tous les matins, emballe les livres et amène-les au bureau de poste. Ne compte pas sur moi pour le faire. *Tu* n'as qu'à faire la conversation avec Deirdre, la postière et rapporter du café sur le chemin du retour, dit-il en cognant le gobelet vide contre son bureau. Sommes-nous bien d'accord ?

Ouaip, tout droit sorti du dix-neuvième siècle. Je souris.

— Si tu m'augmentes de cinquante centimes l'heure, je t'offrirai même des pâtés de Cornouailles pour le petit-déjeuner.

— T'es dure en affaires, dit Heathcliff en me tendant la main et je la serrai.

Était-ce juste mon imagination ou bien avait-il serré mes doigts plus longtemps que nécessaire ? Les yeux sombres de Heathcliff croisèrent les miens et je remarquai que les bords en étaient presque orageux. Il lâcha ma main d'un coup sec, me brisant presque les doigts au passage.

Une fois que j'eus répertorié tous les livres sur le catalogue en ligne, Heathcliff me laissa placer mes trouvailles sur les étagères avec un autre carton de livres qu'il avait déjà répertorié. L'oiseau et le chat me suivirent en sautillant tandis que je me déplaçais dans les pièces, cherchant les étagères appropriées, tirant les livres au hasard et feuilletant les pages, inspirant leur odeur réconfortante et me remémorant des souvenirs de mon enfance.

J'étais en train d'ajouter des livres Folio Society dans la salle qui leur était réservée au premier étage lorsque le carillon retentit en bas. Quelques minutes plus tard, une femme d'âge moyen et vêtue d'un affreux gilet pointa le bout de son nez dans la pièce, levant les yeux de l'écran lumineux de son téléphone pour parcourir les étagères. Elle sortit quelques livres au hasard et les prit en photo avec son portable. Alors qu'elle s'aventurait dans la pièce suivante, elle aperçut le corbeau perché sur le chambranle de la porte.

— Oh, quel bel oiseau majestueux, dit-elle. C'est un corbeau c'est ça ? « Une fois, sur le minuit lugubre… »

— Croac !

Le corbeau agita ses plumes, leva sa patte et laissa échapper un autre fardeau. La femme hurla et l'esquiva juste à temps.

— Désolée ! criai-je. Il ne semble pas beaucoup aimer ce poème !

Elle se précipita dans les escaliers. Un instant plus tard, je l'entendis crier après Heathcliff. *Aïe, ça va mal se passer.* Je m'avançai jusqu'en haut des escaliers pour observer le spectacle. Grimalkin passa entre mes jambes et le corbeau s'installa sur la balustrade. Avec un dernier cri, la femme partit en trombe dans le couloir.

— Sortez, sortez, sortez ! hurla Heathcliff.

— Je n'ai jamais été aussi insultée de ma vie ! couina-t-elle en retour, les veines de son front palpitant. Je n'achèterai plus jamais de livres dans cette boutique !

— De toute façon, vous ne comptiez pas en acheter. C'est bien là le problème ! dit Heathcliff à travers la porte, fronçant les sourcils d'un air empreint de dégoût. Qu'est-ce que tu regardes ? grogna-t-il dans ma direction en claquant la porte.

— Tu sais, si tu étais plus gentil avec les clients, ils achèteraient peut-être des livres, dis-je en désignant le couloir lugubre. Et peut-être que comme ça, tu pourrais acheter quelques ampoules de plus pour cet endroit.

Comme ça je ne trébucherais pas tout le temps.

— Elle n'a jamais eu l'intention d'acheter un livre, dit Heathcliff d'un ton hargneux. Tu ne l'as pas vue faire ? Elle prenait des photos sur son téléphone pour ensuite les acheter sur La-Boutique-En-Ligne-Dont-On-Ne-Doit-Pas-Prononcer-Le-Nom. On reconnaît un vrai lecteur à des kilomètres.

— Ah, oui ? dit Morrie qui apparut soudain dans l'escalier derrière moi, émergeant de l'appartement du deuxième étage.

Il avait ajouté une écharpe en cachemire bleue à son ensemble qui allait parfaitement avec ses yeux.

— Éclaire-nous donc avec tes pouvoirs de déduction, ajouta-t-il.

— Mina est une lectrice.

Morrie ricana.

— Sans blague. C'est assez évident.

— Comment tu le sais ? demandai-je. J'ai dit à Heathcliff que j'avais pratiquement vécu dans cette librairie, mais à toi non.

— Facile, dit Morrie. Il y a une tache d'encre sur ton index droit et...

— Et elle a mis quarante-cinq minutes à ranger sept livres sur les étagères, dit Heathcliff. Soit elle lit au passage, soit elle est idiote.

— Hé !

— Toujours aussi charmant, Heathcliff. Si tu veux bien m'excuser, Mina, l'un de nous doit mettre du beurre dans les épinards. Je vais au bureau.

Alors que Morrie passait devant moi sur le palier, il prit ma main, la porta à son visage et caressa ma peau de ses lèvres douces et chaudes. Mon corps entier rougit.

— Ne laisse pas Le Grincheux ici présent te faire fuir. J'attends avec impatience notre prochaine rencontre.

— Oui... euh... très bien. Au revoir.

Je le suivis du regard tandis qu'il descendait l'escalier étroit et franchissait la porte d'entrée. Par Ishtar, je savais que je verrais à nouveau ces fesses dans mes rêves.

Tant que je rêve encore, c'est que je peux voir.

Alors que Morrie se baissait pour faire passer sa grande carrure, une autre silhouette passa à côté de lui. Une jeune femme d'environ mon âge, portant ce qui semblait être un sac Birkin, s'arrêta dans le hall d'entrée et se retourna pour regarder Morrie partir.

— Par Isis, je n'aurais jamais cru voir des fesses pareilles sortir d'un taudis comme celui-ci, ronronna une voix rauque.

Mon cœur fit un bond dans ma gorge. Je quittai l'escalier et me plaquai contre le mur, priant pour que le bois sombre m'engloutisse.

Ashley.

5

Je reconnaîtrais cette voix à des kilomètres. Et en plus, elle avait juré par une ancienne déesse, ce qu'Ashley et moi avions commencé à faire aux États-Unis lorsque nous avions remarqué que tout le monde parlait de Dieu tout le temps.

La panique me noua le ventre. *Elle est là. Pourquoi elle est là ? Ashley ne lit pas. Les seules fois où elle a mis les pieds à la Librairie Nevermore, c'était pour me retrouver après l'école.*

La logique me soufflait qu'il valait mieux que je m'enfuisse un peu plus profondément dans la librairie, car on ne pouvait pas savoir ce qui se passerait si jamais Ashley me voyait. Mais je ne pouvais pas le supporter. Il fallait que je sache pourquoi elle était là, sur mon territoire. Je m'agenouillai sur la moquette et me glissai sur le palier, me tournant afin de pouvoir observer à travers la balustrade. Je la voyais à peine dans la pénombre, mais je distinguais sa silhouette vague et Heathcliff, qui apparut dans l'embrasure de la porte.

— S'il y a une liseuse électronique dans votre sac à main de luxe, vous pouvez déjà faire demi-tour, grogna-t-il.

J'étouffai un rire en plaquant ma main sur ma bouche.

Par Athéna, je t'adore, Heathcliff.

— Relax, mec. Je suis juste là pour regarder quelques bouquins.

Les talons aiguilles d'Ashley claquèrent sur le parquet tandis qu'elle avançait vers l'escalier.

Merde.

Je me déplaçai rapidement sur la moquette, dépassai la section Sociologie et entrai dans la pièce suivante. Les talons d'Ashley grincèrent dans les escaliers. Je scrutai la pièce à la recherche d'une cachette. Une chaise longue en velours délavé faisait face à une petite table basse au centre de la pièce. Il y avait assez d'espace entre le canapé et la bibliothèque pour que je puisse m'y glisser. Je m'agenouillai de nouveau et rampai dans la pénombre, espérant que mes fesses ne dépassent pas et ne me trahissent pas.

Derrière le canapé, une couche de poussière et des boules de poils noirs se rassemblaient, comme une réunion impie de damnés. Je plaquai la main sur ma bouche et tentai de penser à autre chose qu'à ce chatouillement terrible au fond de ma gorge. D'ici, j'avais une vue sur le haut de l'escalier, le palier et la pièce.

Ashley arriva sur le palier et entra dans la pièce que je venais de quitter – celle qui contenait les livres de la Folio Society, ainsi que des étagères de bouquins sur la psychologie et la sociologie. Ashley enjamba la pile que j'avais laissée sur le sol et s'arrêta devant la section Sociologie.

En l'observant depuis ma cachette, mes pensées se mirent à tourbillonner avec émotion. Elle avait un look *d'enfer.* Évidemment, c'était sa *marque* de fabrique. Elle avait trente mille abonnés en ligne grâce à ses photos quotidiennes de « Ce Que Je Porte » et ses anecdotes sur les dessous du monde de la mode. Elle passait des heures sur ses tenues et son maquillage tous les jours pour s'assurer qu'elle était parfaite. Aujourd'hui, elle n'avait pas dérogé à la règle – elle avait teint ses cheveux courts avec un blond Miami Beach. Son visage fin de petite fée se penchait sur l'étagère pour étudier les livres et ses lèvres pulpeuses étaient soulignées par son rouge à lèvres caractéristique.

Ashley portait une jupe plissée et un chemisier noir en mousseline de soie avec des manches papillon et d'énormes manchettes, associés à des bottes noires à lacets qui semblaient soit tout droit sorties d'une peinture de deuil de l'époque victorienne, soit d'un sexclub de New York. Sa trahison me piquait le cœur, mais mes bras me démangeaient et me poussaient à sortir de ma cachette pour aller lui faire un câlin.

Ashley et moi étions devenues amies à l'âge de quinze ans, durant les cours d'éducation physique. Je simulais une « malédiction féminine » pour échapper à l'entraînement de cricket et elle avait été mise sur le banc après avoir frappé Sabrina Winter au visage. Je m'étais raidie lorsqu'elle s'était assise à côté de moi. Elle avait été dans ma classe pendant des années et je l'avais toujours évitée car elle était bruyante et terrifiante. Ashley s'était penchée et avait poussé le haut de mon livre vers le bas. « Sympa ton haut », avait-elle dit avec un rictus.

J'avais baissé les yeux vers mon tee-shirt Putridessence. « C'est un groupe de musique punk », j'avais répondu, en lui arrachant mon livre des mains. À l'heure de cours précédente, Sabrina Winter et ses amies s'étaient assises derrière moi et avaient chuchoté des choses horribles à mon égard. La dernière chose dont j'avais envie, c'était que Ashley Greer juge mon look. « Je *sais*, idiote. Je suis amie avec le batteur. Tu veux voir leur concert à Londres ce week-end ? », « Euh…, oui. Oui j'aimerais bien. »

Ce samedi soir, Ashley m'avait fait découvrir une nouvelle

facette de la musique punk que j'aimais tant – le concert en live, la fosse, la colère brute des mots que l'on criait et les guitares hurlantes. Elle avait bécoté le batteur en coulisse et le groupe nous avait payé des verres toute la soirée. Nous avions été inséparables depuis.

Lorsque j'avais décidé de m'inscrire à l'école de mode de New York, Ashley avait créé un portfolio en une seule soirée et l'avait envoyé elle aussi. Elle n'avait jamais su ce qu'elle voulait faire, mais elle avait un don pour la mode. J'étais ravie qu'ils nous acceptent toutes les deux, et encore plus quand nous avions toutes les deux décroché ce stage chez Marcus Ribald. Quand j'avais appris la pire nouvelle de ma vie, elle était venue me chercher chez le médecin avec une bouteille de bourbon et m'avait rendue complètement ivre, comme seule une véritable amie pourrait le faire.

Du moins, je pensais qu'elle était une véritable amie. Désormais... elle était la raison pour laquelle j'étais de retour à Argleton, en train de m'étouffer avec des boules de poils dans une librairie déserte au lieu de travailler sur la dernière collection de Marcus Ribald.

Mais qu'est-ce qu'elle fait là ? C'était étrange que Ashley revienne à Argleton. Elle détestait ce village autant que moi. Et pourquoi était-elle de retour *maintenant* ? Je savais que ce serait la folie dans les bureaux durant la semaine précédent la Fashion Week de Paris. Sa présence ici était un vrai mystère.

Elle semblait étudier les livres de sociologie, ce qui était étrange, car je n'arrivais pas à imaginer Ashley en train de lire un livre sur la sociologie. Elle ne savait probablement même pas comment l'épeler...

Le sol grinça et mon cœur remonta jusque dans ma bouche. Mais ce n'était que Grimalkin qui descendait d'une étagère quelque part dans la librairie et qui s'approchait d'Ashley.

— Oh, quel joli chaton.

Ashley s'agenouilla pour la caresser. Grimalkin tourna autour de ses jambes, le bout de sa queue se recourbant comme un périscope.

Les yeux de Grimalkin s'illuminèrent lorsqu'elle me repéra. Elle s'éloigna des jambes d'Ashley et courut vers moi.

Je baissai à nouveau la tête dans l'obscurité tandis qu'Ashley se retournait. *Gentil chaton, fais comme si je n'étais pas là. Retourne te frotter à Ashley ou te laver les fesses. Ça, c'est une gentille fille…*

Grimalkin sauta sur ma tête.

— Miaou, miaou, miaou ! miaula-t-elle joyeusement en frappant ma frange avec sa patte.

Merci, le chat. Merci beaucoup.

— OhmonDieu, Mina, chérie ! Qu'est-ce que tu fais cachée derrière ce sofa ?

Je me figeai au son de sa voix. *Ne me regarde pas. Je ne suis pas là.* Mais c'était trop tard.

Ashley croisa mon regard. Grimalkin, cette traîtresse, s'approcha vers moi et tendit la tête, exigeant des caresses.

— Euh, salut, Ashley, dis-je en me relevant, époussetant ma tenue.

J'osai jeter un coup d'œil à ma jupe avant de reculer avec horreur en voyant les traces de saleté sur ma poitrine.

— J'étais juste en train de… ranger quelques livres. Je travaille ici maintenant.

— Dans ce vieil endroit poussiéreux ? Mais pourquoi ?

Pourquoi ? Après que tu aies révélé mon secret le plus profond et le plus sombre pour me voler le travail de mes rêves, je n'ai pas pu trouver d'autre emploi dans l'industrie de la mode donc je ne pouvais pas payer le loyer de notre appartement merdique de Manhattan, alors j'ai dû revenir ici la queue entre les jambes et je dors désormais dans ma chambre d'enfant, entourée de piles de plateformes vibrantes.

Mais je ne dis rien de tout ça, parce que j'étais moi et qu'elle était Ashley et que je me souvenais encore de l'époque où, adolescentes, l'on dormait l'une chez l'autre et que l'on restait debout toute la nuit pour découper des images dans des magazines de mode et que l'on s'entraînait à marcher comme des mannequins. Au lieu de ça, je lui dis :

— J'avais besoin d'un boulot. J'ai beaucoup de temps libre en ce moment, alors je me suis dit que j'allais rendre visite à ma mère. Et toi ?

— Marcus s'est coupé avec du papier, alors il est en convalescence à Martha's Vineyard. Il a réalisé qu'il détestait toute la collection de janvier ou un truc du genre, alors le bureau est au point mort pendant qu'on attend ses créations et New York c'est tellement *cher*, dit-elle en levant les yeux au ciel. Tu sais comment c'est. Il va s'absenter une semaine ou deux et ensuite on devra travailler deux fois plus dur pour être prêts pour Paris. Je me suis dit que c'était l'occasion de rendre visite à ma famille et de sous-louer l'appartement pour économiser un peu d'argent. C'est pour ça que je suis là, et je voulais trouver un truc à lire parce que j'avais oublié à quel point c'était ennuyeux à Argleton.

Le sang bouillonna dans mes veines. *Comment ose-t-elle ?* Elle était en train de se plaindre de ce qui aurait dû être mon travail et Ashley le savait très bien. Pourtant, elle avait le culot de venir ici et de me parler comme si rien n'avait changé. J'essuyai une trace de poussière sur mon coude et lui jetai un regard noir.

— Ça doit te faire bizarre, d'avoir l'appartement pour toi toute seule.

— Mina... on peut en parler ? Oh, non. *Vilain, chaton,* dit Ashley qui baissa les yeux vers Grimalkin qui tirait sur le côté de son sac Birkin.

Elle décrocha les griffes du chat et la repoussa. Quelque chose se brisa alors en moi.

— Bien sûr, on peut en parler. Je suis *tellement* contente que tu sois de retour pour venir me rappeler que tu as parlé de mes yeux à Marcus et à tous ceux qui écoutaient, ce qui m'a non seulement coûté le job de mes rêves mais aussi tout autre travail dans le monde de la mode.

— J'étais saoule. Tu sais comment je suis. Je ne sais pas me taire ! Je sais que tu crois que je l'ai fait exprès, mais c'est totalement faux, dit Ashley avant de jeter un coup d'œil à la pile de livres sur le sol, puis à la faible lampe suspendue qui était le seul éclairage de la pièce, puis vers moi. Tu es sûre que c'est une bonne idée que tu travailles ici ?

Je baissai les yeux vers ses bottes. Elles étaient dotées de minuscules œillets en forme de chauve-souris et étaient super cool. *Je te hais tellement.*

— C'est seulement temporaire, jusqu'à ce que je puisse économiser assez d'argent pour trouver un autre stage à Londres. À moins que tu n'aies l'intention de ruiner ma réputation là-bas aussi...

— Mais Mina, dit Ashley en se penchant en avant et en chuchotant, son parfum épicé me frappant en plein visage. Il ne fait pas trop sombre ici pour toi ? Et ça ne va pas te rendre dingue d'être entourée de tous ces livres ?

Je serrai la mâchoire.

— Honnêtement, ça va très bien.

— Je te pose la question parce que tu comptes pour moi. Vraiment, dit-elle avant de repousser ses cheveux par-dessus son épaule. J'ai seulement dit ça à Marcus parce que je me faisais du *souci* – j'ai dit, descends de là, chaton !

Ashley se jeta sur Grimalkin qui s'était catapultée du dossier de la chaise pour s'accrocher au sac Birkin, ses petites griffes s'enfonçant dans le cuir. Je pris le chat noir par le ventre et l'éloignai avant qu'Ashley ne lui fasse du mal.

— Regarde ce qu'elle a fait ! s'écria Ashley avec horreur en observant les marques de perforation sur son sac. C'était un cadeau de la part de l'un de mes sponsors et je ne l'ai même pas encore pris en photo. Ils vont être furieux.

Grimalkin me lécha le nez, ses moustaches me chatouillant au passage. Je la serrai contre moi. *Tu es une gentille fille. Tu pourras lui griffer les yeux après ?*

— J'ai beaucoup de travail, dis-je en prenant un livre au hasard. Je peux te recommander quelques livres illustrés qui seront plus adaptés à ton niveau.

— Mina...

Grimalkin grimpa sur mon épaule et feula en direction d'Ashley. Je me notai mentalement qu'elle méritait un gros bol de crème.

— Salut, Ashley.

— Tu t'es enfuie juste après l'annonce du poste. On n'a même pas eu l'occasion de discuter...

— Je n'ai rien à te dire.

J'aperçus le corbeau perché sur la tringle du rideau, qui observait la scène de ses yeux bruns. Je le pointai du doigt.

— Si t'as besoin de parler à quelqu'un, essaie avec lui. Il adore quand tu cites « Le Corbeau ».

— Oh, il est trop mignon. Si tu parles du poème stupide que tu récitais tout le temps, je crois qu'il est gravé dans ma mémoire, dit Ashley en levant les yeux au ciel et en tendant la main avant de faire claquer ses doigts, comme si le corbeau allait s'approcher. Une fois, sur le minuit lugubre, pendant que je méditais, faible et fatigué, sur maint précieux et...

Le corbeau s'élança dans les airs et lâcha un autre projectile mortel, en plein dans la cible.

SPLASH.

— Arrrrgh !

Ashley leva les mains en l'air pour faire fuir le corbeau et se précipita vers les escaliers. L'oiseau se posa à nouveau sur la tringle du rideau, ses yeux noirs m'observant, comme pour s'assurer qu'il avait bien fait son travail. Ce n'était probablement qu'une ombre, mais j'aurais pu jurer qu'il m'avait fait un clin d'œil.

6

Ashley semblait déterminée à me torturer. Elle s'était enfuie après que le corbeau eut laissé son petit cadeau sur son sac Birkin, mais revint une heure plus tard, portant une robe rose recouverte d'un imprimé de revolvers noirs. Elle passa l'heure suivante à parcourir le rayon sociologie. Toutes les cinq minutes, elle s'avançait vers la fenêtre, puis retournait vers les rayons. Elle s'en alla sans rien acheter. Je ne desserrai la mâchoire que lorsqu'elle franchit l'angle de la rue et disparut enfin de mon champ de vision.

— Tes amies sont bizarres, dit Heathcliff alors que je l'aidais à répondre aux courriels de la librairie.

Et par aider, je voulais dire qu'il me dictait des réponses au vitriol et que je traduisais ses insultes archaïques en quelque chose qui ressemblait à de l'anglais moderne et civilisé. Le seul email que je ne modifiai pas fut celui adressé au service clientèle de La-Boutique-En-Ligne-Dont-On-Ne-Doit-Pas-Prononcer-Le-Nom.

— Ils ne me reconnaîtront pas si je suis poli avec eux, souffla-t-il.

J'acceptai à contrecœur, notamment parce que je me

réjouissais quand même un peu de pouvoir un jour écrire cette phrase : « Je préférerais de loin être condamné à un séjour perpétuel dans des régions infernales, plutôt que d'endurer, ne serait-ce qu'un instant de plus, les divagations puériles d'une telle tête de linotte. »

Et dire que Maman pensait que ce travail serait ennuyeux.

— Ashley n'est pas mon amie, dis-je à travers des dents serrées. Pourquoi est-ce qu'elle est bizarre ?

— Elle a passé une heure entière ici, malgré sa visite précédente tout à l'heure et elle n'a pas quitté la section Sociologie une seule fois.

— Et c'est bizarre, ça ?

Enfin, pour Ashley, ça l'était, mais Heathcliff n'en savait rien.

— La section Sociologie c'est la zone morte de la librairie. C'est là qu'on range tous les livres qu'on ne peut pas mettre ailleurs. Personne n'achète de bouquins au rayon sociologie, pas même les professeurs de sociologie.

Je fis semblant d'écrire sur un bloc-notes imaginaire.

— Note à moi-même : personne n'achète de livres au rayon sociologie, et encore moins mes ex-amies bizarres. Tu vois, j'en apprends déjà beaucoup sur le métier de libraire. Bon, qu'est-ce qu'on fait pour le déjeuner ? Je meurs de faim. Est-ce qu'on sort ou...

— Je ne sors pas. Il y a déjà assez de gens qui s'agitent dans la librairie comme ça, je n'ai pas en plus besoin d'aller côtoyer leur ignorance durant mon temps libre.

— Eh bien, je pourrais monter à l'appartement et nous préparer quelque chose...

— Non. Tu ne vas pas à l'étage, dit Heathcliff avant d'ouvrir le tiroir supérieur du bureau. J'ai plein de nourriture ici.

Je jetai un coup d'œil au tiroir qui était rempli de pâtés en croûte moisie, de saucisse sèche et de barres chocolatées fondues et difformes.

Je désignai une masse sombre au fond du tiroir.

— C'est une fourmilière, ça ?

Heathcliff prit une barre chocolatée et le referma.

— Si tu as envie de jouer les enquiquineuses, *tu* n'as qu'à sortir. Va nous chercher quelque chose de frit ou d'enrobé de sucre.

— Très bien, dis-je en prenant mon manteau. Cette fois-ci c'est moi qui invite, mais si tu veux que j'aille nous chercher à manger tous les midis, ce sera cinquante centimes de plus par heure.

— Vendu.

— Croac ! ajouta le corbeau du haut des escaliers alors que j'avançais vers le couloir.

— Et quelques baies pour l'oiseau ! cria Heathcliff derrière moi.

— C'est une livre de plus, ça ! rétorquai-je en claquant la porte de la librairie derrière moi.

— Croaaaaac !

Lorsque je poussai la porte lourde vingt minutes plus tard, trempée par la pluie et portant une énorme pile de nourriture indienne, une bouteille de vin blanc et une barquette de myrtilles importées, une odeur nauséabonde me heurta les narines, comme le parfum de la mort, des chaussettes moisies et du fromage puant, réunis en un seul endroit.

— Le chat nous a ramené une surprise ou quoi ? demandai-je en posant la nourriture sur le bureau de Heathcliff et en tirant un tabouret pour me joindre à lui.

L'odeur me brûlait tellement les narines que les larmes me montèrent aux yeux.

Heathcliff gronda et arracha le couvercle d'un rogan josh*.

— Ça empeste le chili et les épices étrangères.

— Évidemment, c'est un curry. Comment tu fais pour sentir autre chose que cette puanteur ? Tu es sûr qu'il n'y a pas un tas de poissons pourris au fond du tiroir de ce bureau ?

— Ça ne sent pas si mauvais que ça.

— Hum. Je suppose que tes sens olfactifs ont été émoussés après toutes ces années à vivre dans une garçonnière et c'est probablement pour ça que tu ne veux pas que j'aille à l'étage, dis-je en disposant les plats à emporter sur le bureau. Vas-y, prends des couverts et sers-toi. Si le rogan josh est trop épicé, je nous ai pris du butter chicken, quelques samosas et même une bouteille de vinasse pas chère pour célébrer la super décision que tu as prise en m'embauchant et le fait que je vais rénover cet endroit... Heathcliff, cette odeur est *nauséabonde*. On ne peut pas laisser cet oiseau déféquer ici, ça donne une très mauvaise image de la librairie...

Je m'arrêtai net, mes yeux suivant mon nez jusqu'à la source de l'odeur. Dans le fauteuil à oreilles situé sous la fenêtre était assis un homme échevelé qui portait un jean plus composé de trous que de tissu. Il portait un trench-coat taché par la crasse et ses cheveux désordonnés semblaient n'avoir jamais vu de peigne ni de douche. Il avait un livre ouvert sur les genoux et une main à l'avant de sa veste. Au début, je crus qu'il était obscène, mais sa main était posée sur son torse. Quand même, c'était bizarre.

Je me penchai sur le bureau, là où Heathcliff avait le nez

---

* Plat épicé de mouton ou d'agneau originaire du Cachemire.

dans son livre, ses bottes épaisses croisées au-dessus de son clavier pendant que son ordinateur bipait en signe de protestation. J'agitai la main sous son visage, mais il ne leva pas les yeux vers moi.

— Euh, Heathcliff, chuchotai-je. Je ne sais pas si tu l'as remarqué, mais il y a un SDF qui lit dans un coin.

— Bien sûr que si je l'ai remarqué, dit Heathcliff en reposant le livre et en soulevant le couvercle d'un récipient, fronçant les sourcils face à son contenu. Tu as pris du bhaji* aux oignons ?

— Si tu détestes les boutiques de e-commerce et les gens qui ont des téléphones portables, tu dois bien être contre les vagabonds qui viennent empuantir la librairie, non ?

Heathcliff jeta un coup d'œil au sans-abri qui ne semblait pas avoir remarqué mon arrivée.

— Earl n'a pas de maison. Il dort sur le banc du parking. Il fait froid et humide dehors et il a juste envie de lire des livres et le mieux dans tout ça... c'est qu'il n'a pas de liseuse électronique.

Ma poitrine se serra face à sa gentillesse. Le fait de vivre à New York m'avait rendue plus insensible envers les sans-abris, mais Heathcliff avait raison. Il n'y avait personne d'autre à l'intérieur et il faisait un temps horrible dehors.

— T'es gentil pour un gros grincheux.

Heathcliff grogna en découpant un morceau de naan et en l'imbibant de rogan josh.

— Peut-être que lui et moi avons des intérêts communs.

— Pourquoi tu ne le laisses pas dormir sur ton sofa à l'étage alors ?

— Tu plaisantes ? Il *pue*. Je ne vais pas le laisser s'approcher de mes affaires.

---

* Mets indien de type beignet d'oignon.

Heathcliff sortit deux verres à vin du second tiroir de son bureau et les posa sur la table.

— Tu gardes des verres à vin dans ton bureau ?

— Je travaille dans l'industrie du livre. Il y a toujours une bonne raison de boire.

Le bouchon ne tint qu'une seconde sous ses doigts puissants.

Pendant que Heathcliff versait le vin, je laissai mon esprit divaguer et celui-ci m'entraîna immédiatement vers un fantasme où Heathcliff poussait les piles de livres et l'ordinateur de son bureau, se jetait sur moi et consommait notre relation de travail déjà conflictuelle par la partie de jambes en l'air la plus intense que j'ai jamais expérimentée.

Je parie que Heathcliff emploie des mots tels que consommer, ce qui ne me dérange pas du tout tant qu'il peut me donner plusieurs orgasmes...

Mince, mais qu'est-ce qui m'arrive ? Il a beau être canon, ça reste mon patron. Et c'est aussi une tête de nœuds.

Une grosse tête de nœuds.

D'ailleurs, je parie qu'il en a une immmmmense.

Oh, Aphrodite, sauve-moi.

Je regardai fixement mon curry, espérant que Heathcliff attribuerait mon visage rouge à la forte teneur en piment.

— Si cette fille n'est pas ton amie, c'est qui alors ? marmonna Heathcliff entre deux bouchées de naan.

— Juste une fille que j'ai connue, dis-je en mangeant. Je suppose qu'autrefois elle était mon amie.

— Tu n'as pas envie d'en parler ?

— Non.

— Tant mieux. Je déteste parler.

Le reste de l'après-midi me parut flou, comme un enchaînement de livres et d'odeur de poissons pourris. Après une heure ou deux, le sans-abri inséra un ticket de caisse sale du Wimpy Bar en tant que marque-page et glissa son livre sous le fauteuil avant de sortir de la librairie en traînant des pieds.

En passant devant Grimalkin dans le couloir, le chat noir siffla et lui frappa la cheville de ses griffes mortelles.

— Arrête d'embêter les clients, Grimalkin, marmonna Heathcliff sans lever les yeux de son livre. Il n'y a pas d'autre chat avec lui.

Curieuse de savoir ce qui avait retenu l'attention de Earl, j'attendis jusqu'à ce que Heathcliff soit occupé avec un client et tirai le livre de sous la chaise. Notre ami sans-abris était en train de dévorer *Le Livre Sur Les Chats Le Plus Mignon Qui Soit*. Ça allait donc sans dire. Je remis le livre à sa place, sur l'étagère.

À seize heures pile, Morrie franchit le seuil de la porte.

— Oooh, qui a apporté du vin ?

Il attrapa la bouteille à moitié vide et versa le reste dans un verre tandis que Heathcliff chassait le dernier fureteur et fermait la porte derrière lui.

— Moi.

Je glissai sur mon siège derrière le bureau et tentai de lui arracher le verre des mains.

Morrie avait vraiment l'habitude de prendre ce qu'il voulait, même si ça ne lui appartenait pas.

Morrie tint le verre au-dessus de sa tête.

— Tu n'en as pas apporté assez.

— Et tu vas me pousser du haut d'une cascade pour ça, *Moriarty* ? dis-je en haussant les sourcils.

Heathcliff entra dans la pièce à grands pas, Grimalkin s'agitant autour de ses pieds. Le corbeau arriva en piqué de l'étage et atterrit sur le tatou.

— Ne laisse personne d'autre entrer, gronda-t-il. Nous sommes fermés et je n'ai pas envie que...

Un grand fracas retentit au niveau du hall d'entrée, comme si quelque chose de lourd heurtait le plancher.

— Éloignez-vous de cette foutue boîte aux lettres ! tonna Heathcliff en sprintant vers le couloir.

Pressentant la zizanie, le corbeau vola après lui.

— Tu as passé une bonne journée de travail ? demandai-je à Morrie.

— L'entreprise a perdu quatre-vingt-cinq millions de livres, répondit-il avec désinvolture en sirotant son vin mal acquis et en feuilletant un livre de poche sur Jack l'Éventreur.

Le corbeau revint dans la pièce et se percha sur le dossier de la chaise.

— *Hein* ?

Morrie parcourut la page des yeux.

— Ouaip. L'argent a disparu des comptes. Pouf, comme par magie.

— Et comment se fait-il que tu ne sois pas plus inquiet à ce sujet ? Tu as toujours un travail ? Est-ce que tu percevras quand même un salaire ?

— J'ai été licencié, comme tous les autres. Ce n'était que des foutaises cette entreprise de toute façon. Ils n'ont jamais donné suite à ma suggestion d'instaurer une journée de travail avec son animal de compagnie. Je comptais laisser notre corbeau se défouler sur les nantis de l'encadrement intermédiaire.

Morrie tendit la main et chatouilla l'oiseau sous le menton. Ce dernier émit un *hyuh-hyuh-hyuh* guttural, presque comme s'il ronronnait.

— Mais tu n'as plus de travail ! Et quatre-vingt-cinq millions, ça ne *disparaît* pas comme...

— Bon sang, dit Heathcliff en revenant avec une pile de Dan Browns. Tu tournes le dos une seconde et ils fourrent ces trucs dans la boîte aux lettres. Je vais finir par la barricader. Les gens sont des monstres.

— Je suis d'accord, ajoutai-je. Tous ceux qui lisent Dan

Brown sont des monstres. Ils ne sont même pas assez bons pour être recyclés.

— On pourrait les faire brûler dans le feu pour nous tenir chaud, suggéra Morrie, se massant les épaules.

— Et faire griller des guimauves ! ajoutai-je.

Morrie se tourna vers Heathcliff.

— Mina est parfaite. Il faut qu'on la garde.

— Croac ! acquiesça le corbeau.

— Miaou, renchérit Grimalkin.

Je pris l'un des livres.

— Hé, en fait, est-ce que je peux en prendre quelques-uns ? Je crois que je pourrais en vendre. Ma mère me dit toujours qu'il faut *diversifier ses sources de revenus*.

— On vend des livres, gronda Heathcliff. Mais pas ces livres-là.

— Vous pourrez une fois que j'en aurais fini avec eux. Crois-moi. Tu as un carton de rechange ?

Heathcliff m'en tendit un et je me mis à trier la pile pour sélectionner les livres en bon état. Morrie se laissa tomber sur le fauteuil de Heathcliff, ses yeux émeraude dansant alors qu'il me regardait travailler.

— Alors, comment s'est passé ton premier jour, beauté ? N'épargne pas les détails croustillants.

— Tu n'as pas plutôt envie de parler de ton travail...

— Tout va très bien pour moi. J'ai un peu d'argent de côté. Raconte-moi comment c'est de travailler avec Le Grincheux.

— C'était amusant, dis-je et je le pensais vraiment.

Heathcliff et Morrie étaient tous les deux très étranges, mais malgré la visite d'Ashley, ils m'avaient complètement fait oublier le problème de mes yeux et tout ce qui s'était passé récemment. Ce n'était également pas désagréable qu'ils ne soient pas vilains du tout et qu'à chaque fois que Heathcliff grognait quelque chose de sa voix rocailleuse, je l'imaginais en train de prononcer mon prénom alors qu'il s'enfonçait...

Houlà. J'enfouis mon visage brûlant entre les pages du *Da Vinci Code.*

Et puis, j'étais entourée de livres. Leur odeur réconfortante me ramenait en enfance, lorsqu'ils étaient ma seule échappatoire à cette vie merdique qu'était la mienne. Il était normal qu'après tout ce qui s'était passé à New York, je revienne à la Librairie Nevermore pour m'évader une fois de plus. Les livres étaient vraiment mon salut.

Et je ne pourrai les lire que pendant un court laps de temps encore.

Cette pensée me heurta de plein fouet, me tirant de mes pensées heureuses. L'ophtalmologue m'avait expliqué que les changements seraient d'abord lents – ma vision périphérique rétrécirait jusqu'à ce que je voie le monde à travers un tunnel étroit. Ensuite, je commencerais à voir des couleurs et des lumières aléatoires. Puis, à un moment indéterminé dans le futur, je deviendrais complètement aveugle.

Aveugle.

Plus de couleurs. Je ne tournerais plus les pages de mes livres préférés. Plus de mode, d'art ou de plaisir. Seulement l'obscurité. Rien d'autre.

— Allô, Mina, ici la terre, dit Morrie en claquant ses doigts devant mon visage. Tu étais ailleurs là. Ton visage était couvert de taches rouges.

— Ça va. Je suis juste un peu terrifiée par ce truc archaïque, dis-je, cherchant à changer de sujet tout en jetant un regard noir au vieil ordinateur de Heathcliff, la seule chose qui se tenait entre moi et le corps sexy et longiligne de Morrie. Est-ce qu'il a un site internet au moins ?

— On n'a pas besoin de site internet ! cria Heathcliff depuis l'arrière de la boutique.

Morrie se pencha par dessus le bureau, son visage s'illuminant d'une joie diabolique. De près, son parfum me frappa – frais et piquant, une odeur de pamplemousse et de vanille avec une pointe de quelque chose de beaucoup, beaucoup plus sombre.

— On est au vingt-et-unième siècle, punaise. Toute entreprise légitime a besoin d'un site web. Comment font les gens pour trouver la librairie ?

— Je n'ai pas envie qu'ils trouvent la librairie ! hurla Heathcliff au loin.

Morrie m'adressa un sourire qui fit fondre ma culotte.

— J'ai une idée, chuchota-t-il. Viens chez moi demain soir. On créera un site internet. Il n'aura pas son mot à dire.

— Pourquoi est-ce qu'on ne travaille pas dessus la journée ? Chez toi c'est chez lui et ce n'est pas comme si tu devais te rendre au travail.

— Je ne peux pas. Je descends à Londres pour mon rendez-vous avec ma banque.

— Tu te rends là-bas en personne ? Et c'est toi qui traites Heathcliff de dinosaure ?

Morrie cligna des yeux.

— C'est une banque très spéciale. Qu'est-ce que t'en dis ? Je reviendrai vers dix-neuf heures, tu n'as qu'à passer pour vingt heures ? Je m'assurerai qu'il laisse la porte ouverte pour toi.

— Tu veux dire que j'aurai le droit de me rendre à l'étage ?

— Non ! cria Heathcliff depuis les profondeurs de la librairie.

— Si, sourit Morrie.

— Croac ! acquiesça le corbeau.

Je tendis la main pour serrer celle de Morrie.

— Va pour le rencard.

7

Ma mère rentra de son séminaire de vente pour ses plateformes vibrantes au moment où je posais deux bols de reste de curry sur la table.

— J'ai eu une idée géniale pour mes packs de démarrage pour les séances d'entraînement avec les plateformes vibrantes, Mina. J'ai besoin que tu ailles au supermarché me chercher des serviettes et des gourdes en plastique pas chères. Je vais enlever les étiquettes et mettre mes stickers dessus.

Ma mère posa un rouleau d'autocollants criards sur lesquels figuraient une image floue de son visage souriant et l'inscription : « Faites Vibrer Votre Vie Avec Helen Wilde. »

Je grimaçai.

— Waouh, Maman, c'est... quelque chose.

Elle sourit.

— Ils sont splendides, n'est-ce pas ? Ce soir j'ai appris que l'image de marque était essentielle à la réussite d'un entrepreneur. Mon business mentor a une machine qui les imprime en un instant. Et ça ne m'a coûté que deux-cents livres...

— *Deux cents* ? J'aurais pu te trouver bien mieux sur Internet pour dix livres. Maman, combien tu dépenses pour ce nouveau business ? Tu as assez pour payer le loyer, j'espère ? Parce que Heathcliff ne me paie pas beaucoup et je...

— Détends-toi, chérie. Je vais tout récupérer d'ici dimanche, plus un ROI de deux-cents pour cent. Ça veut dire, retour sur investissement. Tu vois, j'apprends plein de choses, dit-elle avant de faire une pause. Enfin, ce sera plutôt mercredi prochain. Mais pas plus tard. Tu veux bien aller au supermarché ?

— Maman, j'ai travaillé toute la journée. Je n'ai pas envie de retourner en ville. Et regarde, j'ai préparé le dîner. Et puis, j'avais un projet que je voulais commencer ce soir. Tu ne peux pas y aller toi ?

Elle fit la moue.

— Mais chérie, j'étais tellement occupée avec le séminaire, je n'ai même pas eu l'occasion de faire mes exercices de vibrations aujourd'hui. Je ne peux pas vendre ces machines si je ne les utilise pas. L'authenticité c'est très important pour le marché de la consommation aujourd'hui et...

— OK.

J'avalai ma dernière bouchée de curry et pris mon manteau. Je n'avais absolument pas envie de sortir à nouveau, pas avec Ashley qui se baladait dans le village. Mais je venais de réaliser que je n'avais pas la colle dont j'avais besoin pour mon projet de livre et je savais que ma mère ne lâcherait pas l'affaire tant que je ne serais pas allée faire les courses.

— Je peux avoir les clés de la voiture ?

Ma mère secoua la tête.

— Mina, tu ne devrais pas conduire avec ta vue.

— Il ne fait pas encore sombre. *Ça va.*

— Je ne pense vraiment pas que ce soit une bonne idée. Et puis, la voiture crache à nouveau de la fumée noire. Je crois que c'est l'alternateur.

Super.

— Tu ne sais pas ce qu'est un alternateur. Maman, tu ne peux pas remplacer la voiture au lieu de dépenser de l'argent dans ce nouveau business ? Comme ça tu pourrais te rendre à un travail dans des bureaux ou...

— Je ne vais pas faire ça alors que tout ce dont j'ai besoin c'est de vendre cinquante plateformes vibrantes et de recruter dix commerciaux. Je pourrai en acheter une toute neuve. Prends ton téléphone et ta bombe lacrymogène pour être en sécurité.

Je ferais mieux de l'amener elle à la librairie, je parie que Heathcliff pourrait lui apprendre quelques trucs sur les dangers du commerce de détail.

Je tirai sur mon manteau, ouvrit mon parapluie pour me protéger de la bruine hivernale et je sortis au clair de lune.

Au coin de notre rue, il y avait un terrain de jeu où les adolescents des logements sociaux traînaient le soir, buvant de la bière artisanale et fumant toutes les drogues qu'ils pouvaient se procurer. Je gardai la tête haute en trottant à côté, mais ils étaient trop occupés à rire à cause d'un de leurs copains qui était suspendu la tête à l'envers sur les barres pour me remarquer. Parfois, les miracles se produisaient.

Une voiture passa en trombe, le conducteur hurlant quelque chose au passage. Sa voix dure et ses suggestions obscènes me firent frissonner avec effroi. Alors que je traversais la route, des voix en colère et des bruits de verre brisé s'échappaient des fenêtres de la maison d'en face. *Encore une soirée classique dans mon quartier.*

J'avais passé quatre ans à New York et pourtant, cet endroit me terrorisait toujours. Pas étonnant que ma mère ait essayé toutes les combines possibles pour partir d'ici. Je pensais avoir échappé à Argleton, mais j'étais désormais de retour, là où était ma place.

Alors que j'approchais le village, les maisons devenaient de plus en plus soignées, les jardins regorgeaient de fleurs hivernales et de nains de jardin qui jetaient des coups d'œil par-dessus les murs de pierre. Ce soir, une chorale se produisait dans la salle paroissiale et le supermarché grouillait de monde. Les villageois d'Argleton prenaient leurs hymnes au sérieux (même si je soupçonnais certains des acheteurs enthousiastes de faire le plein de flasques d'alcool et d'en-cas pour la soirée). Le supermarché se trouvait dans une ancienne maison Tudor, dans la rue principale qui faisait le tour de la place du village.

Il avait été transformé en supermarché pour la ville. On y trouvait de tout, de l'épicerie aux souvenirs en passant par les articles ménagers de base et les fournitures agricoles. Je me cachai derrière un présentoir de chocolats Cadburys et vérifiai les rayons à la recherche d'Ashley. *Non, elle n'est pas là.* Je me jetai dans la mêlée et me frayai un chemin jusqu'au rayon des articles ménagers. Je trouvai quelques tubes de colle, des ciseaux de bricolage, des cartes colorées et quelques rubans pour mon projet. Je pris ensuite une pile de serviettes. Alors que je me penchais pour vérifier le prix sur l'étiquette, une paire de lunettes me heurta en plein visage.

C'est quoi ce bordel ?

Je suivis le bras qui tenait les lunettes du regard et aperçus une vieille dame avec un énorme tote-bag à fleurs. Elle agita ses lunettes devant moi.

— Elles t'aideront, ma grande, dit-elle avec douceur. Je m'en sers pour faire mes mots croisés.

Je me mis à rougir. *Mais qu'est-ce qu'elle croit ?* Premièrement, j'avais une paire de lunettes dans mon sac pour voir de près (que je n'utilisais jamais parce qu'elles étaient moches) et il était impossible qu'elle ait la même correction que moi pour ses mots croisés. Et surtout, est-ce que j'avais l'air *si* pathétique que ça ? C'était ça, ma vie désormais ? Des inconnus qui essayaient de me refiler leurs lunettes violettes en écailles ?

— Je n'en ai pas besoin, parvins-je à répondre. Je vois très bien. Je pensais juste qu'il s'agissait d'étiquettes à gratter.

Je me levai d'un bond et partis en traînant des pieds, laissant derrière moi plusieurs serviettes.

C'est ma vie désormais. Partout où j'irai, les gens auront pitié de moi.

Mes bras n'arrêtaient pas de trembler. Je contournai l'angle et fis tomber d'autres serviettes. Il était hors de question que je m'arrête pour les ramasser. *Prends le reste des trucs pour maman et sors d'ici.* Les emballages hideux sur les étagères se confondaient en un carnaval de lumières et de couleurs, me narguant avec des mots que je ne pouvais pas lire.

Tout va bien, c'était juste une vieille folle qui essayait d'être gentille. Je peux tenir le coup.

Dans l'allée suivante, je repérai les ustensiles de cuisine. Il ne restait plus que sept gourdes en plastique. Une par une, je les plaçai en équilibre précaire sur ma pile de serviettes, formant une sorte de totem à l'effigie de la bêtise de ma mère. Je fis un premier pas chancelant vers la caisse, lorsque mon regard se posa sur un présentoir de préservatifs.

Une bouffée de chaleur s'installa entre mes jambes alors qu'une série d'images obscènes jaillissaient dans mon esprit. Les longs doigts de Morrie effleurant ma peau avec la légèreté d'une plume tandis que son sourire malicieux laissait présager tout ce qui pourrait s'ensuivre. Mes mains enroulées dans les boucles d'Heathcliff alors que ses lèvres hautaines s'écartaient sur mon téton. Les deux hommes me plaquant tous les deux contre une étagère alors qu'ils se battaient avec mes vêtements, leurs lèvres et mains partout à la fois.

Waouh, mais d'où ça sort ça ? L'excitation et les visions obscènes sont-elles des symptômes bizarres de ma maladie oculaire ?

Parce qu'en aucun cas je n'ai envie d'expérimenter ce que je viens d'imaginer avec Morrie et Heathcliff. Impossible.

Je retirai ma main, stabilisant ma pile avant de perdre une autre serviette. Mais je tendis à nouveau le bras, tripotant le coin de la boîte. *Ça ne peut pas faire de mal d'en garder quelques-uns dans mon sac, juste au cas où. Ce n'est pas comme s'il allait réellement se passer un truc avec Heathcliff ou Morrie, mais on ne sait jamais sur qui je pourrais tomber.*

— Mina, c'est toi ?

Je sursautai, provoquant une avalanche de boîtes de préservatifs dans l'allée. Mon cœur fit un bond dans ma poitrine alors que je reconnaissais la silhouette qui se penchait pour les ramasser.

— Darren, salut, dis-je en forçant un sourire pour Darren Barnes qui avait été dans ma classe au lycée.

Mon Dieu, combien de gens de mon passé je vais encore croiser aujourd'hui ? Je redressai les épaules et tentai de paraître complètement normale, comme si je n'envisageais pas d'acheter des préservatifs ou de cacher ce gros secret qui me rongeait de l'intérieur.

— Je ne savais pas que tu étais de retour en ville, ajoutai-je.

— Oh, je ne suis jamais parti, dit Darren en se redressant, les bras chargés de boîtes avant de les ranger à nouveau sur l'étagère, les alignant de façon parfaitement parallèle.

Le logo du magasin était inscrit sur sa chemise en polyester bon marché et son pantalon en lin.

Il travaille au supermarché.

C'est triste.

À l'école, Darren était à peu près deux échelons plus bas qu'Ashley et moi sur l'échelle sociale, ce qui revenait à dire qu'il était dans la mouise. Il faisait partie de ces geeks ringards et sérieux qui ne réalisaient pas que tout ce qui sortait de leur bouche était la cible parfaite pour les brutes. Il avait l'habitude de nous suivre, Ash et moi, comme un chiot perdu, car il avait un énorme crush sur elle. Elle lui donnait parfois de faux espoirs car il écrivait ses dissertations pour elle et réparait son ordinateur.

— C'est super !

Je me forçai à élargir mon sourire, même si mes bras commençaient à me faire mal. Je rattrapai une gourde en plastique avant qu'elle ne tombe de ma pile.

— Ça ne vaut pas le coup de voir le reste du monde de toute façon, ajoutai-je. J'en ai fait l'expérience, il n'y a que des embouteillages, des cafés bizarres et des tigres à dents de sabre.

— Je me débrouille plutôt bien en fait. Je suis candidat au poste de manager, dit Darren en prenant un stylo de derrière son oreille avant de le faire tourner entre ses doigts. J'ai même mon propre appartement, juste au-dessus de la boucherie.

— Ah ouais ?

Beurk.

— On se croisera peut-être, continuai-je. Moi je travaille à la Librairie Nevermore.

Darren grimaça.

Quoi ? Tu travailles dans un supermarché toi. T'as pas le droit de grimacer.

— C'est plutôt cool figure-toi, expliquai-je.

— Cet endroit est un peu glauque, tu ne trouves pas ? Ça a toujours été miteux, mais depuis que ce Romanichel l'a repris, presque plus personne n'y va. Ma mère pense que c'est dû à un problème de rongeurs. Les rats transportent des maladies, tu le savais ? Ils sont à l'origine de la peste noire. Ma mère dit qu'il y a récemment eu une épidémie de peste noire quelque part en Afrique. T'imagines comme ce serait horrible si la peste noire arrivait ici, à Argleton ?

— Hum, oui, c'est sûr.

Donc Darren est toujours aussi bizarre qu'avant.

— Mais je ne crois pas qu'il y ait de rongeurs dans la

librairie, expliquai-je. Il y a un chat et un corbeau, donc bon. Et les origines de Heathcliff n'ont rien à voir avec...

— Ma mère m'a dit qu'il n'avait même pas de famille, ricana Darren d'une voix aiguë. Et il est tellement grincheux. Il y a quelques mois, j'ai suivi un cours sur le service à la clientèle, dans le cadre de mon évolution professionnelle, et nous avons appris qu'il était important de mettre les clients à l'aise et de leur souhaiter la bienvenue. En ce qui me concerne, j'ai dû apprendre à ne pas les oppresser ni à les regarder dans les yeux pendant trop longtemps. Je me suis tellement amélioré depuis et les clients y sont réceptifs. Ce Heathcliff aurait bien besoin de suivre un cours sur le service à la clientèle. Tu vas le convaincre de le faire ? Par exemple, ils me diraient que je ferais mieux de t'aider à choisir tes prophylactiques. On a des produits aromatisés à la cerise très populaires...

La dame qui avait essayé de me refiler ses lunettes nous observa derrière le présentoir à salades, le visage marqué par un froncement de sourcils désapprobateur. *Pitié, faites que le sol m'engloutisse.*

— Non, ça va, dis-je, les joues brûlantes. Finalement je n'en ai pas besoin.

— Alors je vais t'aider avec ton énorme pile de serviettes.

— Non, c'est bon. Je n'ai pas besoin...

Mais Darren était déjà en train de me prendre les serviettes des mains et s'avançait vers la caisse. Il me fit signe de passer devant la file d'attente. Je haussai une épaule douloureuse et le suivis, serrant les gourdes sous mon bras.

Darren fronça les sourcils en comptant les serviettes.

— C'est pour un... projet d'art. Je n'essaie pas de momifier quelqu'un, précisai-je.

— Je veux bien te croire, dit Darren avant que son visage ne s'éclaircisse tandis qu'il encaissait ma commande. Hé, tu traînes toujours avec Ashley ?

Je n'ai pas envie de parler de cette foutue Ashley.

— Pas vraiment. Est-ce que tu peux vite m'encaisser s'il te plaît ? Je suis un peu pressée et il faut que je retourne voir ma mère...

— Elle a disparu après le lycée, pour faire un truc super. Aux dernières nouvelles, elle travaillait à New York pour un célèbre créateur de mode, dit Darren en me faisant un grand sourire. Je la suis sur Instagram. Elle a toujours l'air classe et elle a vraiment du goût. Ce ne serait pas étonnant qu'elle devienne le prochain grand nom de la mode. Et elle connaît toutes les tendances. Grâce à ses derniers posts, j'ai commencé à boire de la bière artisanale.

Argh, ce type est toujours aussi agaçant. Attendez une seconde...

Une idée diabolique me traversa l'esprit. Cela ne compenserait certainement pas le mal que m'avait fait Ashley, mais une petite vengeance me ferait du bien.

— Je parie que tu aimerais bien la revoir, n'est-ce pas ?

— Oh oui ! J'ai tellement de choses à lui dire sur les bières artisanales et j'ai envie de lui poser plein de questions sur New York et sur les vêtements que je devrais porter. J'ai économisé de l'argent pour pouvoir m'offrir du Verona Westward. C'est la créatrice préférée d'Ashley, non ?

— Oh, oui, Verona Westward est un génie de la mode, dis-je en souriant, riant intérieurement face à sa tentative pour parler de Vivienne Westwood. C'est ton jour de chance Darren. En fait Ashley est en *ce moment même* en visite à Argleton.

— C'est vrai ? dit Darren d'une voix soudain aigüe.

Son visage sérieux s'illumina comme celui d'un chiot.

— Ouais. Je l'ai même vue aujourd'hui, d'ailleurs. Elle reste probablement chez ses parents. Je suis sûre qu'elle serait ravie de te revoir.

Prends- ça, espèce de connasse voleuse de travail et cafteuse de secret.

— Merci, merci, Mina ! J'irai une fois que j'aurais terminé ma journée, dit Darren en passant son stylo dans ses cheveux d'une main pendant qu'il jetait mes serviettes dans un sac de l'autre. Je ferais mieux de lui apporter des fleurs. Tu sais quel genre de fleurs elle aime ? On en a en promotion pour trois livres. Oh, et c'est quoi sa bière artisanale préférée ? Si t'as une minute, je te montrerai notre sélection...

— Avec grand plaisir, dis-je, mon sourire s'élargissant un peu plus.

Ashley n'avait aucune idée de ce qui l'attendait.

8

Le lendemain, ma journée de travail fut assez similaire aux autres. Deux types entrèrent dans la librairie et passèrent une heure à lire des livres de Bukowski avant de sortir leurs liseuses électroniques pour télécharger les bouquins et les terminer chez eux. L'un d'eux eut même le culot de demander le mot de passe wifi à Heathcliff.

— Le mot de passe c'est : barrez-vous-bande-de-cons, lui dit Heathcliff, la malice brillant dans ses yeux noirs.

Les types s'enfuirent vers la porte d'entrée, marmonnant dans leur barbe que le service client était choquant et que les romanichels étaient ingrats.

— C'est un C majuscule pour *cons* ! criai-je après eux, ce qui me valut un ricanement appréciateur de la part de Heathcliff.

Je fis ma première vente – un livre sur les Grands Chemins de Fer de l'Ouest – à un gentil monsieur d'un certain âge vêtu d'un cardigan couleur saumon. Le corbeau largua une autre fiente sur un type qui avait cité Edgar Allan Poe. Je me demandais parfois si cet oiseau ne le faisait pas exprès.

J'avais eu pas moins de trois pensées obscènes concernant Heathcliff et Morrie qui m'avaient fait rougir la peau et palpiter l'entre-jambes. Il fallait clairement que je m'envoie en l'air avant de m'attirer des ennuis.

Et plus important encore, je passai toute la journée sans penser une seule fois à mes yeux. Pendant qu'Heathcliff et moi échangions quelques joutes verbales et que Morrie m'envoyait des textos de drague depuis son train de Londres, je ne pouvais pas m'inquiéter du futur ni me lamenter sur l'épée de Damoclès au-dessus de ma tête. C'était royal. L'horloge finit par afficher seize heures et je n'eus pas envie de partir. Mais Morrie et moi avions prévu de travailler sur le site internet dans la soirée et j'avais promis à ma mère que je serais de retour pour le dîner. Je quittai donc la librairie à contrecœur, promettant à Heathcliff que je reviendrais pour vingt heures. Son grognement en guise de réponse me réchauffa le cœur d'une façon inattendue.

Après un dîner composé de haricots en boîtes sur des toasts, ma mère roula jusqu'au vieux village d'Argleton pour vendre ses plateformes et les gourdes « de sa marque » à des retraités qui ne se doutaient de rien. Elle était trop excitée par sa première session de vente pour remarquer que j'avais changé trois fois de tenue. J'optai finalement pour une robe en jersey Marcus Ribald avec des voiles de dentelle noire sur les côtés, un legging noir et mes Docs rouges vernies.

Ma mère avait réussi à convaincre l'un des junkies de l'autre côté de la rue de jeter un coup d'œil à sa voiture et celle-ci avait repris vie, alors elle m'avait déposée devant la librairie avant d'aller à la maison de retraite. La boulangerie était sur le point de fermer, aussi je me faufilai à l'intérieur et j'achetai quelques desserts à la propriétaire Greta pour seulement une livre, la dernière pièce qu'il me restait. Une bruine glacée me frappa en plein visage tandis que je serrais ma veste en cuir contre moi et grimpais les marches avec des papillons dans le ventre.

Mais pourquoi est-ce que je suis nerveuse ? Ce n'est pas comme si c'était réellement un rencard. Tu vas créer un site internet avec ton patron et son colocataire bizarre. En fait, c'est surtout des heures supplémentaires non rémunérées.

Même si la Librairie Nevermore était toujours un peu gothique, la nuit, sous la pluie, elle avait un côté très inquiétant. Les deux lucarnes perçaient les nuages sombres tandis que la lune projetait une lueur froide sur le verre. Les branches dénudées grattaient les briques comme des griffes, tandis que la pluie s'écoulait des becs de cuivre et s'accumulait entre les pavés. Le sans-abri d'hier était affalé sous l'avant-toit, une main enfoncée dans la poitrine de son manteau. Il avait l'autre main plaquée sur sa bouche et renifla ce qui semblait être une décennie de morve.

Depuis la rue, je ne distinguai pas de lumière dans les étages supérieurs, mais je dus plisser les yeux pour repérer les marches de la porte d'entrée. *OK, là, je pense à mes yeux.* Il y avait beaucoup de choses sur lesquelles je pouvais trébucher en me rendant à l'étage. Heureusement que je n'avais finalement pas opté pour ma deuxième tenue, qui impliquait des talons.

Il n'y avait rien d'autre à faire qu'avancer, lentement et sûrement. *Je suis la tortue la plus redoutable qui soit.* Je m'agrippai à la balustrade en fer forgé et gravis les marches sans un bruit. Je tâtonnai pour attraper la poignée, m'attendant à ce que la porte soit verrouillée. Elle tourna et je pénétrai dans le hall d'entrée en traînant mes bottes mouillées sur le tapis et en lissant mes cheveux.

Évidemment, aucun d'entre eux n'avait pensé à laisser une lumière allumée en bas. Je m'arrêtai pour essorer mon écharpe et mon chapeau, attendant que ma vue s'adapte à la pénombre, mais ce ne fut pas le cas. Je me faufilai dans le couloir de l'entrée, renversant les livres sur les étagères au passage et montai la première volée de marches.

Au premier étage, un pâle rayon de lune provenant de la fenêtre située en face des étagères de sociologie m'indiqua clairement le chemin à suivre. Je parvins à trouver l'étroite volée de marches menant à l'appartement de l'étage sans tomber sur les castors empaillés.

L'escalier était bloqué par une corde de velours défraîchie et un panneau que j'avais vu plus tôt dans la journée avec l'inscription : « Traversez à vos risques et périls » avec l'écriture cursive et soignée de Heathcliff. Je repoussai la corde sur le côté, pris la boîte en carton remplie de desserts de l'autre main et appuyai mes doigts contre le mur tandis que je m'enfonçais dans la pénombre et grimpais.

Voilà à quoi ressemblera bientôt ma vie, un monde perdu dans les ténèbres.

Je repoussai cette pensée. Je n'étais pas prête à m'y complaire, pas ce soir. J'avais envie de leur cacher la vérité pendant encore un moment. Je voulais que Morrie continue de m'adresser ce sourire diabolique et qu'il m'envoie des textos pour me draguer et je voulais que Heathcliff grogne face à mes blagues et m'oblige à envoyer des courriers virulents à La-Boutique-En-Ligne-Dont-On-Ne-Doit-Pas-Prononcer-Le-Nom. Je voulais que... que cette *chose*... entre nous qui faisait palpiter mon cœur et mouiller ma culotte reste aussi incroyable juste un peu plus longtemps avant qu'ils ne commencent à me traiter comme une invalide qui ne mérite que de la pitié.

Mes pieds frôlèrent un petit palier. Je tendis la main, tâtonnant les trois murs jusqu'à ce que je trouve la poignée. Quelque chose grinça dans l'escalier derrière moi. Je pivotai, mais ne vis rien dans la pénombre.

Mon souffle s'accéléra.

Ce n'est rien. C'est juste une vieille boutique. Elle grince. Je suis seulement en train de me faire peur toute seule parce qu'il fait très sombre...

Un autre craquement retentit, suivi d'un bruissement.

Je me figeai, observant l'obscurité de la cage d'escalier

comme si elle allait me révéler une présence par magie. Mon cœur battit contre ma poitrine.

— Il y a quelqu'un ? haletai-je.

Personne ne me répondit.

Tu vois ? Il n'y a pas de raison d'avoir peur.

Bien sûr que si, il y a une raison d''avoir peur. Je me tiens dans un hall sombre dans une librairie sinistre avec une porte fermée devant et un trou noir derrière moi. On dirait le début d'un jeu de Cluedo, juste avant que le gentil docteur Black ne soit brutalement assassiné.

Je respirai par à-coups en attendant que d'autres bruits se manifestent. Il n'y en eut aucun.

C'est juste la maison qui craque.

Je pris quelques grandes inspirations, essayant de calmer mes nerfs. Je toquai à la porte, mon poing projetant un nuage de poussière sur mon visage.

— C'est ouvert ! cria Morrie de l'intérieur.

Toussant à cause de la poussière, j'ouvris la porte et entrai dans la pièce. J'entendis un autre bruit derrière moi, comme le grincement d'une porte que l'on ouvrait ailleurs dans la boutique, mais j'étais trop distraite par la pièce devant moi pour y penser.

Ce n'était pas l'appartement que j'avais imaginé lorsque Morrie et Heathcliff m'avaient expliqué qu'ils vivaient ensemble au-dessus de la librairie. Dans ma tête, ils résidaient dans ce genre de garçonnière typique dans laquelle tous les hommes que je connaissais avaient vécu – un étendoir de linge humide dans le salon, les bords des vêtements tachetés de moisissure. Une cuisine si radioactive qu'elle aurait déclenché un compteur Geiger - des toasts collés au plafond comme une exposition d'art moderne. Une distillerie de whisky dans la baignoire. Des affiches de femmes aux seins nus avec des pénis dessinés à côté de leurs lèvres boudeuses, placardées sur tous les murs. Des champignons qui se transformaient en une espèce supérieure donnant des instructions derrière le miroir de la salle de bains...

Même si je ne les connaissais que depuis deux jours, j'aurais dû me douter que ces gars-là étaient différents. Mais *ça*...

J'entrai dans le petit salon agréablement meublé. Un feu à gaz dans l'âtre éclairait l'appartement d'une lueur chaleureuse et je distinguai les contours d'un ensemble de meubles dépareillés. Les livres recouvraient chaque surface – du moins, celles qui n'étaient pas déjà occupées par des bouteilles vides et d'étranges babioles. Je jetai un coup d'œil au-dessus de ma tête, mais aucun toast ne menaçait de me salir. Il n'y avait aucun poster ni pénis grossièrement dessinés sur les murs, à moins que l'on ne prenne en compte le grand tableau de style Renaissance représentant des dieux héroïquement nus poursuivant une nymphe au-dessus de la cheminée. De jolies œuvres d'art dans des cadres sculptés ornaient toutes les surfaces disponibles. Des estampes, sans doute, car certaines d'entre elles étaient des œuvres de Picasso ou Monet. Du papier peint floqué rouge et or apparaissait entre les cadres dorés et poussiéreux. En m'approchant de la chaleur du feu, j'aperçus le manteau de cheminée, encombré de statues bizarres, de boîtes en marbre et de paquets de cigarettes vides. Je repérai un poster de The Clash au-dessus de la bibliothèque et un tourne-disque sur une étagère à côté de la cheminée. Deux tables basses branlantes vacillaient sous le poids non pas de canettes de bière, mais de délicates tasses à thé et soucoupes en porcelaine. Au lieu de l'odeur habituelle que j'associais aux hommes – sueur, vaisselle non lavée et chaussettes qu'il fallait décoller des murs – ça sentait les vieux livres et le cuir craquelé, le thé à la lavande et l'encens boisé.

Au-dessus du tourne-disque, le corbeau se balançait

paresseusement sur un autre perchoir fait sur mesure. Lorsqu'il m'aperçut, il ouvrit ses ailes et s'élança dans le couloir.

— Où est-ce que tu vas ? dis-je en le poursuivant. Je promets de ne pas citer Poe.

Morrie sortit la tête d'une petite alcôve au fond du couloir, son grand corps baignant dans la lumière d'un écran d'ordinateur.

— Heathcliff, espèce de nigaud inutile, Mina est là ! cria-t-il avant de m'adresser un sourire espiègle.

— Cet endroit est super cool, dis-je en m'avançant vers le fauteuil en cuir vide devant le feu. Je m'imagine très bien lire ici, avec Grimalkin lovée sur mes genoux...

Dans une démonstration inhabituelle de furtivité, Heathcliff sortit de l'ombre et se glissa dans le fauteuil devant moi.

— C'est le mien. Personne d'autre ne s'assoit sur ce fauteuil.

— Bonsoir à toi aussi.

Grimalkin sauta sur le dossier du fauteuil et s'amusa à me tripoter les cheveux. Je tapotai sa tête poilue. Je tentai de faire de même avec la tête de Heathcliff, mais il m'esquiva et s'enfonça un peu plus dans son fauteuil. Je lui fis une moue exagérée.

— Au moins, *Grimalkin* est heureuse de me voir, elle.

— C'est parce que tu n'as pas essayé de lui voler ses biens, répondit Heathcliff.

— Rooh, c'est comme ça que tu traites quelqu'un qui t'a apporté un dessert ? dis-je en soulevant le couvercle de la boîte que j'avais entre les mains pour révéler une pile de poudings au caramel.

— Moi, j'étais l'incarnation de la politesse, dit Morrie en émergeant de l'alcôve avant de prendre un gâteau dans la boîte.

Je restai bouche bée. Il devait sortir de la douche, car ses cheveux étaient plaqués sur son visage et quelques gouttes coulaient le long de sa mâchoire exquise. Dans la pénombre, je n'avais pas non plus remarqué qu'il ne portait pas de chemise.

Ma bouche devint soudain toute sèche. Par Astarte, James Moriarty était sacrément *musclé*. Des pectoraux toniques et des tablettes de chocolat guidèrent mon regard vers le bas, de plus en en plus bas, là où une traînée de poils noirs et les pointes d'un V digne d'un Adonis laissèrent mon imagination flirter avec ce qui se trouvait en dessous de sa taille. Un tatouage représentant un navire de guerre napoléonien couvrait son biceps au-dessus de l'inscription « Que le jeu commence ». Les mots « Je dois avouer que je convoite ton crâne » étaient tatoués sur son torse avec une écriture gothique élégante et une toile d'araignée recouvrait l'un de ses magnifiques pectoraux, l'araignée se balançant au-dessus de ses abdominaux.

— Ça va, ma belle ? dit Morrie en prenant un second gâteau. Tu as la bouche ouverte comme si tu essayais d'attraper les mouches.

Je la refermai.

— Ça vole… je veux dire, ça *va*. Tu comptes t'habiller ? Il fait un temps affreux ce soir. Je ne voudrais pas que tu attrapes la mort.

— Le spectacle est trop intimidant, hein ?

Il enfila une chemise rouge et boutonna une veste noire et dorée par-dessus, retroussant les manches sur ses avant-bras.

Mon Dieu, cet homme sait comment s'habiller.

— Je suis juste une citoyenne inquiète. J'ai aussi apporté des baies pour le corbeau. Elles sont un peu écrasées, mais…

Ma voix se brisa lorsque j'aperçus une troisième paire d'yeux qui m'observaient depuis le couloir.

— Qui… qui est là ?

Une silhouette sortit de l'ombre. Sous la lumière du chandelier, un autre homme apparut dans mon champ de vision, ses traits si frappants qu'il me coupa le souffle. Alors que

Heathcliff avait son allure robuste et Morrie son charme élégant, la peau de ce gars rayonnait d'une luminescence pâle qui n'était pas de ce monde. Des lèvres sensuelles firent la moue dans ma direction alors que de longs doigts s'étiraient pour balayer une mèche de cheveux noirs et soyeux de son visage, caressant au passage une pommette qui aurait pu couper du verre. Ses yeux d'un brun profond, teintés d'anneaux de feu comme une forêt norvégienne brûlant dans le sillage du Ragnarök, me fixaient comme s'il était le chasseur et moi sa proie.

— Qui es-tu ? parvins-je à articuler.

— Le colocataire, chuchota-t-il en retour, ses mots semblant porter le poids d'une malédiction. J'apporterai les baies à l'oiseau.

Je sursautai en entendant sa voix. Cette voix rauque, ce timbre riche, comme du chocolat fondant sur des fraises mûres. *On dirait cette voix que j'entends sans cesse dans la librairie !*

Alors comment ça se fait que je ne l'aie encore jamais vu ?

— C'est toi qui m'espionnais ? demandai-je.

Le fait qu'il soit extrêmement sexy ne l'empêchait pas d'être flippant.

Les yeux du colocataire se déplacèrent, le feu y flamba comme la forêt cède au brasier. Il baissa les paupières, battant ses longs cils effilés, m'arracha les baies des mains, tourna les talons et retourna dans le couloir. Ses cheveux s'épanouissant derrière lui comme le plumage d'un oiseau chanteur, captant et reflétant la lumière qui peignait les mèches de nuances de couleur fugace – indigo, lavande, cuivre et or bruni.

Je me frottai le coin de l'œil, souhaitant ardemment que mes yeux détraqués puissent percer la pénombre du couloir, car j'étais prête à parier que la vue de ses fesses était *spectaculaire*.

— C'est Quoth, dit Morrie. C'est un peu un solitaire, tu ne le verras pas beaucoup.

— Et c'est probablement pour le mieux. Mais sérieusement, il s'appelle Quoth ?

Morrie acquiesça.

— C'est son vrai nom ? Pas son pseudo sur World of Warcraft ? Pas son surnom dans son ancien groupe de musique punk ? Ses parents l'ont vraiment appelé *Quoth* ?

— C'est ce qui est écrit sur sa carte d'abonnement à la salle de sport, grogna Heathcliff depuis son fauteuil.

— OK, cet appartement est trop scandaleux pour être réel. Vous êtes sûrs que vous n'êtes que trois à vivre ici ? Je ne vais pas bientôt croiser Shakespeare et Bède le Vénérable* ? Car je ne suis pas certaine que mon cerveau puisse supporter les « Être ou ne pas être » à répétition.

— Il n'y a que nous trois, les joyeux célibataires, chantonna Morrie en prenant un autre gâteau.

— Quatre, si on compte le corbeau, ajoutai-je, surprise qu'il ait oublié l'oiseau.

— Oui, c'est vrai. Bien sûr. Quatre.

— Vous n'avez pas du travail ? dit Heathcliff en prenant son livre sur l'accoudoir du fauteuil. J'ai cru comprendre que vous complotiez pour rendre ma vie misérable.

— Tu es déjà misérable. J'espère que le site internet te rendra *tellement* malheureux que tu seras obligé de devenir jovial, dis-je en parvenant à lui ébouriffer un peu les cheveux avant qu'il ne me repousse d'un haussement d'épaules.

— J'espère qu'il fera une petite danse joyeuse, dit Morrie en me guidant. Ça referait mon année. Suis-moi, mon antre est par-là.

Dans la petite alcôve du salon qui avait probablement servi de chambre d'enfant à l'époque où la maison n'était qu'une simple demeure victorienne, Morrie s'installa à côté d'un

---

* Moine et lettré anglo-saxon.

bureau noir aux lignes épurées. Contrairement à tout le reste de Nevermore, ce bureau était une œuvre d'art moderne - une étendue d'acier et de verre rutilante, supportant trois écrans disposés en demi-cercle autour d'un fauteuil à haut dossier, et sous lequel se trouvaient une pile d'ordinateurs noirs et un clavier mécanique.

— Alors comme ça t'es un gamer, dis-je en levant les yeux au ciel, reconnaissant certains gadgets de l'appartement d'un ex-petit ami gamer à New York.

À en juger par la configuration de Morrie, il avait dépensé beaucoup d'argent pour cet équipement.

— En quelque sorte.

Morrie tira le fauteuil et me fit signe de m'asseoir. Je m'exécutai, émerveillée par la façon dont celui-ci épousait mes courbes. Un bref fantasme obscène où je m'imaginai chevaucher Morrie alors qu'il était assis sur ce fauteuil et qu'il me souriait me traversa l'esprit, et je m'en délectai pendant un moment alors qu'il se penchait pour ajuster le clavier. Son bras frôla le mien et je regrettai de ne pas avoir acheté cette boîte de préservatifs.

Il a flirté par texto avec toi toute la journée, me sermonna la voix d'Ashley dans ma tête. Elle savait toujours tout sur les hommes. *Il t'a invitée chez lui, tard le soir. Il n'arrête pas de te faire ce sourire. Fonce, chérie !*

Pas tant que Heathcliff et Quoth sont là. Ces murs doivent être fins comme du papier et mal isolés. L'idée de travailler avec Heathcliff après qu'il nous ait entendus coucher ensemble, Morrie et moi, éradiqua tout désir sexuel de mon corps. *Je n'ai pas besoin de plus de complications dans ma vie. Je vais seulement créer un site internet, c'est tout.*

Je jetai un coup d'œil sur les différents écrans, évitant délibérément de regarder Morrie. Des données défilaient trop rapidement pour que mes yeux puissent les suivre.

— Qu'est-ce que c'est que tout ça ? Je croyais que tu n'avais plus de travail ?

— Non. Je suis indépendant maintenant. Je t'avais dit que ça irait.

— Qu'est-ce que tu fais exactement ?

— Comme disent mes contemporains, j'ai été doté d'une faculté mathématique phénoménale.

La main de Morrie effleura mon épaule alors qu'il m'installait dans le fauteuil, provoquant dans mon corps un frisson qui n'avait rien à voir avec un courant d'air.

— Ça veut dire que je fais ce qui m'intéresse. Il y a quelques années, j'ai publié un livre sur les astéroïdes. Mon dernier emploi était dans la finance. Aujourd'hui, dans le train, j'ai appris à coder en dur un site web. Tu veux voir ce que j'ai créé ?

— Tu veux dire, est-ce que j'ai envie de voir le site internet que tu as créé après avoir appris à le faire rapidement dans le train ? Oui, s'il te plaît. Ça ne me ferait pas de mal de rire un peu.

J'imaginai un bazar épouvantable avec du texte clignotant et une surabondance de points d'exclamation.

Moriarty se pencha pour cliquer sur la souris, son corps surplombant le mien. Je sentis la tension dans ses muscles pendant qu'il déplaçait la souris.

Est-ce qu'il est aussi excité que moi ?

— J'ai déjà acheté un nom de domaine et créé un site de base. La boutique en ligne est un plugin pour notre catalogue sur La-Boutique-En-Ligne-Dont-On-Ne-Doit- Pas-Prononcer-Le-Nom. J'ai même réussi à trouver une photo de Heathcliff qui a l'air étrangement normal. Tout ce qu'il faut, c'est du texte et des images, et peut-être une liste de diffusion.

— Pas de liste de diffusion ! cria Heathcliff depuis son fauteuil devant la cheminée.

— Retourne à ton livre, rétorquai-je.

— Ce n'est pas facile de me concentrer quand vous essayez tous les deux de saboter mon commerce.

Morrie me montra comment naviguer entre les différents éléments.

— Si tu places le curseur dans cette case, tu peux ajouter du texte à la page d'accueil. Puis créer la page « À propos de nous » et « Où nous trouver ». J'ai même ajouté une carte interactive d'Argleton.

Je regardai fixement la case vide sur l'écran, mes doigts figés au-dessus du clavier.

— Qu'est-ce que j'écris ?

— Juste des informations sur la librairie. Il faut essayer de la rendre attrayante pour que des gens viennent nous rendre visite et comme ça Heathcliff cessera d'être aussi radin avec l'eau chaude.

Morrie écarta une boucle humide de son front. Je déglutis. *OK, donc là il faut que j'écrive des trucs pendant que Morrie me regarde faire. Hum hum. Facile.*

Je tapai la touche E du doigt. Librairie. Livres. Lecture. Évasion. Que pouvais-je bien dire sur la Librairie Nevermore qui traduirait réellement ce que je ressentais pour cet endroit ?

Une idée surgit soudain de nulle part et me tapa sur l'épaule. J'écrivis : « La Librairie Nevermore : là où vous trouverez des histoires dont vous ne pensiez pas avoir besoin. »

— Super, ma belle, dit Morrie dont la voix sexy me caressait l'oreille. Continue.

Mes doigts survolèrent le clavier alors que je me remémorais cette époque où je m'enfuyais à Nevermore après l'école et ce réconfort que je trouvais entre les pages. J'imaginai un labyrinthe d'étagères où tout pouvait être tapi dans l'ombre et je pris même note de ma rencontre avec « le gentil corbeau de la librairie ».

— C'est un peu exagéré, dis-je en désignant la partie sur le corbeau. Mais il est tellement insolite que je pense qu'on devrait l'inclure.

— Croac, acquiesça l'oiseau qui arriva en volant et se percha sur le dos du moniteur.

— Oui, oui, dis-je en tapant nerveusement. Je précise aussi qu'il ne faut pas citer Poe.

— C'est excellent, dit Morrie en se penchant par-dessus mon épaule pour mieux voir l'écran.

Mes doigts glissèrent sur les touches. J'avais oublié qu'il était juste là.

— Tu as un don pour ça.

— Un don pour ne pas citer Poe ?

— Non, un don pour l'écriture. Je peux résoudre une équation de Navier-Stokes en quelques secondes, mais j'aurais fixé l'écran du regard pendant des heures et je n'aurais jamais trouvé quelque chose d'aussi éloquent que ce que tu as écrit en dix minutes. Tu pourrais vendre du sable dans le désert avec tes mots.

— Pitié, ne me parle pas de vendre du sable.

L'un des premiers business de ma mère avait été un gommage réparateur à base de sable de Damas « authentique » qu'elle avait ramassé sur la plage de Blackpool. Je la suspectais encore de rembourser l'amende pour la Protection de L'Environnement.

Je tapai quelques informations sur les pages restantes, terminant par la page À Propos De Nous. Je m'apprêtai à parler à nos clients potentiels du propriétaire acariâtre, mais je réalisai que je ne savais rien sur Heathcliff. Son accent était du nord et il n'avait pas pu grandir à Argleton, car sinon il aurait fréquenté mon école et je me serais souvenue de lui. Tout le monde le traitait de Romanichel et sa peau foncée et son nez fort suggéraient certainement des origines orientales. D'où venait-il ? Était-il allé à l'université ? Qu'est-ce qui avait poussé quelqu'un d'aussi jeune et bâti pour les tâches difficiles à tenir une vieille librairie moisie ?

— Heathcliff, tu veux bien venir ici ? criai-je.

— Je suis occupé.

— Ça ne prendra qu'une minute.

Le corbeau vola dans le salon. Je me penchai vers le coin de l'alcôve et le vit donner un coup de bec dans le bras de Heathcliff.

— Croac !

— Bon, *d'accord* ! dit Heathcliff avant de se pencher en avant pour jeter un coup d'œil vers l'alcôve. *Quoi ?*

— J'ai seulement besoin de quelques éléments biographiques te concernant, pour le site internet.

— Je n'ai pas envie que les gens sachent des choses sur moi.

— Je ne parle pas de tes secrets les plus profonds et les plus sombres, juste des trucs basiques. Où est-ce que tu es né, pourquoi tu t'es lancé dans le commerce de livres...

— Je suis dans le commerce de livres parce que je pensais que ce ne serait pas plein de gens agaçants qui viennent perturber ma tranquillité avec des questions incessantes. Visiblement, je me suis trompé.

Heathcliff repoussa le corbeau. Ce dernier croassa en signe de défi et s'envola sur un perchoir au-dessus de la porte du couloir.

— S'il te plaît ?

Heathcliff soupira, comme si je l'avais obligé à rejoindre l'armée.

— Très bien.

Il se leva du fauteuil, fouilla dans ses poches et en sortit un portefeuille en cuir délavé au design démodé. Il me le lança dessus.

— Tout est là-dedans. Si tu as besoin d'autres détails, tu n'as qu'à les inventer.

Je baissai les yeux vers le portefeuille. L'odeur d'épices et de cigarette de Heathcliff s'échappait des coutures et assaillit mes sens. Je l'ouvris et jetai un coup d'œil à l'intérieur, tirant des cartes et des bouts de papier glissés dans chaque poche, tous contenant les informations d'Heathcliff en tous petits caractères. Des larmes me picotèrent le coin des yeux. Même avec la lumière de l'écran de l'ordinateur, je ne pourrais jamais les lire.

Pourquoi est-ce qu'il ne peut pas simplement me les dire ? Pourquoi est-ce qu'il m'oblige...

— T'attends de recevoir une invitation écrite pour t'y mettre ?

— Ce n'est pas ça, dis-je rapidement, en lui jetant le portefeuille. C'est juste que je ne peux pas me servir de ça.

— Pourquoi ?

— Parce que... euh...

Je me creusai la tête pour trouver une excuse qu'ils voudraient bien croire.

— Parce qu'elle ne peut pas les lire, dit une voix rauque depuis l'embrasure de la porte. Elle devient aveugle.

9

— C'est... ce n'est pas vrai ! dis-je en pivotant.

Et là, tapi dans l'ombre, se trouvait le colocataire, Quoth, les bras croisés sur le devant de sa chemise rouge sang, ses yeux féroces m'observant comme un vautour.

Comment peut-il être au courant ?

Sur ses lèvres, la honte qui m'avait renvoyée de mon New York bien-aimé, qui m'avait fait perdre le travail de mes rêves et ma meilleure amie, et qui m'avait entraînée dans une spirale de dégoût envers moi-même, semblait se moquer de moi. J'aurais voulu que le bois sous mes pieds pourrisse pour que je puisse tomber à travers les étagères en dessous. *Enterrez-moi sous les livres. Ou mieux encore, enterrez Quoth. Comment est-il au courant et pourquoi s'est-il senti obligé de le dire, putain ?*

— C'est vrai, beauté ? demanda Morrie, d'une voix encore plus douce que je ne l'aurais imaginé possible.

Non, ne fais pas ça. N'aie pas pitié de moi. Je ne supporte pas la pitié.

— Comment... comment tu as su ? murmurai-je, ma poitrine se serrant.

C'était mon secret. Quoth n'avait pas le droit de le révéler à toute la colocation, surtout pas à Heathcliff, qui était probablement sur le point de me virer.

—J'observe les gens, dit Quoth en repoussant une mèche de cheveux derrière son oreille.

— Ce n'est pas une réponse, ça.

— Je l'ai remarqué en te voyant remplir les étagères aujourd'hui. Tu tiens les livres près de ton visage pour lire les titres et tu tournes la tête de façon bizarre, comme si tu n'avais pas de vision périphérique.

— Donc j'avais raison, tu *m'espionnais*. C'est super flippant, surtout si tu n'as pas pris la peine de te montrer.

Avec ce corps et ces yeux perçants, je me serais souvenue de lui. C'était un fait.

Quoth haussa les épaules.

—Je suis toujours là. Je me fonds dans le décor.

—Tu ne...

— Tu pourras tuer Quoth plus tard. Dieu sait que ça résoudrait la moitié de mes problèmes, dit Heathcliff en me jetant un regard noir. Est-ce qu'il dit vrai ?

— Oui, *OK*, c'est vrai, dis-je en levant les mains en l'air. Je vais devenir aveugle, d'accord ?

Je vais devenir aveugle. Les mots résonnèrent dans la pièce silencieuse – des mots que j'avais été terrifiée de prononcer à voix haute depuis mon diagnostic. Des mots que je n'avais dits qu'à une seule autre personne (sans compter ma mère) auparavant et qui avait gâché ma vie en les colportant. Des mots qui signifiaient que je perdais tout ce que j'aimais : les couleurs, l'art, les mots. Tout disparaissait.

Heathcliff se leva. Il tapota le fauteuil à côté du feu.

—Viens t'asseoir. Raconte-nous.

Morrie eut l'air effaré.

Tu lui laisses ton **fauteuil** ? Je vis ici depuis trois ans et tu ne m'as jamais laissé m'asseoir sur ce fauteuil...

— Si tu continues de te plaindre, je jette le fauteuil par la fenêtre *et* je couperai l'eau chaude, gronda Heathcliff.

Morrie poussa mon corps paralysé vers le fauteuil.

Je baissai les yeux vers mes pieds, mon corps entier tremblant. *Ils savent, ils savent, ils savent...*

— Bon sang, Quoth. Tu l'as contrariée, dit Morrie en donnant un coup dans le bras de son colocataire. Tu ne peux pas balancer des choses pareilles.

Quoth s'appuya contre la porte.

— Je ne savais pas que c'était un secret.

— Ouais, bon.

Et moi je ne savais pas qu'un troisième colocataire qui pourrait gagner un concours de sosie de Brandon Lee me regardait secrètement ranger des livres, mais voilà.

Un bras s'enroula autour de mon ventre. La tête de Morrie apparut sous la mienne, ses lèvres dangereusement près.

— Quoth ne pensait pas à mal. Il n'a pas de très bonnes aptitudes sociales. Si ça peut te rassurer, je peux concocter et élaborer un plan de vengeance. Je suis très doué pour la vengeance. Il se peut que cela implique des cordes de piano.

Quoth grimaça.

— Je peux y réfléchir ?

Je m'enfonçai sur le fauteuil. La chaleur du feu se répandit dans mon corps, atténuant la piqûre de ma découverte. J'étirai les doigts autour de l'extrémité enroulée des accoudoirs, inspirant le parfum qui se dégageait du cuir. L'odeur unique de Heathcliff – un musc épicé qui me rappelait la tourbe et la mousse fraîche des landes. Heathcliff appuya son coude sur le tour de cheminée et fouilla dans un paquet de cigarettes. Il en porta une à ses lèvres, ouvrit un briquet et l'alluma.

Morrie s'installa dans son fauteuil de gamer et le fit rouler à travers la pièce. Quoth ne s'approcha pas, mais je pouvais encore sentir ses yeux étranges sur le côté de mon visage.

— Tu as l'air de porter un lourd fardeau, ma belle, dit Morrie en posant son menton sur sa main. Permets-nous de t'en libérer.

J'observai leurs deux visages, le secret verrouillé dans ma poitrine. Si j'en parlais, ça devenait réel et si c'était réel, je devais y faire face et je... je n'étais pas prête. Et pourtant... ma langue mourrait d'envie de parler. Ce secret me rongeait de l'intérieur depuis trop longtemps.

Ces gars n'étaient pas mes amis. Je les connaissais depuis à peine deux jours. L'un d'eux était mon employeur. S'ils m'emmerdaient, je pouvais toujours partir. De toute façon, je devrais probablement quitter Argleton un jour ou l'autre - l'un des projets fous de ma mère finirait inévitablement par tomber du mauvais côté de la loi, et si je restais dans mon ancienne chambre plus longtemps, j'allais devenir folle.

J'avais une porte de sortie, si besoin. Je pouvais bien me permettre de leur faire un peu confiance, non ?

Mon cœur brûlait d'envie de faire à nouveau confiance à quelqu'un. J'en avais assez de porter ce secret toute seule.

J'ouvris la bouche, avec l'intention de leur résumer la situation en quelques phrases. Au lieu de ça, les mots jaillirent.

— J'ai grandi ici, à Argleton, mais j'ai passé ma vie à vouloir m'enfuir. Je ne peux pas vraiment expliquer pourquoi, mais les gens ne m'ont jamais appréciée. Les enfants à l'école me harcelaient parce que nous étions pauvres, parce que ma mère était bizarre, parce que j'aimais la musique et les films étranges et dessiner ou écrire des histoires au lieu de jouer au foot. Et parce que je lisais des livres, tous les livres, certains bien au-dessus de mon âge. Dès que j'ai eu mes examens de fin d'année, j'ai pris un billet d'avion pour partir d'ici et je n'étais jamais revenue jusqu'à aujourd'hui.

Pourquoi t'es revenue, ma belle ? demanda Morrie en se penchant pour promener ses doigts par-dessus mes phalanges, faisant se dresser les poils sur le dos de ma main.

— Chhh, laisse-la parler ! s'agaça Heathcliff.

— J'ai passé les quatre dernières années à New York, pour terminer mon diplôme de mode puis enchaîner avec un stage incroyable chez Marcus Ribald – c'est l'un de mes créateurs préférés. J'ai pu l'accompagner pendant un an, travailler sur les collections, gérer les shootings, en gros être son assistante personnelle. C'était *incroyable*. Et ce qui était encore plus cool, c'était que ma meilleure amie, Ashley, faisait partie des stagiaires.

— J'ai une déduction ! cria Morrie. Ashley, c'est la fille qui est venue à la boutique hier.

— Comment tu sais qu'une fille est venue à la librairie hier ?

— Heathcliff me l'a dit. C'est un vrai bavard si on l'abreuve de scotch. Je lui ai posé *toutes sortes de* questions sur ton premier jour. Qu'est-ce que tu as fait, est-ce que tu as été efficace, est-ce que tu t'es penchée en avant avec ta mini-jupe sexy...

— Ne sois pas dégoûtant, dit Heathcliff en lançant à Morrie un regard capable de réduire les diamants en bouillie. Il se frotta le menton de la main et ses yeux sombres croisèrent les miens.

— Effectivement, cette fille, *c'était* Ashley.

Ce n'était pas une question, mais j'acquiesçai quand même.

— Ouais. Elle m'a dit qu'elle venait rendre visite à sa famille pour les vacances. Ashley est aussi de Argleton. Nous étions amies depuis le lycée. Ashley est...

Je cherchai le meilleur moyen de la décrire.

— C'est une vraie fêtarde. Elle est très créative. Elle vit à mille à l'heure et elle est toujours pleine d'idées. Elle dit ce qu'elle ressent et n'en a rien à foutre de ce que pensent les autres. Quand je suis avec elle, je me sens invincible. Mais elle est aussi superficielle, égoïste et impitoyable quand elle désire quelque chose ou quelqu'un. Elle ne réalise pas que ses décisions empiètent sur les autres. Je pensais qu'avec moi c'était différent. Elle disait que j'étais sa meilleure amie. Je pensais que je comptais assez pour elle pour qu'elle n'ait pas envie de m'écraser. Mais j'avais tort. Il y avait quatre stagiaires et nous étions tous en compétition pour un poste à plein temps au studio Ribald. Je ne veux pas passer pour une arrogante, mais j'avais ce poste dans la poche. L'une des filles avait couché avec toute l'équipe des stylistes, l'autre était kleptomane. Ashley est compétente, mais désorganisée et elle passait trop de temps à vouloir devenir influenceuse sur les réseaux sociaux pour se concentrer sur le travail de Ribald. J'ai dû lui sauver les fesses à plusieurs reprises avant que Marcus ne découvre les erreurs qu'elle avait commises.

— On dirait bien que tu as embauché la bonne demoiselle pour ce travail, dit Morrie à Heathcliff. Peut-être que notre Mina pourra t'aider à transcender ton esthétique crasseuse.

—Je préfère toujours ça plutôt qu'un dandy freluquet.

— Tu viens de me qualifier de *freluquet* là ? ricana Morrie. Jolie référence. Tu as d'autres insultes Shakespeariennes en stock ? Dis-moi que je suis un furoncle, une plaie de peste, une escarboucle en relief dans ton sang corrompu...

— Silence *tous les deux*, dit Quoth dont la voix n'était que velours et obscurité. Laissez Mina parler.

Je pris une inspiration tremblante.

— Il y a quelques mois, j'ai commencé à remarquer que je ne voyais plus très bien dans la pénombre. J'étais assise à un bar avec Ashley. Elle avait convaincu deux types de nous payer un verre et j'avais réalisé que je n'étais pas capable de voir s'il s'agissait des deux même avec lesquels nous avions commencé la soirée. Je n'arrivais pas à distinguer leurs visages. J'ai cru que j'avais peut-être trop bu, mais plus tard dans la semaine, je suis tombée dans les escaliers de notre appartement. Je me suis écorché le bras. J'ai eu très mal, dis-je en levant la main et en remontant ma manche pour leur montrer la cicatrice le long de mon avant-bras. Puis il y a eu d'autres choses aussi. Ashley disait que je n'arrêtais pas de pencher la tête bizarrement. Il s'est avéré que je penchais la tête parce que ma vision périphérique reculait à une vitesse alarmante. Quelques semaines plus tard, j'ai heurté un meuble et je me suis cassé une dent. Puis je n'ai pas vu le bord de mon bureau et j'ai laissé tomber mon smoothie au cacao pressé à froid sur le sol. À New York, c'est un putain de *sacrilège*, comme cracher sur le pape. C'était bizarre, mais je pensais juste que j'étais stressée par le travail. Nous étions la veille de la Fashion Week de New York alors on avait énormément de travail. Marcus dévoilait sa toute première collection de robes de mariée et tout devait être *parfait*. Je travaillais dans les coulisses de l'événement et je ne voyais presque rien. J'avais tellement de choses à organiser et tellement de gens qui comptaient sur moi, tout le succès du défilé reposait sur moi pour que chaque détail soit parfait, que je puisse résoudre chaque catastrophe, que chaque accessoire manquant soit retrouvé. Ashley m'a appelée et j'ai trébuché vers elle dans la pénombre avant de me heurter à un mannequin qui portait une coiffe de deux mètres de haut. Heureusement, elle a réussi à se stabiliser pour ne pas tomber et détruire la tenue, mais je n'arrêtais pas de trembler. Je n'avais encore jamais rien fait d'aussi *stupide*. C'était comme si j'étais droguée. Je me suis demandé si l'un des stagiaires n'avait pas mis quelque chose dans mon verre.

Ashley n'arrêtait pas de me dire que c'était un accident, mais en vérité... je ne l'avais *pas* vue. Même lorsque je l'ai heurtée, je ne voyais pas sa silhouette. Et j'aurais *dû* la voir.

Des larmes me piquèrent les yeux alors que je me remémorais ce souvenir. Travailler durant la Fashion Week pour Marcus Ribald aurait dû être un rêve devenu réalité. Au lieu de ça, ce jour était resté à jamais gravé dans ma mémoire comme celui où j'avais réalisé que quelque chose n'allait vraiment pas avec mes yeux.

Grimalkin sauta sur mes genoux et se recroquevilla, son corps vibrant d'un ronronnement intense. Je caressai sa fourrure soyeuse – ce geste m'aida à stabiliser ma respiration pour que je puisse continuer. Je fermai les yeux pour tenter de retenir mes larmes.

— Je suis allée voir une optométriste qui m'a envoyée chez un ophtalmologiste spécialisé et, après d'autres tests, j'ai reçu mon diagnostic : *rétinite pigmentaire.*

— Et qu'est-ce que c'est ?

— Une dégradation des cellules de la rétine, expliqua Morrie. Au fur et à mesure que la rétine dégénère, les patients perdent leur vision nocturne et périphérique.

— Tu es aussi médecin ? lui demandai-je, surprise qu'il en sache autant.

— Je me suis un peu essayé à la médecine oui, dit-il simplement.

— Eh bien, tu as raison. C'est une maladie génétique, donc en plus de mon petit nez et de mes cheveux châtain clair, j'ai hérité ces charmants gènes de mes parents. Personne du côté de ma mère ne souffre de cette pathologie et elle n'a aucun contact avec mon père, donc on ne sait rien de ses antécédents à lui. Le spécialiste m'a expliqué que mon RP était une forme assez rare qui pouvait s'accélérer à tout moment. Je ne peux rien y faire et il n'existe aucun remède. Il dit que...

Je pris une grande inspiration.

— Que je vais finir par devenir aveugle, ajoutai-je.

Voilà, ma plus grande peur venait d'être révélée. Mais au lieu d'être horrible, c'était étonnamment libérateur de prononcer ces mots dans l'obscurité. J'avais l'impression d'être à l'extérieur de mon corps et de regarder cette fille triste, avec ses Docs éraflées et sa robe en jersey, cracher le morceau devant ces types. Leur réaction importait peu, car elle avait fait ce qui était le plus effrayant. Elle avait prononcé ces mots. Elle les avait rendus réels.

— Merde, cracha Heathcliff avec une peine dissimulée.

J'ouvris grand les yeux et une secousse me traversa de toute part lorsqu'il me regarda – pour *de vrai*. Il vit tous ces indices qui étaient cachés à la vue de tous depuis qu'il m'avait embauchée et tout ce que ce diagnostic signifiait pour mon avenir.

Et cela le mit en colère, pas contre moi, mais pour moi. Cela lui rappela une douleur ancienne de son passé qui l'avait fait se sentir impuissant et seul et pour la première fois depuis que j'étais entrée dans la Librairie Nevermore, je réalisai que Heathcliff et moi avions un lien.

— C'est vraiment dommage, ma beauté, dit Morrie.

Quoth resta silencieux.

Je pris une grande inspiration, encouragée par le regard qu'ils portaient sur moi.

Dehors, la pluie s'était intensifiée, claquant contre les fenêtres et martelant le toit, au même rythme que les battements de mon cœur. Je continuai.

— La première chose que j'ai faite, ça a été d'appeler Ashley. Elle est immédiatement venue avec une bouteille de bourbon et nous l'avons terminée ce soir-là. Je me suis mise minable et j'ai beaucoup pleuré. Tout ce que j'avais voulu toute ma vie, c'était être créatrice de mode, mais comment faire si je ne vois plus rien ? Ashley m'a convaincue que ce n'était pas si grave. Qu'il me restait sans doute encore vingt ans ou plus avant que je ne devienne totalement aveugle. Ça risquait même de ne jamais arriver. Elle était persuadée que je devais continuer de poursuivre une carrière dans la mode et que tous ceux qui tenteraient de m'en empêcher n'avaient qu'à aller se faire foutre. Je ne l'ai jamais autant aimée que ce soir là. Le lendemain matin, je me suis réveillée avec une vraie détermination. Ashley avait raison. Je n'allais pas laisser ce qui appartenait encore au futur, détruire mes rêves d'aujourd'hui, et ça commençait tout de suite. Je suis allée au travail avec la gueule de bois mais avec un regain d'énergie et j'ai travaillé comme une forcenée jusqu'au soir. Marcus est passé par nos bureaux pour nous indiquer que le défilé avait été un succès et qu'il nous transmettrait nos évaluations de performance le lendemain tout en annonçant qui avait retenu le poste permanent dans son équipe. Ashley et moi sommes sorties boire un verre ce soir-là et nous nous sommes dit que, quelle que soit celle qui serait retenue, nous serions heureuses l'une pour l'autre, mais je voyais bien à sa façon de me regarder qu'elle savait que ce serait moi. Je lui ai payé tous ses verres, parce qu'elle avait été une super amie et que j'allais désormais obtenir ce super job qu'elle désirait vraiment. C'était le minimum.

Le lendemain au travail, nous avons attendu devant le bureau de Marcus. Il nous a convoqués un par un comme s'il était le directeur d'une école et que nous étions de vilains élèves. J'avais mal à la tête à cause de l'alcool, mais j'étais trop excitée pour en avoir quelque chose à faire. Marcus m'a appelée et je me suis assise sur son fauteuil Le Corbusier, me lançant dans un discours que j'avais préparé pour lui expliquer à quel point j'étais honorée de travailler avec lui et que je le rendrais fier. Marcus a eu l'air peiné. « Je suis désolé, Mina », il m'a dit avant de poser les mains sur ses genoux. « Tu as travaillé si dur cette année et tu as un vrai flair pour le design. Je pense que tu as un potentiel incroyable, mais j'ai décidé d'offrir le poste à Ashley. »

Je n'arrivais pas à y croire. Les mots ne faisaient aucun sens. Je lui ai demandé pourquoi. « Le monde de la mode est superficiel et n'exige pas moins que la perfection. C'est triste, mais c'est comme ça. Je ne peux pas me permettre d'avoir dans mon équipe quelqu'un qui va devenir aveugle. Tu serais un handicap. Imagine si tu tombais de la scène en préparant un défilé ? Et si tu coupais mal un vêtement ? Mes soies sont fabriquées à la main par des nonnes cloîtrées au Tibet. Elles *n'ont pas de prix.* »

« J'ai regardé comment m'adapter », je lui ai dit. « Ce n'est pas aussi compliqué qu'on l'imagine… ». Mais Marcus a secoué la tête. « Je suis vraiment désolé. Tu ne peux pas travailler dans le monde de la mode. Ni ici ni ailleurs. Ce n'est juste pas possible. » Il est ensuite retourné à sa planche à dessin, m'indiquant que c'était la fin de cette conversation. Je suis restée figée dans ma chaise et mes pieds se sont enfin mis en mouvement. Je ne pouvais pas… Je ne…

— C'est de la discrimination, dit Morrie. Tu pourrais poursuivre ce salaud en justice. Je t'aiderai à défendre ton cas.

— Il ne devrait pas avoir le droit de faire ça, ajouta Quoth.

— Je vais étriper ce bouffon, grogna Heathcliff.

— Ou mieux encore, on lui fera du chantage pour qu'il te confie le poste. Je suis doué pour déterrer les vilains secrets que les gens ne veulent pas rendre publics. Je parie que ce type a une maîtresse. Tiens, je parie même que Marcus Ribald n'est même pas son vrai nom.

Je ne supportai pas que leurs réactions me touchent autant. Je voulais garder mes distances avec ces types, surtout à cause de tous les frémissements magiques et les tensions qui animaient mon corps… mais j'avais beau essayer de m'en convaincre, j'avais déjà placé trop d'espoir dans le fait qu'ils deviennent mes amis. J'agitai la main.

— Évidemment que ce n'est pas son vrai prénom et peu importe. Marcus a raison. Comment puis-je travailler dans la mode si je ne peux même pas voir les vêtements ? Comment est-ce que je peux organiser des défilés si je ne vois rien dans le noir ? C'était idiot de ma part d'envisager de continuer. Mais j'aurais pu le cacher un peu plus longtemps. J'aurais pu obtenir le poste de mes rêves si Ashley n'avait pas parlé de mes yeux à Marcus.

— C'est juste l'opinion d'un seul imbécile.

— Un imbécile mort, grogna Heathcliff.

— Je parie que si tu envoies ton CV à différentes maisons de couture, tu trouveras...

— J'ai essayé. Ashley et Marcus ont divulgué toute l'information à l'industrie de la mode. Il m'a carrément dit qu'il ne me recommanderait pas. Ce qui est vraiment dégueulasse, mais Ashley a fait pire. Elle a prétendu qu'elle avait fait tout ça parce qu'elle se faisait du souci. Elle m'a dit qu'elle s'était inquiétée pour moi après l'incident au défilé. Qu'elle voulait juste que Marcus le sache pour qu'il puisse *m'aider*. Mais il y avait une lueur dans ses yeux que j'avais déjà vue de nombreuses fois. Dès qu'elle l'a su, elle a voulu m'écarter de la course. La façon dont elle me regardait la veille... ce n'était pas de l'envie, mais de la *pitié*.

Je soupirai, grattant Grimalkin sous le menton.

— Voilà, c'est mon histoire. Maintenant, vous savez pourquoi je déteste Ashley et que c'est pour ça que je suis de retour à Argleton. J'ai passé les quatre dernières années de ma vie à travailler pour une carrière qui est désormais hors de ma portée. Je voulais être créatrice de mode depuis l'âge de onze ans. Maintenant..., dis-je avant de hausser les épaules. Je ne sais pas qui je suis sans mes yeux. Je ne...

Un grand fracas retentit soudain en bas, suivi d'un faible gémissement et du bruit sourd de la porte qui se referme.

— C'était quoi ça ?

Grimalkin se leva d'un bond, les oreilles dressées.

— Je parie que c'est l'ami sans abri de Heathcliff qui cherche un endroit chaud où s'installer.

Morrie s'avança vers la fenêtre et écarta les rideaux au moment même où un éclair traversait le ciel.

— Il a probablement vu Mina entrer et a réalisé que la boutique n'était pas fermée.

— Eh bien, si tu n'avais pas laissé la porte d'entrée ouverte, il n'aurait pas pu s'inviter à l'intérieur, gronda Heathcliff.

— C'est *toi* qui lui donnes l'impression d'être le bienvenu ici, insista Morrie. Si j'étais propriétaire de cet endroit, je lui paierais un salaire pour qu'il travaille ici, gagne honnêtement sa vie *et* je m'assurerai qu'il prenne une douche.

— C'est toi qui invites des gens après la fermeture. Nous n'avons jamais d'invités après la fermeture. Maintenant, tu vas devoir descendre et le renvoyer dehors.

— Je ne m'approcherais pas de lui, dit Morrie d'un air effaré. Pas avec mon deuxième gilet préféré. C'est *ton* ami puant. C'est *toi* qui y vas.

Je me levai.

— Je vais y aller, si ma présence ici est un problème…

— Assieds-toi, lança Heathcliff depuis sa place devant la cheminée.

Stupéfaite, je retombai sur mon fauteuil.

— Morrie, va faire un thé pour Mina. Tu ne vois pas qu'elle est contrariée ? Quoth, occupe-toi de ce qui se passe en bas. Si c'est Earl, il peut prendre le canapé de la salle d'Histoire Naturelle s'il veut s'abriter ici, tant qu'il s'en va avant l'ouverture. Si c'est quelqu'un d'autre, fais-le partir sans me déranger. Je ne bougerai pas, j'ai trouvé la position parfaite pour mon bras sur la cheminée et je ne la perdrais pour rien au monde.

Avec un hochement de tête silencieux, la beauté aux cheveux noirs quitta son perchoir et descendit les escaliers.

Morrie entra en trombe dans la cuisine. Heathcliff croisa mon regard.

— Tu vaux mieux que cet endroit, chuchota-t-il.

— Pardon ?

— Si tout le reste demeure, mais que quelque chose ou quelqu'un que vous aimez périt, l'univers vous devient complètement étranger. J'ai longtemps pensé qu'une telle douleur pouvait briser l'âme, mais je comprends désormais que le tourment n'est pas éternel.

La voix d'Heathcliff était toujours aussi bourrue, mais il s'exprimait comme un poète en me donnant un aperçu de son âme. Ma poitrine se gonfla à l'idée qu'un homme comme lui me fasse assez confiance pour me dévoiler un aspect aussi intime de sa personne.

— Merci, chuchotai-je. Là, tout de suite, je ne *vois pas* d'issue, pardonne-moi pour le jeu de mot intentionnel. Peu importe à quel point je suis heureuse dans l'instant présent, je traîne toujours ce lourd fardeau. Je ne sais pas comment m'en débarrasser.

— Nous nous délestons tous de nos fardeaux sur le seuil de cette librairie. Je sais que tu aimais Nevermore pour ce qu'elle représentait pour toi quand tu étais petite et je vois que tu es de nouveau amoureuse.

— Je ne pensais pas que tu m'écoutais.

— J'écoute toujours, Mina, gronda Heathcliff. Je suis…

— Oh, merde ! cria-t-on en bas. Les gars, vous feriez mieux de venir tout de suite.

— Qu'est-ce qu'il a encore fait cet imbécile ?

Restait à déterminer si Heathcliff parlait du sans-abri ou de Quoth. Probablement des deux. Heathcliff se dirigea vers l'escalier au moment où Morrie émergeait de la cuisine et me tendait la main.

Je mourrais d'envie de prendre sa main et de sentir nos

peaux grésiller l'une contre l'autre. Mais c'était dangereux, trop dangereux maintenant que je leur avais ouvert mon cœur.

— Merci, ça va, dis-je en me levant.

Arrivée devant les escaliers, je fis glisser ma main le long du mur et tâtai les marches avec mon pied, me dirigeant vers le carré de lumière en bas.

La première chose que j'entendis fut le tressaillement de Heathcliff, un son si peu caractéristique que mon ventre se noua de peur. Lorsque Morrie arriva sur le palier, il poussa un juron. Heathcliff se retourna et me fit signe de retourner vers les escaliers.

— Il ne faut pas que tu voies ça, grogna-t-il.

— Ne sois pas si vieux jeu. J'ai déjà vu des types ivres inconscients par terre...

Je jetai un coup d'œil au-delà de la silhouette massive de Heathcliff et mon estomac sembla soudain plonger vers le sol.

Devant le rayon Sociologie, un tas de vêtements était étalé par terre. Une main dépassait sur le côté, serrant un sac Birkin ensanglanté. Deux jambes pâles dépassaient de l'ourlet d'une robe rose couverte de motifs revolvers.

Ce n'était pas un tas de vêtements. Mais un corps. Un corps portant une robe très familière de Marcus Ribald.

Ashley était allongée face contre terre sur la moquette brune de la librairie. Un couteau planté dans son dos et un filet de sang dégoulinant sur sa robe rose vif et sur le tapis.

Quelqu'un... quelqu'un a poignardé Ashley.

IO

La bile remonta dans ma gorge.

— Ashley ?

Ça doit être une blague. À tout moment, elle va se lever d'un bon, arracher le faux couteau de son dos et me dire que je suis complètement crétine de croire à sa farce. Ensuite, on se fera un câlin et on redeviendra amies.

Ashley ne bougea pas. Morrie l'enjamba et se pencha pour examiner le couteau. Il pressa deux doigts contre sa gorge et secoua la tête.

Heathcliff me prit dans ses bras, son odeur de fumée et de tourbe envahissant mes narines.

— Elle est partie, murmura-t-il.

Non, non, non, non.

Ce n'est pas possible. Ashley ne peut pas être morte.

— Je vais appeler la police, dit Morrie en sortant son téléphone de sa poche.

— Je vais finir le thé, dit Quoth en remontant à l'étage.

Heathcliff me ramena sur le palier, se plaçant entre moi et le corps d'Ashley.

— Je l'ai vue aujourd'hui, chuchotai-je dans son manteau rigide.

La chaleur de ses bras enveloppait tout mon corps, mais elle ne parvenait pas à déloger la glace qui me poignardait le cœur. L'odeur du vieux cuir et de l'encre riche flottait sur ses vêtements, se mêlant à son parfum épicé et tourbeux – l'odeur réconfortante des livres imprégnés de son essence.

Ashley est morte.

Pas seulement morte. Elle avait été *assassinée*. Ce couteau ne s'était pas retrouvé là par accident. Pendant que j'étais à l'étage en train de me confier à Heathcliff, Morrie et Quoth, elle était en bas, en train de se faire poignarder.

Mais qui voudrait tuer Ashley ? Et pourquoi ? Et pourquoi le faire *ici* ?

Morrie remit son téléphone dans sa poche.

— La police est en route. Nous n'avons pas beaucoup de temps. Mina, il faut que l'on...

— Ne lui pose *pas* la question, l'avertit Heathcliff. On trouvera une solution.

— Désolé, mon pote. Mais ce serait tellement plus commode si Mina acceptait, dit Morrie en tirant sur l'ourlet de son gilet.

— Que j'accepte quoi ? Ma meilleure amie est *morte*.

La panique envahit ma poitrine.

— *Ex*-meilleure amie, me rappela Morrie. Mina, il faut qu'on te parle de quelque chose et ça ne peut pas attendre. La police va t'interroger sur la découverte du corps. Tu ne peux pas leur dire que c'est Quoth qui est arrivé ici en premier.

— Hein ?

Ses mots mirent quelques secondes à pénétrer le brouillard dans mon esprit.

— Pourquoi ? ajoutai-je.

— Parce que... parce que Quoth n'est pas censé être ici. La

personne qui découvre le corps est toujours suspecte. Si la police apprend que c'est lui qui l'a trouvée, elle fouillera un peu trop dans son passé et ils l'emmèneront. Il se retrouvera dans une très mauvaise situation.

— Tu veux dire en prison. Est-ce que Quoth est un criminel ?

Je parie que c'est un harceleur flippant, pensai-je, mais je le gardai pour moi.

— Non, je ne parle pas de la prison, dit Morrie.

Il tendit la main et me caressa les cheveux.

Avec les bras énormes de Heathcliff autour de moi et Morrie qui me touchait le visage, ma concentration vacilla, mon esprit s'éloignant de la réalité.

— Quoth n'a jamais reçu la moindre contravention pour excès de vitesse ni même enfreint la moindre loi. La situation est compliquée, et il ne voudra pas t'accabler avec son histoire juste après le choc que tu viens de subir. Mais si la police apprend qu'il était ici, ce sera mauvais pour lui et pour nous tous.

— Vous voulez que je mente à la police pour protéger ce gars ?

Une pensée horrible me traversa alors l'esprit.

— Mais il était seul en bas en même temps qu'Ashley. Il aurait *pu* lui faire ça, aoutai-je.

— Il n'était pas seul et ce n'est pas lui qui a fait ça, dit Morrie. Ça, j'en suis certain.

— Tout comme moi, dit Heathcliff.

— Comment ça ?

— Ma beauté, on n'a pas le temps de tout t'expliquer. Je te promets que quoi qu'il arrive, nous mettrons des ressources considérables à ta disposition pour te protéger. Et dès que nous le pourrons, nous te raconterons tout. Mais là, j'ai surtout besoin que tu me fasses confiance. Tu peux faire ça ?

— Ashley est morte et tu me demandes de *mentir* à la police. Non, évidemment que je ne peux pas te faire confiance !

— C'est seulement pour protéger un innocent qui n'a absolument *pas* commis ce crime. Mais s'ils apprennent qu'il était le premier à voir le corps, ils vont se focaliser sur lui au lieu de poursuivre le vrai tueur.

— Je n'arrive pas à croire que tu me demandes ça.

— Moi non plus, gronda Heathcliff. Mina devrait dire la vérité. On trouvera un moyen d'aider Quoth. Comme toujours.

— Je ne forcerai pas Mina à le faire, dit Morrie. C'est sa décision. Mais ce serait infiniment plus simple si elle laissait Quoth en dehors de ça. Si elle culpabilise par la suite, elle peut toujours retourner voir la police et changer son témoignage, dire que le choc l'a chamboulée et lui a fait oublier certains détails.

— Tu as déjà anticipé mon éventuelle trahison ?

Je ne savais pas si je devais être impressionnée ou vexée.

— Tout ce que tu as à dire à la police, c'est exactement ce que tu as vu : que nous avons tous entendu un bruit, que tu as descendu les escaliers avec nous et que tu as vu le corps sur le sol, déjà mort. Évite seulement de mentionner que Quoth est descendu en premier.

— Et où sera Quoth dans cette histoire ?

— Nulle part. Techniquement, Quoth ne vit pas ici. Alors, ne le mentionne pas.

— Mais il est à l'étage en train de préparer le thé !

Morrie secoua la tête.

— Non, c'est faux.

Je me libérai de l'étreinte de Heathcliff et courus en haut, trébuchant sur la deuxième marche et tombant en avant, manquant de me casser une autre dent sur la poignée de la porte. Je retrouvai mon équilibre et traversai le salon à tâtons jusqu'à la minuscule cuisine située à l'arrière de l'appartement.

Contrairement au salon, elle correspondait à l'image typique d'une garçonnière – de la vaisselle sale en désordre et des plats à emporter vides à différents stades de décomposition. Le vent fouettait les rideaux de la fenêtre arrière.

Je soulevai la bouilloire de la gazinière. Elle était gelée.

Et Quoth était introuvable.

II

— Vous êtes d'accord pour répondre à quelques questions, madame ? me demanda la jeune sergente, le regard impatient.

J'étais assise dans le fauteuil de Heathcliff dans la pièce centrale de la librairie. Une tasse de thé à laquelle je n'avais pas touché se trouvait sur le bureau devant moi. La Librairie Nevermore était désormais officiellement une scène de crime. Les officiers de police, remplissaient le petit espace, fouillant l'escalier, le couloir et le jardin tandis que l'équipe de police scientifique travaillait à l'étage, enfermant d'abord le corps d'Ashley dans un sac blanc et l'emmenant là où ils emportaient habituellement les cadavres avant d'isoler les étagères de la section Sociologie avec des banderoles, époussetant, tamponnant et récupérant chaque petit morceau de preuve physique.

Heathcliff se trouvait à ma gauche et avait posé sa main puissante et chaude contre mon épaule. Sa présence était ce qui empêchait la bile de remonter dans ma gorge.

— Oui, bien, sûr.

J'attachai mes cheveux indisciplinés en un chignon, puis les relâchai à nouveau. Je croisai les mains sur les genoux, puis les décroisai. Je me tamponnai les yeux, mais ils étaient secs. Je ne savais pas ce que l'on était censé faire lorsque son ex-meilleure amie était assassinée.

— C'est vous qui avez découvert la victime ?

— Non. Enfin, pas vraiment.

Je pointai du doigt la grande silhouette qui se tenait de l'autre côté de la pièce et qui parlait avec un autre officier de police. Son regard croisa le mien et il haussa les sourcils d'un air suppliant. Mon ventre se noua. Je plissai les yeux. *Je n'arrive pas à croire que je suis en train de faire ça.*

— J'étais derrière Morrie et Heathcliff. On a entendu du bruit et on a accouru en bas avant de la trouver allongée sur le sol, et le couteau...

Et Quoth, Quoth était là en premier. Il a découvert le corps, puis il s'est enfui.

J'avais les mots sur le bout de la langue, mais je n'arrivais pas à les faire sortir. Peut-être était-ce la main de Heathcliff sur mon épaule ou le sourire de Morrie, ou cette vague d'épuisement qui m'envahissait. Mes joues brûlaient. D'un moment à l'autre, la sergente Wilson allait m'accuser de mentir et me jeter en prison.

Au lieu de ça, elle me tapota la main.

— Prenez votre temps. Je sais que c'était horrible à voir. J'ai cru comprendre que vous connaissiez la victime ?

— Oui, elle s'appelait Ashley Greer. Sa mère vit sur Donahue Road. Nous sommes amies depuis nos quinze ans et nous avons vécu ensemble à New York ces quatre dernières années, expliquai-je en tirant sur un fil de ma jupe. À vrai dire, nous *étions* amies. Ashley et moi nous sommes disputées récemment et nous ne nous étions pas parlé depuis des semaines. Je ne savais pas qu'elle était de retour en ville jusqu'à ce qu'elle se présente à la librairie.

La sergente Wilson griffonna furieusement

— Vous *étiez* amies ?

— Oui. À New York nous travaillions toutes les deux pour le même créateur de mode. Ashley est devenue compétitive alors que nous visions toutes les deux le même poste. Elle a révélé quelque chose – un secret que je lui avais confié – au créateur, pour qu'il la choisisse à ma place.

— Qu'est-ce qu'elle lui a confié ?

— Ce n'est pas important. Cela n'a rien à voir avec l'enquête, rétorqua Heathcliff.

— C'est moi qui décide ce qui est important.

Mais je secouai la tête et la sergente n'insista pas. Au lieu de ça, elle se replongea dans ses notes.

— Vous avez vu Ashley à la boutique ce soir même ?

— Non, un peu plus tôt dans la journée. Elle est venue à la librairie cet après-midi et est restée une heure ou deux, dis-je en faisant un signe de tête vers les escaliers et la nausée me serra le ventre. Elle a passé pas mal de temps dans la section Sociologie. Elle est même revenue après avoir changé de tenue.

— Pourquoi est-ce qu'elle a changé de tenue ?

Je lui expliquai que le corbeau de la librairie avait lâché une fiente sur son épaule.

— Elle devait chercher quelque chose en particulier, mais elle n'a pas demandé d'aide. Nous n'avons parlé que quelques minutes.

La Sergente Wilson ajouta d'autres notes sur son carnet.

— Vous parlez comme si son comportement était étrange.

— Ashley n'est pas une férue de sociologie. À vrai dire, elle n'aime pas vraiment les livres ni les études. C'était le dernier endroit où je m'attendais à la voir.

— Vous pensez qu'elle est venue ici pour vous parler ?

Je haussai les épaules.

— Je ne pense pas. Elle paraissait surprise de me voir.

— Et où pensiez-vous la voir dans le village si ce n'était pas ici ?

Dans une cave sombre, en train d'aiguiser ses griffes.

— Je ne sais pas. Chez elle, avec sa mère, au pub, ou en chemin vers Londres pour faire du shopping ou assister à un concert. Ashley n'a jamais beaucoup aimé Argleton. Ce n'est pas vraiment son truc.

— Vous n'avez donc aucune idée de ce qui a pu la pousser à revenir à la librairie ce soir ?

Je secouai la tête.

— La librairie n'était même pas ouverte. Normalement, la porte est fermée. Elle était exceptionnellement ouverte parce que Morrie ne l'a pas verrouillée pour que je puisse entrer. On est en train de créer un site internet pour la boutique.

— Donc vous ne l'avez pas invitée à revenir dans la librairie ?

Je secouai la tête.

— Non.

— Et vous n'avez aucune idée de ce qu'elle faisait en bas après les horaires d'ouverture ?

— Je vous l'ai déjà dit ! Il n'y avait même pas de lumière allumée. Qu... Morrie les a allumées quand il est descendu.

— Ashley n'était-elle pas en train de vous chercher ? Peut-être qu'elle a eu envie de discuter du sujet de votre dispute.

— J'en doute. D'après Ashley, elle n'avait rien fait de mal. C'était moi qui dramatisais. Pourquoi est-ce que vous me posez des questions sur notre dispute ? Ce n'est pas ça qui va vous aider à retrouver le tueur.

— Une dernière chose, dit la Sergente Wilson en brandissant un sac en plastique qui contenait une bague – un petit diamant sur un anneau d'or fin. Cette bague a été retrouvée dans la poche de la victime. Vous la reconnaissez ?

Je secouai la tête.

— Ashley ne porterait jamais un truc pareil. Ce n'est absolument pas son style.

La Sergente Wilson referma son bloc-notes et se leva.

— Merci pour votre coopération, Mina. C'est tout ce qu'il nous faut pour le moment. Cependant, il se peut que nous vous demandions de venir au poste pour un interrogatoire plus approfondi, alors ne quittez pas le comté, compris ?

— Hé, patronne ? dit l'un des officiers de police. J'ai trouvé quelque chose.

J'observai la sergente s'éloigner, troublée. Un interrogatoire plus approfondi ? Ne quittez pas le comté ?

Est-ce qu'ils font de moi une suspecte ?

L'officier en uniforme s'accroupit à côté du fauteuil à oreilles, sous la fenêtre. Il brandit un livre. Des chats illustrés de couleurs vives dansaient sur la jaquette recouverte de poussière. *Le livre du sans-abri.*

— J'ai trouvé ça sous le fauteuil, dit-il. Il y a aussi une certaine puanteur par ici, on dirait qu'un chat a vomi.

— C'est le livre que le sans-abri lisait un peu plus tôt, dis-je. Sauf qu'il ne devrait pas être sous le fauteuil. Je l'avais rangé sur l'étagère.

— Le sans-abri ? dit Wilson en plissant les yeux dans ma direction. Vous ne l'avez pas mentionné, ça.

— Il s'appelle Earl, dit Heathcliff. Longue barbe, manteau usé. Je le laisse entrer parfois quand la boutique est calme, pour le laisser lire.

— Ça doit être Earl Larson, non ? demanda l'officier.

Heathcliff acquiesça.

— On le connaît. Je l'ai arrêté plusieurs fois parce qu'il traînait et dérangeait le pub, mais c'est un bon gars. Plutôt inoffensif.

— Il était là plus tôt dans la journée, dis-je. Il s'est assis dans ce fauteuil et a lu pendant environ une heure. Mais je vous jure que j'avais rangé ce livre.

Wilson fit un geste à l'officier qui retira une enveloppe en papier depuis le paquet ouvert sur la table et y inséra le livre. Ce soir, j'avais appris que les sachets sous scellés devaient toujours être en papier et non en plastique transparent comme on le voyait à la télévision.

— Si la porte était ouverte, il est peut-être revenu. Il a certainement voulu s'abriter de l'orage.

— C'est ce qu'on s'est dit quand on a entendu le vacarme. Il y a eu un bruit sourd et le son d'une porte qui claque.

Elle se tourna vers Heathcliff.

— Vous avez dit qu'il manquait de l'argent dans la caisse ?

Je jetai un coup d'œil surpris à Heathcliff. Il acquiesça.

— Oui, environ cent livres.

Wilson ajouta le sachet sous scellé à sa pile et prit note sur son carnet.

— Merci pour cette information. Il faudra que nous touchions un mot à M. Larson. Y a-t-il eu d'autres activités inhabituelles dans le magasin ces derniers jours, Mina ?

— Je ne travaille ici que depuis deux jours, dis-je.

— Oh, je vois, dit-elle avant de gribouiller autre chose.

Le nœud de panique dans ma poitrine se resserra. *Pourquoi est-ce qu'elle s'intéresse autant à tout ce que je dis ?*

— Monsieur Earnshaw, avez-vous remarqué quelque chose d'inhabituel dans ou autour du magasin ces derniers temps ?

— Rien d'anormal, répondit Heathcliff.

Wilson me renvoya pour l'interroger et je partis rejoindre Moriarty sur le palier. Il avait fini de bavarder avec l'inspecteur en chef et observait la police scientifique examiner les preuves avec une expression ravie sur le visage.

— Pourquoi t'as l'air si heureux ? Ashley vient de se faire assassiner.

— Les meurtres me fascinent.

Morrie passa un bras autour de mes épaules, m'attirant fermement contre lui. Je m'enfonçai dans la chaleur de son corps et de son parfum de vanille et de raisin.

— J'ai déjà lu tous les livres de la section « Crime ». Dans une autre vie, j'aurais pu être détective. C'est fascinant de voir une scène de crime se dérouler dans la vie réelle. Alors, comment va la suspecte numéro un ?

— Tu veux dire moi ?

— Évidemment, toi. Tu ne l'as pas deviné avec toutes les questions que la Sergente Jenny Wilson t'a posées ?

— Comment ça se fait que *je* sois la suspecte numéro un ?

— C'est élémentaire, dit Morrie en souriant et en se mettant à compter sur ses doigts. Tu t'es disputée avec la victime. Tu l'as vue un peu plus tôt aujourd'hui, donc tu savais qu'elle était en ville. Elle a été tuée sur ton lieu de travail, la nuit, alors que tu étais à l'étage. Tu as été l'une des premières personnes à trouver le corps.

Oh, bon sang. Effectivement, quand il le présente comme ça...

— Mais j'étais avec vous tout le long. Vous êtes mes alibis.

— Oui et non.

— Comment ça *et non* ?

— Je viens d'entendre la Sergente Wilson interroger Heathcliff sur sa vie privée. Si elle ne connaît pas encore sa réputation de Bernard Black* au sein du village, elle le découvrira bientôt. Ma propre réputation me précède également. Elle peut aussi penser que nous sommes enclins à te protéger parce que nous sommes des célibataires solitaires et que tu es la première jolie fille qui tolère nos excentricités. C'est vrai que ça paraît un peu suspicieux que tu aies obtenu ce

---

* Personnage de la série télévisée Black Books, Bernard Black est un libraire irlandais asocial et paresseux, installé à Londres.

travail il y a deux jours sans aucune expérience en librairie et maintenant, ton ancienne amie est retrouvée morte.

— Mais je suis seulement suspecte parce que je mens pour protéger Quoth, dis-je en rompant son étreinte. Tout ça, c'est de ta faute. Je n'aurais jamais dû mentir.

— Tu peux toujours aller parler de Quoth à Wilson, si c'est vraiment important pour toi, dit Morrie en souriant. Évidemment, si tu lui avoues que tu as menti sur ce détail, tu paraîtras encore plus coupable.

— Je n'arrive pas à croire que tu m'aies fait ça, sifflai-je. Je risque d'avoir de sérieux ennuis à cause de mon mensonge. Tu ne m'as jamais dit que je deviendrais une suspecte. Je croyais que tu étais mon ami.

— On est tout ce que tu veux que l'on soit, ma belle, dit Morrie en me tendant la main. Je t'ai fait une promesse. Nous te l'avons tous faite : nous te protègerons. Nous prenons nos promesses très au sérieux. Nous allons découvrir qui a fait ça et te tirer d'affaire pour ce meurtre.

— Et comment vous comptez vous y prendre ? dis-je en croisant les bras sur la poitrine.

— Je ne sais pas si tu l'as remarqué, mais je suis très intelligent. Quoth peut être plein de ressources et Heathcliff est terrifiant, surtout si quelqu'un à qui il tient est en difficulté.

— Heathcliff ne tient pas à moi. Cela fait à peine trois jours qu'il me connaît et il ne semble même pas m'apprécier tant que ça.

— Si tu le dis, ajouta Morrie en faisant un signe de main à quelqu'un. À nous quatre, nous nous assurerons que le vrai tueur soit puni pour ce qu'il a fait. Ah, voilà, Jo.

— Salut, Morrie !

De l'autre côté du ruban de police, une femme écarta une mèche blonde de son visage et me fit signe de m'éloigner.

— Ne vous penchez pas sur le ruban comme ça. On ne peut pas risquer que vous contaminiez la scène.

— Ah, oui, dis-je en me penchant en arrière. Je suis désolée. Ce n'était pas mon intention.

— Mina ment, dit soudain Morrie.

— Quoi ?! m'exclamai-je alors que mon cœur se mettait à battre la chamade. Ne dis pas ça. Je ne mens pas. Je n'ai jamais menti sur quoi que ce soit.

Je lançai un regard noir à Morrie, mais il affichait un air totalement innocent.

— Mina n'est pas du tout désolée, continua-t-il. Elle adore tout ce qui est morbide, comme toi et moi. Elle veut tout savoir sur ton travail.

À ma grande surprise, la fille se mit à rire.

— Oh, Morrie, t'es vraiment un clown, dit-elle en me souriant. Ne faites pas attention à lui. Il est venu assister à une conférence que j'ai donnée au festival des écrivains d'Argleton cette année sur les poisons dans les romans d'Agatha Christie. La salle était remplie de vieilles dames et il y avait ce spécimen costaud qui me fixait de ses yeux bleu glacé et qui prenait frénétiquement des notes. Depuis, il m'offre de la bière en échange d'histoires sanglantes. Mais... à qui ai-je le plaisir de parler ?

— Mina Wilde, la suspecte principale, dis-je en lui tendant la main.

Au début, je me demandai si Jo était la petite amie de Morrie. Entre lui avec sa carrure impressionnante et ses pommettes saillantes et elle avec son air de mannequin de Los Angeles et ses yeux bleu glacé similaires, ils feraient un beau couple. Mais la façon dont elle lui parlait, comme s'il n'était qu'un petit frère agaçant qu'elle adorait secrètement, me fit penser qu'ils étaient simplement amis. Cela n'aurait pas dû changer grand-chose pour moi, pourtant ce fut le cas. J'avais envie d'apprécier cette femme et je voulais que ce soit réciproque et qu'elle ne me condamne pas pour meurtre.

Jo leva sa propre main en l'air, recouverte d'un gant en silicone et me salua.

— Jo Southcombe, médecin légiste. Je m'occupe des cadavres. Désolée, je vous serrerais bien la main, mais je n'ai pas envie de contaminer les preuves et j'imagine que vous non plus, mademoiselle Suspecte Principale ?

— Pas le moins du monde. Alors, combien dois-je vous payer pour que vous trafiquiez des preuves et me fassiez passer pour une innocente ?

Son sourire s'effaça.

— Je *plaisante*. Je plaisante, m'empressai-je de dire. S'il vous plaît, ignorez ce que je viens de dire. Je suis un peu en panique.

Jo se tourna vers Morrie.

— Je comprends pourquoi tu l'aimes bien.

Qu'il m'aime bien ? À l'entendre, on aurait dit que Jo et lui avaient déjà parlé de moi auparavant. Mais je ne connaissais Morrie que depuis deux jours et nous n'avions échangé que quelques discussions et flirté par textos.

Entre la perte de tout l'argent de son entreprise et ses rendez-vous à Londres avec son banquier, quand avait-il trouvé le temps de parler de moi à Jo ? Et qu'entendait-elle par « bien *m'aimer* » ? Était-ce en tant qu'amie, ou... *ou*...

— Tu as trouvé quelque chose d'intéressant ? demanda Morrie, évitant de commenter l'observation de Jo.

— Toujours, mais je ne peux rien vous dire. Pas tant que vous êtes sur notre liste de suspects, dit Jo en ramassant une boîte remplie de sachets sous scellés. Il faut que j'aille au labo. Amusez-vous bien, tous les deux. N'abîmez pas ma scène de crime. Mina, si tu ne vas pas en prison, j'espère que l'on se reverra dans le coin.

— Demain, je l'abreuverai d'alcool et elle me dira tout sur

l'autopsie, me chuchota Morrie alors que nous observions la queue de cheval dansante de Jo disparaître derrière la porte. On va trouver une solution, ma beauté. Tu verras.

Morrie me serra la main. Je tentai de me concentrer sur ce que faisait l'équipe de la police scientifique. C'était intéressant de les voir chercher des empreintes et ramasser les fibres de la moquette. Mais je n'arrêtais pas de me rappeler qu'une heure auparavant, Ashley avait été retrouvée allongée à cet endroit même, morte.

Et désormais, j'étais la principale suspecte de son *meurtre*.

12

Tout ce que je voulais, c'était rester au lit pour toujours et me frotter les yeux jusqu'à ce que je ne puisse plus voir le corps d'Ashley avec ce couteau planté dans son dos. Mais j'étais une employée responsable désormais, et je voulais parler à Heathcliff et Morrie sans la présence de la police. Je me traînai hors du lit, enfilai un pantalon écossais à revers et une chemise en soie rouge, j'avalai un smoothie au chocolat, à la myrtille et à la betterave (il avait le goût de pellicules mélangées à de la terre) et je traversai les logements sociaux pour me rendre au village.

Lorsque j'entrai dans la boulangerie pour acheter nos cafés et pâtisseries du matin, je fus surprise de constater qu'il n'y avait personne. Greta – la jeune pâtissière allemande propriétaire de la boulangerie – était un génie culinaire et habituellement, il y avait toujours une grande file d'attente devant la porte alors que les gens tentaient d'acheter des pasties* et des tartes avant de se rendre au travail.

En contournant le coin de la rue Butcher, je compris

---

* Chaussons à la viande d'origine britannique.

pourquoi. Une foule s'était rassemblée devant la Librairie Nevermore, jetant des coups d'œil par les fenêtres et fouinant dans les jardinières envahies par la végétation. Le moulin à ragots local avait déjà opéré sa magie noire. Alors que je me frayais un chemin à travers la foule, des chuchotements me précédèrent.

— C'est Mina. C'est elle qui a trouvé le corps, dit Mme Ellis à son amie en se penchant par la fenêtre. Tant mieux, moi je dis. Il était temps qu'il y ait un peu d'animation par ici.

— J'ai entendu dire qu'elle était amie avec la victime, mais qu'elles s'étaient disputées, chuchota l'amie de madame Ellis en retour.

— Alors c'était elle la meurtrière, la petite chipie ! J'ai toujours su qu'elle avait ça en elle. Elle ne s'appelle pas Wilde* pour rien.

— J'ai entendu dire qu'elle vivait vers les logements sociaux, renifla une autre vieille dame. C'est pas étonnant, non ? Ils élèvent des criminels là-bas.

— *Moi*, j'ai entendu dire qu'elle arrivait de New York, la ville qui compte le plus grand nombre de meurtres à l'arme blanche par habitant de toutes les villes du monde. Ce n'est pas une coïncidence, vous savez.

— J'étais sûre que ce Heathcliff préparait un mauvais coup. Et maintenant, voilà qu'il embauche des criminels pour travailler dans sa librairie. Que penserait monsieur Simson ? Pas étonnant que ce village parte à la dérive.

Les joues brûlantes, je toquai à la porte.

— Heathcliff, ouvre, sinon quelqu'un d'autre va se faire poignarder aujourd'hui.

C'était de mauvais goût, certes, mais cela permit de faire

---

* Référence au mot « wild » en anglais qui peut vouloir dire « sauvage » ou « déchaîné ».

reculer les commères. Un frisson me parcourut l'échine à cause de leurs regards accusateurs alors que j'attendais. La porte s'ouvrit de quelques centimètres et le visage peu amenant de Heathcliff apparut au-dessus de la chaîne.

— Ça a intérêt à être le café le plus fort du monde, marmonna-t-il en se frottant les yeux.

Une boucle de cheveux noirs tombait sur sa joue, et elle était tellement adorable que je mourus d'envie de la repousser avec mes doigts. Mais il y avait plus urgent.

— Bonjour à toi aussi, grognai-je en retour. Dépêche-toi et enlève cette chaîne. Je suis coincée avec les commères du village.

Heathcliff repoussa la chaîne et ouvrit la porte d'un coup sec. Je trébuchai à l'intérieur, pile dans les bras de Morrie. Derrière moi, madame Ellis s'extasia et raconta à ses amies qu'une fois elle avait fait l'amour dans cette librairie.

— Ferme la porte ! hurlai-je avant d'avoir en tête une image que même l'eau de Javel ne pourrait effacer.

— On est fermés ! hurla Heathcliff en claquant la porte.

Le silence s'installa alors, un silence doux et délicieux. Je stabilisai le café dans ma main et levai les yeux vers ceux glacés de Morrie. Derrière lui, dans l'escalier, Quoth était accroupi dans l'ombre, ses yeux cerclés de flammes ressemblant à deux pointes de feu dans la pénombre.

— Dégagez le passage, dit Morrie en m'écartant tandis que Heathcliff poussait une lourde étagère devant la porte, l'appuyant contre le bois. Comme ça ils pourraient voir la barrière à travers les vitres de la porte.

— Cela devrait les retenir, dit Heathcliff en s'époussetant les mains.

— Hum, les gars, même si j'apprécie l'élan de solidarité, comment allez-vous ouvrir la boutique avec une étagère géante qui barre le chemin ?

— Nous n'ouvrons pas aujourd'hui, grogna Heathcliff.

— Bien sûr que si. On ne peut pas laisser ce qui s'est passé entacher la librairie. Les gens parleront quoi qu'il arrive. Ça risque même de nous faire passer pour des coupables. Je n'ai pas envie que cet endroit souffre à cause de ce qui s'est passé. Nevermore est unique et tout ce que vous avez à faire, c'est de ramener plus de monde pour qu'ils le voient par eux-mêmes.

— Ces gens veulent juste s'extasier devant une scène de meurtre et voir l'éventreur d'Argleton en action, dit Morrie.

— Ne m'appelle plus jamais comme ça. Moi je dis, laissons-les s'extasier. Ils resteront peut-être pour acheter des choses. Croyez-moi, j'ai l'habitude que les gens disent du mal de moi dans mon dos. Je peux bien supporter les ragots du village. Et puis, j'ai besoin de faire quelque chose, sinon je vais rester assise chez moi, obsédée par cette histoire et les yeux rivés sur le ventre agité de ma mère.

—Hein ? dit Heathcliff en retroussant les lèvres.

— Peu importe. C'est une longue histoire remplie d'images qu'on ne peut jamais oublier, un peu comme tout ce que dit madame Ellis.

— Tu es sûre que ça va, ma belle ? dit Morrie en me prenant les cafés et les muffins des mains avant de me guider vers la pièce principale.

Il tira une chaise en velours devant le bureau de Heathcliff et m'y installa. Heathcliff et Quoth le suivirent.

—Tu n'as pas l'air d'avoir beaucoup dormi.

— Merci pour le compliment, rétorquai-je, enroulant les mains autour de mon café chaud. Honnêtement, je suis un peu secouée. Ashley a été ma meilleure amie pendant près de huit ans et maintenant elle est morte. Je ne sais pas qui pourrait vouloir lui faire du mal à part moi.

— Nous non plus. Mais on va le découvrir, dit Morrie en s'asseyant.

— Tu m'as dit que tu m'expliquerais pourquoi tu étais convaincu que Quoth ne l'avait pas tuée, dis-je. J'aimerais que tu le fasses tout de suite.

— Quoth souffre de ce que nous, médecins, appelons syncope vasovagale. Il s'évanouit à la vue du sang. dit Morrie. C'est pourquoi on le voit rarement dans le magasin. Trop de risques de se couper avec du papier.

— Sois sérieux.

— Je le suis. C'est une vraie pathologie. Je peux te trouver un dictionnaire médical si tu as envie d'en apprendre plus.

— Je te crois sur parole. Mais si c'est aussi simple que ça, pourquoi tu ne l'as pas dit à la police ?!

— Parce que je suis en dehors du système, dit Quoth depuis les escaliers, sa voix riche caressant mes oreilles. Je me cache et fuis des gens qui me veulent du mal. Si la police se penche sur mon passé, ils découvriront que je n'ai pas d'acte de naissance ni aucun autre document officiel et là, je serais foutu.

— Je le savais. Je savais que Quoth ne pouvait pas être un vrai prénom.

Quoth sourit, mais je ne perçus aucun amusement dans ses yeux. Ce sourire faillit m'anéantir – c'était le sourire de quelqu'un qui avait oublié ce que c'était que d'être vraiment heureux.

— Merci pour ce que tu as fait. Morrie n'aurait pas dû te demander de mentir pour moi, mais ça a probablement sauvé ma vie.

— Tu n'auras qu'à te racheter en n'étant pas le meurtrier, par exemple, dis-je. Et aussi en bottant les fesses de Morrie.

— Avec plaisir, dit Quoth en s'inclinant.

— Il n'oserait jamais, pas en sachant que je l'ai aidé. Et même si la police apprenait pour Quoth, ils enquêteraient toujours sur toi, Mina. Et pas parce que tu es terriblement sexy, ajouta Morrie d'une voix traînante.

Heathcliff gémit depuis son fauteuil derrière le bureau.

— Je comprends. Je suis une suspecte parce que Ashley et moi nous sommes disputées et qu'elle a débarqué sur mon lieu de travail, dis-je en passant les doigts dans mes cheveux. Mais pourquoi était-elle là ?

— C'est ce que nous devons découvrir si nous voulons résoudre ce meurtre. Ashley a-t-elle des ennemis ?

— Les flics m'ont posé la même question. Je ne crois pas, à part moi, dis-je en me laissant tomber sur ma chaise. Bon après, elle avait tendance à être égoïste et obsédée par elle-même, donc il est possible qu'elle ait agacé quelques personnes du milieu, mais elle est encore trop menu fretin pour que quelqu'un en ait quelque chose à faire. Elle essayait de devenir influenceuse, alors peut-être qu'elle a énervé une célébrité d'Instagram et que tout ça est à propos d'une querelle d'Internet.

— Une influenceuse Insta quoi ? dit Heathcliff en tapotant son stylo contre un calepin couvert de notes griffonnées.

— Une *influenceuse*. C'est lorsqu'une entreprise te rémunère pour que tu te prennes en photo avec leurs produits et que tu le postes sur Internet. C'est comme quand t'es prêt à tout pour réussir dans ta boîte, même à te prostituer, sauf que c'est moins bien payé.

Heathcliff lança un regard à Morrie.

— Et dire que tu penses que je passe à côté de quelque chose en refusant d'utiliser l'Internet.

— En même temps, Mina ne fait rien pour vendre le concept, dit Morrie en tapotant sur son téléphone. On n'a qu'à regarder ses réseaux sociaux pour voir si quelque chose saute aux yeux. Et le sans-abri, Erin Machin ?

— Earl Larson. Il est inoffensif, dit Heathcliff.

— Non, non, tout le monde est un suspect dans cette affaire, dit Morrie en ajoutant son nom au calepin. Je pense qu'il est notre meilleure piste, surtout au vu de l'odeur et de l'argent volé. Mina a dit qu'il s'abritait sous l'avant-toit lorsqu'elle est arrivée hier soir avant que l'orage ne s'aggrave. Mais aucun de nous ne l'a vu là-bas après le meurtre. S'il a déplacé ce livre, ça veut dire qu'il est venu à la librairie hier soir. Il pourrait s'agir d'un meurtre opportuniste. Quant au couteau… Jo a envoyé son rapport ce matin.

— Cette information n'est pas censée être confidentielle ?

— Si, répondit Morrie en sortant son téléphone. Alors, ce couteau est un peu inhabituel. Il a une drôle de forme, presque comme une ancienne lame du Moyen-Orient et le manche est recouvert de gravures élaborées, mais il est moderne. Jo dit qu'elle l'identifie comme une réplique, mais elle l'emmène chez un expert d'armes anciennes.

— Donc Jo a transmis des informations concernant une enquête judiciaire à un ami de la principale suspecte ?

Je n'arrive pas à y croire. Jo semblait tellement dévouée à son travail.

— Non, non. Jo fait bien trop preuve de morale pour ça. J'ai piraté son téléphone, *évidemment*. Est-ce que tu sais quelque chose sur ce poignard ?

Je jetai un coup d'œil à la photo, surprise de reconnaître la lame.

— Oui. Marcus Ribald a réalisé une collection il y a deux ans, inspirée par l'Empire perse. Il a fait fabriquer ces couteaux pour les offrir dans des sacs cadeaux au défilé.

— Donc, seules les personnes qui ont assisté au défilé pourraient posséder ces couteaux ?

— Oui, ainsi que tous les employés du bureau, mais la moitié d'entre eux les ont probablement immédiatement revendus sur eBay en rentrant chez eux, dis-je en haussant les épaules. Ce que peu de personnes savent, c'est que les gens qui travaillent dans la mode sont tous endettés jusqu'au cou pour financer leur garde-robe. Si les autres ne peuvent pas vous voir le porter, ce n'est pas la peine de le posséder. Ashley et moi avons vendu nos lames la semaine suivante. Elles ont permis de payer trois mois de loyer et de soirées. Je doute que vous puissiez savoir à qui appartient ce couteau aujourd'hui.

— C'est quand même un autre lien avec l'industrie de la mode, donc c'est un début.

Morrie le nota sur son calepin.

— Je peux commencer par le couteau et les ventes eBay. Quoth tu veux bien te rendre au poste de police pour voir si tu peux trouver autre chose ?

— Bien sûr.

Quoth se leva et grimpa les escaliers en trottinant.

Morrie jeta un coup d'œil par les fenêtres occultantes sur la foule grandissante à l'extérieur.

— Tu vas vendre tellement de livres, aujourd'hui. Peut-être qu'on pourra enfin manger autre chose que des haricots en boîte ou des plats à emporter cette semaine.

— Mais il ne veut même pas ouvrir la librairie, me plaignis-je.

— Ils ne sont pas là pour acheter des livres, grommela Heathcliff en rangeant le calepin dans un tiroir et en sortant son livre de comptes.

— Alors, fais en sorte qu'il leur soit impossible de ne pas le faire. Déplace tous les thrillers et les livres sur les crimes sur les étagères de la section Sociologie et laisse-les faire, dit Morrie en posant la main sur l'épaule de Heathcliff.

— C'est une brillante idée, dis-je. Je pourrais commencer...

— Les livres restent là où ils sont, gronda Heathcliff. Et si je suis obligé d'ouvrir la boutique, je ne veux pas que *tu* restes là quand ces vieilles biques débarqueront. Va à l'étage et cache-toi. Quoth allumera un feu de cheminée pour toi et tu pourras lire des livres et boire du thé jusqu'à ce que la librairie ferme.

— Quoi ? Je vais juste traîner dans ton espace privé en laissant mes microbes de fille partout sur tes précieuses affaires ? dis-je en souriant et en agitant mes fesses dans sa direction. Je vais bien modifier la forme de ton derrière sur ton fauteuil.

— Je *t'interdis* de t'asseoir sur ce fauteuil ! s'agaça Heathcliff. C'était un privilège temporaire.

— Ça va me faire bizarre d'être assise en haut pendant que vous travaillez ici. Je ne peux pas au moins avoir quelque chose à faire ? dis-je en prenant le livre de comptes. Ah, je sais ! Laisse-moi équilibrer les comptes.

— Pas touche, dit Heathcliff en m'arrachant le livre des mains.

— Quoth te tiendra compagnie. Il pourra aller au poste de police plus tard, suggéra Morrie.

— Il peut surtout protéger mon fauteuil des intrus, voilà ce qu'il peut faire, grogna Heathcliff.

— Tu ne me donnes pas trop envie là.

J'appréciais plus Quoth qu'hier, mais il était toujours ce type bizarre qui m'avait observée dans l'ombre. Je n'étais pas certaine de vouloir passer la journée à essayer de faire la causette avec lui pendant que Heathcliff et Morrie s'occupaient du chaos en bas. D'un autre côté, il fallait toujours saisir l'occasion d'être payée pour lire et boire du thé.

Je soupirai.

— OK, je monte, à condition que tu me payes plus cher.

— T'es dure en affaires, jeune fille.

— Merci. Je tiens ça de ma mère, dis-je avant de prendre un exemplaire des *Hauts de Hurlevent* sur l'étagère, m'assurant que Heathcliff voit le titre alors que je passais à côté de lui et grimpai les escaliers jusqu'à leur appartement.

Je m'étais juré de ne pas fouiller en arrivant au premier étage. Évidemment, je le fis quand même. Hier soir, la police scientifique avait enroulé les tapis et les avait emportés. L'usure au fil des années avait laissé des carrés sombres sur le plancher. Il restait encore une légère odeur de produits chimiques dans l'air.

Ashley est morte.

Mes yeux me picotèrent à cause de larmes que je ne voulais pas verser. Ce qu'Ashley m'avait fait avait changé mes sentiments à son égard, mais maintenant qu'elle n'était plus là, tout ce dont je me souvenais, c'était toutes ces folles aventures que nous avions vécues en tant qu'adolescentes rebelles et punk rock. Je m'étais repassé notre dernière conversation en boucle dans ma tête. Peut-être qu'elle essayait réellement de reprendre contact ? Je l'avais repoussée. Peut-être qu'elle m'avait vu entrer dans la librairie la nuit dernière et m'avait suivie pour essayer de me parler à nouveau et ce sans-abri lui avait sauté dessus avant de l'attaquer ? Peut-être que d'une manière ou d'une autre, j'étais vraiment *responsable* de sa mort.

Les souvenirs m'assaillirent – Ashley et moi nous faisant bousculer dans la fosse d'un club londonien. Nous, à notre bal de promo qui avions débarqué dans des robes faites de PVC, de résille et d'épingles à nourrice. Ashley et moi célébrant notre admission à l'école de mode en nous faisant tatouer une tête de mort et une rose identiques dans le bas du dos.

Les larmes coulèrent le long de mes joues, je les essuyai, mais d'autres les remplacèrent.

Elles balayèrent cet engourdissement qui s'était emparé de moi depuis la nuit dernière, laissant mon corps à vif sous l'effet du chagrin. Je posai les mains sur mes yeux détraqués et pleurai pour Ashley, pour l'amie qui m'avait sortie des moments les plus sombres de mon adolescence et qui m'avait appris à n'en avoir rien à foutre de ce que les autres pensaient.

En bas, le parquet grinçait tandis que Heathcliff et Morrie se déplaçaient.

En haut, tout était silencieux. Quoth n'était pas descendu pour aller au poste de police, même si je ne comprenais pas bien pourquoi Morrie pensait qu'ils lui diraient quoi que ce soit ni pourquoi, si nous essayions de protéger Quoth, il devait s'y rendre tout court.

Ça n'a aucun sens.

Évidemment que ça n'avait aucun sens, puisqu'ils ne me disaient pas toute la vérité. Je n'avais pas besoin de l'intelligence supérieure de Morrie pour le comprendre.

Il faut que je parle à Quoth.

Je détournai mon regard du sol nu et grimpai les escaliers en trombe. La porte de l'appartement était ouverte, le salon était vide. L'ordinateur de Morrie émettait des bips à un rythme étrange. Des nombres et des caractères aléatoires défilaient sur l'écran. Je jetai un coup d'œil dans la cuisine et reculai rapidement la tête. Cette pièce avait elle aussi bien besoin d'être bouclée pour cause de scène de crime.

— Quoth ? criai-je en l'appelant.

Aucune réponse.

— Il faut que je te parle. Je ne crois pas à cette histoire de phobie du sang.

J'entrai dans le couloir, plissant les yeux pour distinguer les murs aux lambris sombres couverts d'autres œuvres d'art et une série de marches étroites qui montaient vers le grenier. Je jetai un coup d'œil dans la première chambre. Elle était incroyablement bien rangée : le lit était fait comme dans un hôpital, un portemanteau en métal à côté de la fenêtre contenait une rangée identique de costumes à rayures, de gilets damassés et de chemises blanches impeccables. Six paires de chaussures brogue brillantes étaient alignées sur le bord de la boîte à couvertures, sur laquelle se trouvaient un tourne-disque et une table de mixage. Un ensemble de ceintures en cuir avec des attaches en argent supplémentaires était suspendu à un crochet à côté du lit.

J'en pris une et remarquai que l'attache en argent retenait une boucle de la taille d'un poignet.

— Argh !

Je laissai retomber la chose et essuyai ma main sur mon jean.

Ce ne sont pas des ceintures...

Pas besoin d'être Sherlock Holmes pour en déduire qu'il s'agissait de la chambre de Morrie et que j'en savais désormais bien plus qu'il n'en fallait sur ce type. Je reculai sans rien toucher d'autre. La porte suivante était fermée. Je l'ouvris légèrement, juste assez pour voir qu'il s'agissait d'une salle de bain. Puis l'odeur me frappa et je la refermai. *Je suppose que la propreté de Morrie ne s'étend malheureusement pas aux espaces communs comme la salle de bains et la cuisine.* Au moins, je savais que mes chers garçons étaient un peu normaux.

Pourquoi est-ce que je crois qu'ils sont à moi ? Je ne les connais que depuis trois jours et ils m'ont récemment demandé de mentir à la police et ils pourraient très bien me mentir eux-mêmes. Ne t'attache pas à eux juste parce qu'ils sont sexy et qu'ils ont été gentils après que tu te sois confiée. Je devrais pourtant désormais savoir ce qui se passe quand je pense pouvoir faire confiance à quelqu'un.

— Quoth ! criai-je en ouvrant la porte suivante.

L'intérieur de cette chambre se résumait à une pile de vêtements, des livres et des tas de plats à emporter vides qui cachaient probablement un lit, des meubles ou des armes de destructions massives pour autant que je sache. Le musc unique de Heathcliff vint me chatouiller les narines – l'odeur du cuir, de la tourbe et des cigarettes éventées mêlée à du linge humide et de la nourriture en décomposition. Je me bouchai le nez et fis marche arrière. Si Quoth était enterré sous ce tas, il était fichu.

Par Isis, les hommes sont vraiment des porcs.

Je me dirigeai vers la dernière porte au bout du couloir et frappai.

— Quoth ? Je sais que tu es là. Si t'es en train de te tripoter, je peux avoir un grognement en guise de réponse ?

Rien.

— Pourquoi est-ce que Morrie veut que tu ailles au poste si tu es censé faire profil bas ? Qu'est-ce que tu ne me dis pas ? Tu m'as écoutée me confier hier soir. Je demande juste que l'on soit à égalité. Quoth ?

Toujours pas de réponse.

— Quoth, sérieux, dis quelque chose sinon j'ouvre la porte *tout de suite.*

Les poils de mon cou se hérissèrent. Le silence de l'appartement devenait inquiétant. C'était trop calme.

Quelqu'un s'est introduit dans le magasin la nuit dernière et a tué Ashley. Nous avons supposé qu'il s'était éclipsé après avoir fait le coup, mais s'il s'était caché dans le magasin pendant tout ce temps ? Et s'il était derrière le canapé en bas ou accroupi dans le coin de la salle des livres pour enfants, attendant juste l'occasion de se faufiler et de nous éliminer tous ?

Et si Quoth se tenait derrière moi avec une machette et une lueur maléfique brillant dans ses yeux bizarres ?

La peur remonta le long de mon cou. Je pivotai mais il n'y avait personne dans le couloir. Je me figeai, tendant l'oreille à la recherche d'un mouvement, mais tout ce que je perçus fut le bruit étouffé des gens qui toquaient à la porte d'entrée et les cris de Heathcliff.

Non. Je ne mérite pas d'avoir peur comme ça. J'obtiendrai des réponses.

Je me retournai vers la porte.

— Bon. Ça suffit. J'entre.

Je poussai mon épaule contre la porte et tournai la poignée.

Elle s'ouvrit. Je trébuchai sur le tapis et entrai dans la pièce en titubant.

— Hein ?

Je ne me trouvais pas dans une chambre d'homme, mais dans une *suite* entière. Un énorme lit à baldaquin sculpté avec soin dominait l'espace, d'épais rideaux défaits retombaient sur le matelas nu recouvert d'une couche de poussière. Dans une alcôve devant la fenêtre étaient disposés des chaises, des tables basses et un bar à alcool, tous recouverts de draps blancs maculés de crasse. De l'autre côté du lit, il y avait trois portes. J'en ouvris une et découvris un immense placard – deux rangées de casiers et d'étagères ornés, flanqués d'un miroir doré de plain-pied. Sur le verre poussiéreux, mon reflet apparut en sépia tacheté comme une vieille photographie, les bords rétrécis, de la même manière que ma vision s'estompait.

Imagine avoir une chambre comme ça. Je visualisais les portants remplis de mes vêtements, les étagères débordant de Doc Martins aux couleurs vives et de robes Vivienne Westwood. Quand je serai une créatrice de mode célèbre, on me verra dans ma double page de Vanity Fair, photographiée devant ce placard...

Sauf que tu ne seras jamais une créatrice de mode.

Cette pensée me frappa de plein fouet, me ramenant à la réalité. Si je me trouvais dans cette pièce, c'était justement parce que j'avais dû renoncer à la seule chose que j'aimais. Et je haïssais Marcus Ribald de ne pas m'avoir embauchée alors que je méritais le poste et je détestais l'industrie qui me fermait ses portes et je détestais Ashley d'avoir révélé mon secret mais je me détestais aussi d'avoir abandonné.

Mais quelle autre option avais-je ?

Je reculai et claquai la porte du placard, puis tentai la suivante. La seconde s'ouvrit sur la salle de bains la plus incroyable que j'ai jamais vue. Une pièce de forme hexagonale située dans la tourelle sud-ouest abritait des toilettes et un lavabo en porcelaine à l'ancienne. Le vitrail qui couvrait un mur entier laissait filtrer la lumière sur la baignoire en cuivre qui trônait au centre de la pièce.

Attendez une seconde... ce n'est pas un hexagone.

Ce qui semblait être une tourelle hexagonale de Butcher Street était en fait trois côtés d'une pièce à cinq côtés. Ici, dans la salle de bains, les angles étaient tout à fait évidents.

On aurait presque pu croire qu'il s'agissait d'une illusion victorienne, comme ces gens qui aimaient ajouter des compartiments secrets dans leurs bibliothèques et des tiroirs cachés dans leurs bureaux.

Mais pourquoi dissimuler une pièce à cinq côtés ? Et pourquoi se donner tant de mal pour créer cette pièce ? Pas besoin de mon œil de designer pour voir qu'elle n'était pas aussi équilibrée et esthétique qu'un hexagone. De plus, il était difficile d'y placer des meubles.

Je me plaçai à côté de la fenêtre et baissai les yeux vers le cercle de commères qui convergeait à l'extérieur de la librairie. Au lieu de se disperser, la foule s'était encore agrandie, et j'aperçus même deux personnes portant des vestes de la chaîne de télévision locale avec de lourdes caméras et des micros. *Super. Je suis certaine qu'ils obtiendront un compte-rendu tout à fait véridique et impartial de la part des gens du quartier. Pff.*

Je m'éloignai de la fenêtre avant que quelqu'un ne me voie, et essayai la troisième porte. Elle révéla un petit salon, avec une cheminée et un bureau en chêne orné. C'était probablement là que la maîtresse de maison écrivait ses lettres.

J'éternuai dans ma main alors que la poussière s'enroulait dans l'air autour de moi. Personne ne dormait dans cette chambre, ce qui était complètement fou. C'était de loin la meilleure chambre de tout l'appartement. C'était également la seule autre chambre de cet étage. Alors où dormait Quoth ?

Dans le grenier.

Après avoir vérifié sous le lit et derrière l'armoire à liqueurs qu'il n'y avait pas de meurtrier, je partis dans le couloir, refermant la porte derrière moi. Quelle que soit la raison pour laquelle les gars évitaient cette suite, j'avais l'impression qu'ils ne voulaient pas que je fouine. D'ailleurs, tout ce que cela m'avait apporté, c'était plus de questions. Pour l'instant, j'avais besoin de réponses.

Je grimpai les marches deux par deux, en m'agrippant au mur pour me stabiliser. En haut, un hall étroit menait à deux portes basses où dormaient autrefois les domestiques de la maison. Je pouvais voir les mécanismes d'une sonnette d'appel encore accrochés au mur derrière moi.

— Quoth, tu es là ? Allez, ce n'est pas drôle...

Je perçus comme des battements de l'autre côté de la porte de gauche. Je me penchai en avant et toquai.

— N'entre pas ! croassa une voix.

Je tirai la porte lourde vers moi.

Trop tard, idiot. T'as eu ta chance. J'entre quand même et je me fiche de savoir si tu es nu avec ton sexe dans la main...

La porte se heurta au mur derrière elle, dévoilant un spectacle qui me glaça le sang.

Des œuvres d'art occupaient la petite pièce – des toiles empilées les unes sur les autres et fixées de façons bizarres sur tous les murs.

Il s'agissait principalement de formes abstraites, mais aussi de paysages vus du ciel ou à travers les branches des arbres. Les couleurs vives agressaient mes yeux, déjà habitués à la pénombre de la boutique.

Au milieu de toutes ces teintes éclatantes, Quoth était accroupi sur le bord d'un lit étroit en laiton, complètement nu. À côté du lit, une pile de livres atteignait presque le plafond – tous des récits de vrais crimes ou des volumes comportant des lées tels que *La Culture de la mort aux États-Unis* et *Rituel funéraire égyptien*.

Mais ce ne fut pas ce qui m'ôta la salive de la bouche.

Des plumes noires dépassaient de la peau de Quoth, leurs extrémités se rétrécissant au fur et à mesure qu'elles se rétractaient dans son corps. Une mince bordure autour de son cou donnait l'impression qu'il portait une collerette du seizième siècle. Ses mains s'agrippèrent au cadre du lit, leurs extrémités se recourbant en serres acérées qui se transformèrent en doigts sous mes yeux. Des plumes noires sortirent de ses coudes et de ses poignets, formant d'énormes ailes qui s'écrasèrent contre les murs avant de rétrécir dans ses coudes.

Comment est-ce possible ?

Là où auraient dû se trouver sa bouche et son nez, un long bec noir dépassait de son visage. Il se rétracta sous mes yeux horrifiés, s'aplatissant et laissant place à la peau d'albâtre et les pommettes acérées de Quoth. Des yeux ronds d'oiseau se fermèrent et s'ouvrirent et des paupières se formèrent et Quoth – le Quoth humain – me regarda avec horreur.

Je me figeai sur place, observant l'affreuse transformation se dérouler à l'envers. C'est là que tout se mit en place. Les secrets qu'ils gardaient, les mensonges que l'on m'avait demandé de dire. Je comprenais ce que j'avais sous les yeux mais je ne le saisissais pas.

Quoth *était* le corbeau.

13

Nous nous figeâmes tous les deux. Une conversation inaudible retentit dans l'air, désormais brûlant, entre nous. Accusation, déni, incrédulité, indignation, horreur, acceptation.

Quoth fut le premier à nous sortir de cette impasse.

— Je peux tout t'expliquer, dit-il.

Je m'agrippai à l'encadrement de la porte, la seule chose qui me permettait encore de tenir debout.

— J'aimerais bien, oui.

— Est-ce que je peux d'abord enfiler un pantalon ?

— Ça aussi j'aimerais bien, oui.

Quoth descendit du lit et traversa la pièce jusqu'à une petite commode décorée de scènes de nature et d'oiseaux en vol. Je savais que je devais détourner le regard, mais j'avais peur de ce qui pourrait m'arriver si je le faisais, alors je gardai les yeux rivés sur son corps. Je remarquai l'ondulation de ses muscles en cherchant sur sa peau nue les traces des plumes, du bec et des os d'oiseaux que j'avais vus il y a quelques instants à peine. Quoth était plus mince que Morrie et Heathcliff, mais il était quand même musclé et tonique. Entre ses jambes se balançait un sexe qui, même flasque, était impressionnant.

Il enfila un boxer, un jean noir moulant puis prit son téléphone et tapota sur l'écran.

— Qu'est-ce que tu fais ? demandai-je.

— J'envoie un texto à Morrie. Les autres doivent savoir que tu es au courant.

Je n'appréciai pas beaucoup son ton presque menaçant.

— Pourquoi ?

— Nous avons supposé que ce ne serait qu'une question de temps avant que tu ne le découvres. Nous en avons parlé et en avons conclu que nous pouvions te faire confiance. Mais nous pensions avoir plus de temps. Et pas même Morrie n'a pu prédire ce meurtre sanglant qui a tout compliqué.

Des pas retentirent dans l'escalier. Un instant plus tard, Morrie passa le bout de son nez par la porte.

— Bien joué, ma belle. Tu as percé notre secret.

— Ce n'était pas vraiment une déduction. Je suis juste entrée dans cette pièce et Quoth était recouvert de plumes.

Morrie me tendit la main. Je la pris et le laissai m'aider à descendre les escaliers raides. Quoth nous suivit, de loin, ce que j'appréciai puisque je ne voulais pas qu'il soit proche de moi.

Heathcliff s'affala dans son fauteuil près du feu, une cigarette entre les dents. Grimalkin lovée sur ses genoux, m'observait avec de grands yeux méfiants. Quelqu'un avait déplacé un autre fauteuil pour qu'il soit en face de Heathcliff. Je reconnus le design de la suite de la chambre mystérieuse.

— Tu es une vraie plaie, tu le sais, ça ? grogna Heathcliff, poussant le fauteuil vers moi de sa botte. Tu es plus curieuse que le dernier petit ami de Morrie alors que c'était une sorte de détective.

Morrie avait un petit ami. Je ressentis une pointe de déception, mais pas de surprise. Je me remémorai les lanières de cuir accrochées à côté de son lit. Je conservai cette information pour la traiter plus tard. Actuellement, j'avais besoin d'en savoir plus sur les plumes. Je me laissai tomber sur le fauteuil, m'agrippant aux accoudoirs courbés.

— Quoth, prépare du thé ! aboya Heathcliff.

— Trois jours, marmonna Quoth en partant en direction de la cuisine. Je n'ai même pas pu avoir trois jours.

— Je n'ai pas besoin de thé, dis-je. J'ai besoin de réponse.

Des plumes étaient sorties de la peau de Quoth. Il avait un *bec*. Puis tout s'était rétracté dans son corps.

— Tu as beau avoir passé quatre ans aux États-Unis, tu es une Anglaise dans l'âme. Tu as *besoin* de thé.

Morrie tira son fauteuil de geek et y installa sa grande silhouette. Il appuya ses doigts les uns contre les autres, comme un super vilain de dessin animé, et me regarda de ses yeux bleu glacé.

Nous attendîmes en silence pendant que la bouilloire sifflait. Mon ventre était noué par tout un tas d'émotions – la peur, la suspicion, l'indignation, et la colère. Le hurlement de la bouilloire résonnait dans mon crâne. Quelques instants plus tard, Quoth apparut dans l'encadrement de la porte, un plateau en équilibre dans les mains. Morrie tendit le bras et récupéra sa tasse. Quoth approcha le plateau vers Heathcliff qui prit une tasse et la porta à ses lèvres. Il n'en restait plus qu'une pour moi.

Je pris la tasse chaude et la tins dans mes mains, mais je ne me sentais pas capable de la porter à mes lèvres sans la renverser, alors je la posai sur l'accoudoir du fauteuil.

Et puis, de toute façon, Quoth avait ajouté trop de lait.

— C'est bon, j'ai mon thé. Maintenant, expliquez-moi tout. Pourquoi est-ce que Quoth est un *métamorphe* ?

Ce mot n'aurait dû être utilisé que dans les livres idiots de romance paranormale. Il n'aurait *pas* dû être un mot que je puisse prononcer à voix haute devant mes nouveaux amis.

Morrie se pencha en avant.

— Tu te souviens quand tu t'es moquée de nos prénoms en disant que c'était ridicule qu'il s'appelle Heathcliff et moi James Moriarty ? Et je sais que tu trouvais que Quoth était également un nom étrange.

— *C'est* un nom étrange.

— Eh bien nos parents n'étaient pas des libraires bizarres qui nous ont donné des noms de personnages de littérature. Nous sommes ces personnages, dit Morrie en pointant le doigt vers son torse. Je *suis* James Moriarty, mathématicien, grand criminel et ennemi juré de Sherlock Holmes. Lui, c'est *réellement* Heathcliff, orphelin rejeté et bien-aimé de Cathy dans *Les Hauts de Hurlevent*. Celui-là c'est bien le corbeau de Edgar Allen Poe, celui qui est perché au-dessus de la porte de sa chambre*. Nous ne savons pas comment nous sommes arrivés ici ni pourquoi, mais nous ne sommes clairement pas censés exister dans ton monde.

---

* Référence au poème « Le Corbeau » d'Edgar Allan Poe

14

Je ricanai.

— Mais bien sûr. Arrête. Vous avez dit que vous me diriez la vérité. Je ne veux pas que tu me racontes des histoires, surtout une aussi bête.

— Mais *c'est* l'histoire, Mina, dit Heathcliff. Nous *sommes* ces histoires. Réfléchis-y. Pourquoi Morrie semble-t-il complètement imperturbable à l'idée que son employeur perde des millions de livres du jour au lendemain ?

Quoth me lança un regard désolé depuis la porte.

— Pourquoi des plumes me sortiraient de la peau alors que tu ne nous as jamais vus, le corbeau et moi, dans la même pièce ?

— Pourquoi Heathcliff est-il un tel connard ? ajouta Morrie.

— Mais... c'est impossible ! criai-je.

— Je suis d'accord, dit Morrie. Je fais des simulations informatiques depuis que je suis arrivé ici pour essayer de comprendre comment ça a pu arriver. Mes conclusions sont toutes les mêmes : on ne devrait pas être là. Et pourtant, c'est le cas.

— Mais... *comment* ?

— On ne sait pas, dit Morrie en haussant les épaules. J'ai consacré énormément d'énergie pour résoudre ce puzzle, mais jusqu'à présent c'est incompréhensible. Tout ce que je peux te dire, c'est que le responsable le plus probable est la Librairie Nevermore.

— Mais comment une *librairie* peut être responsable de ça ?

— J'ai besoin d'une vraie boisson, dit Heathcliff en faisant claquer sa tasse vide sur le plateau.

Laissant ma question en suspens, Heathcliff disparut dans la cuisine avant de revenir avec une bouteille de vin poussiéreuse. Il fit sauter le bouchon et remplit un verre, qu'il me tendit ensuite. Il prit une longue gorgée à la bouteille.

— Aucun de nous ne se rappelle comment il est arrivé ici, dit-il entre quelques gorgées. Si je me souviens bien, j'ai quitté les *Hauts de Hurlevent* dans un état de grande agitation après avoir entendu dire que Cathy envisageait d'épouser Linton. J'ai volé une bouteille du meilleur whisky de Hindley et j'ai pris ce médicament en courant, car je m'étais perdu dans la futilité de l'amour. J'ai traversé la lande en trombe jusqu'à ce que la boisson purge la rage jusque dans mes os et que je m'évanouisse dans une flaque d'eau. Je me suis réveillé par terre devant le rayon littérature classique. M. Simson m'a recueilli et m'a donné un élixir magique pour me dégriser...

— Du Gatorade, précisa Morrie. Je n'arrête pas de lui répéter que ça n'a rien de magique. On peut l'acheter au supermarché pour deux livres.

— Tais-toi deux minutes, dit Heathcliff en buvant une autre gorgée de vin. Monsieur Simson m'a expliqué que la librairie était maudite et que cela faisait longtemps qu'il attendait ma venue.

— Il a... quoi ?

Je me laissai tomber sur le fauteuil de Heathcliff, pressant mes doigts contre ma tempe.

— Il m'a dit que quelques années après avoir acheté le bâtiment à son ancien propriétaire, la poétesse grecque Sappho était apparue dans la boutique, comme moi à ce moment-là. Il m'a expliqué qu'il y en avait eu d'autres au fil des ans, toujours des personnages qui provenaient du rayon Littérature Classique. Il considérait qu'il était de son devoir de les aider à trouver leur place dans le monde. Il a trouvé un poste de présentatrice météo à Sappho. Lady Macbeth tient une baraque à frites à Glasgow. Pip des *Grandes Espérances** est urbaniste, si tu veux bien le croire.

Je ricanai.

— Monsieur Simson m'a expliqué que c'était pour ça qu'il avait gardé cette librairie toutes ces années. Parce qu'il avait besoin de les aider. Il ne pensait pas que quelqu'un d'autre le ferait. Et il voulait comprendre pourquoi nous ne cessions pas d'apparaître. Il voulait rompre le sort avant que la librairie ne ramène un vilain vraiment affreux, dit Heathcliff en lançant un regard appuyé à Morrie qui sourit d'un air angélique. C'est pour ça qu'il a mis en place la collection occulte de Nevermore.

— J'ai vu le rayon occulte derrière les livres sur les animaux, dis-je. Ce n'est pas très impressionnant. C'est juste un tas de conspirations sur le fait que la terre est plate et des bêtises du Nouvel Âge.

— Tu as surtout vu la douzaine de livres de tarots que nous laissons sur les étagères pour la plèbe, dit Morrie. Monsieur Simson gardait tous les *vrais* livres occultes sous clé et sous protection. Il pensait qu'il trouverait le secret de la librairie dans l'un de ces livres.

— Attendez une seconde, dis-je en fixant Heathcliff du regard, commençant à comprendre. Si je crois à cette histoire, et

---

* Roman de Charles Dickens

je ne dis pas que c'est le cas, tu as été arraché à ton histoire alors que tu *quittais* les Hauts de Hurlevent ? Tu n'es jamais revenu ?

Heathcliff n'est jamais devenu le personnage cruel et tordu qui hantait les Hauts de Hurlevent. Il n'est jamais allé on ne sait où pendant ces trois années mystérieuses qui ont transformé son cœur en glace.

— Et toi, dis-je en me tournant vers Morrie – James Moriarty, l'un des vilains les plus iconiques de la littérature victorienne. Tu n'as jamais retrouvé Sherlock Holmes aux Chutes du Reichenbach ?

Morrie secoua la tête.

— Je me suis retrouvé dans une telle position à cause de la persécution continuelle de Holmes que je risquais de perdre ma liberté. La situation étant devenue impossible, j'ai quitté l'Angleterre pour tenter de garder une longueur d'avance sur mon ennemi. Je me suis endormi dans le train pour Genève, et je me suis réveillé ici.

— Et toi ? demandai-je à Quoth.

Il secoua la tête à son tour.

— Lui, c'est différent, grogna Heathcliff. Monsieur Simson n'a jamais parlé de métamorphes.

— J'ai une théorie selon laquelle il pourrait être à la fois le corbeau et le narrateur anonyme du poème, dit Morrie. Selon moi, ils ont été retirés du poème comme une seule unité.

— Je me souviens très peu de mon ancienne vie, dit Quoth en fixant le plafond alors que les mots lui échappaient – un flot de voyelles riches et veloutées, dégoulinant de tristesse. C'est plutôt logique puisque je suis issu d'un poème et non d'un livre. Je ne me souviens que d'une pièce remplie de livres et la sensation que le temps avançait sans moi, tandis que je restais figé dans un souvenir qui s'est évanoui dans le néant, entraînant avec lui une partie vitale de moi dans le vide. Aujourd'hui encore, ce souvenir me hante, et mon esprit s'accroche aux visions qui s'estompent de plus en plus. C'est pourquoi je passe le plus clair de mon temps sous ma forme de corbeau, dit Quoth en se pinçant la peau de la cuisse. Cette peau humaine est... gênante. En plus, ces trucs stupides sont un peu inutiles, expliqua-t-il en battant des bras.

Mes oreilles se mirent à bourdonner. C'était une histoire tellement extravagante qu'elle ne pouvait pas être vraie. Et pourtant... j'avais vu les plumes de Quoth se rétracter sous sa peau et ce bec à la place de sa bouche.

— Mais j'ai entendu la voix de Quoth dans la boutique quand le corbeau était dans les parages, dis-je en guise de dernière protestation.

— C'est vrai, dit Morrie en fronçant les sourcils. Et c'est très rare. Sous sa forme de corbeau, Quoth peut communiquer par télépathie, mais seuls les personnages de fiction ont pu l'entendre jusqu'à présent. Jusqu'à ce que tu arrives. C'est pour ça que Heathcliff t'a embauchée.

Ah bon ? Je me souvenais de la voix de Quoth depuis ma première rencontre avec Heathcliff, il avait dit que j'étais jolie et que j'étais « l'élue ». Voulait-il dire par-là que j'étais la personne idéale pour ce travail parce que je pouvais l'entendre ? Il ne pouvait pourtant pas le savoir lorsqu'il parlait.

À moins qu'il n'y ait autre chose ?

— Alors pourquoi est-ce que je peux...

— C'est encore une question à laquelle nous ne sommes pas encore en mesure de répondre, ma belle, dit Morrie en me tapotant la jambe. Laisse-nous d'abord t'innocenter de ce meurtre, et ensuite, à nous quatre, nous pourrons peut-être percer les secrets de la Librairie Nevermore.

— Et Grimalkin ? demandai-je, faiblement.

— Ce n'est qu'un chat, dit Heathcliff.

— Nous en sommes presque certains, ajouta Morrie.

— Miaou, confirma Grimalkin en s'étirant sur les genoux de Heathcliff.

Je renversai la tête en arrière et bus le vin, puis je tendis mon verre à Heathcliff.

— Tu en as encore ?

— Tu as l'intention de boire jusqu'à ce que toute cette magie te semble plausible ? demanda Heathcliff.

— Oh, que oui.

— Ça, c'est une femme qui me plaît.

Heathcliff retourna jusqu'au réfrigérateur et sortit une autre bouteille de vin bon marché. Il en offrit un peu plus à Morrie, qui secoua la tête, sortant une flasque en or, accrochée à une sangle autour de sa cheville avant de boire une grande gorgée.

J'acceptai le verre entier que me tendit Heathcliff et bus à nouveau.

La chaleur de l'alcool se répandit dans ma poitrine, mais elle ne fit rien pour atténuer ce que j'avais vu et entendu.

— Comment en êtes-vous venus à vivre tous ensemble à la Librairie Nevermore ?

— Je suis arrivé le premier, dit Heathcliff, ses doigts se resserrant autour de la bouteille. M. Simson avait des contacts à Londres qui m'ont procuré un acte de naissance et un passeport. Il m'a ensuite dit qu'il m'avait trouvé le travail parfait, un travail qui correspondait à mes compétences uniques. Je pensais qu'il m'enverrait dans le Nord pour être berger ou emmener des touristes en randonnée dans les landes, mais au lieu de cela, il m'a remis les clés de la librairie.

— Pourquoi ?

Heathcliff haussa les épaules.

— Il ne me l'a jamais dit, et je ne l'ai jamais revu pour lui demander. Il avait vidé son appartement, fermé son compte à la poste d'Argleton, et m'avait laissé avec les comptes en désordre, et tous ces voyous de littérature qui débarquent d'entre les rayons.

— J'ai été le premier à atterrir sur les genoux de Heathcliff, dit Morrie en souriant. Il adore la sensation de mes fesses fermes contre ses...

Heathcliff grogna.

— *Bref*, dit Morrie en souriant. Nous nous sommes rapprochés à cause de notre exil commun du monde fictif. En plus, comme je suis capable de pirater les registres du gouvernement et de falsifier des actes de naissance et d'autres documents utiles, si je restais dans les parages, Heathcliff n'avait plus à descendre à Londres. Et ça, ça lui plaît. Ça veut dire qu'il n'a pas besoin de quitter la librairie et en plus je sais cuisiner. Six mois se sont écoulés avant que nous n'ayons notre première invitée fictive : Hester Primm[*]. Nous avons essayé de vivre avec elle pendant un moment, mais elle ramenait toujours des inconnus à la maison. Alors Heathcliff lui a trouvé un travail qui consiste à servir des pintes dans un bar sportif de Londres. Puis il y a eu Titania...

— Tu veux dire, la reine fée de *Songe d'une nuit d'été*[†] ?

— Elle-même. Elle dirige maintenant un centre de réhabilitation pour ânes en Cornouailles. Et Quoth a été le dernier. Il est arrivé il y a six mois, et nous n'avons eu personne depuis, ce qui est une bénédiction, car vivre avec Quoth, c'est comme vivre avec un bébé agaçant.

— C'est faux, dit Quoth.

Morrie se mit à compter sur ses doigts.

— Il régurgite la nourriture. Il abîme les meubles. Il dessine des peintures incompréhensibles que nous sommes censés coller sur le frigo et admirer. Il défèque sur les clients.

---

[*] Personnage de fiction : Hester Primm est la seule libraire du monde des Sims.

[†] Comédie de Shakespeare.

— Seulement quand ils se mettent à citer ce fichu poème, gronda Quoth, ses yeux marron se tournant vers Morrie. Comment tu te sentirais toi si on te rappelait constamment la source de ton chagrin ?

— Je n'ai pas de chagrin, rétorqua Morrie. Contrairement à certaines personnes, je me suis adapté à ma nouvelle vie.

Même si le ton de Morrie était plein de son assurance habituelle, quelque chose dans la crispation de ses doigts suggérait qu'il essayait surtout de se convaincre lui-même.

— Toi au moins tu as toute une maison remplie de portes sur lesquelles te percher, dit Heathcliff d'un ton calme et menaçant. Moi j'ai perdu une partie de moi, comme si j'avais laissé une côte dans les toilettes d'un pub...

— Ne me dis pas ce que je...

Quoth fut interrompu lorsque ses lèvres partirent soudain en avant. Ses yeux explosèrent, les orbites se contorsionnant et reculant vers ses oreilles alors que son cou se brisait vers l'avant et que ses bras se repliaient vers l'arrière.

Je hurlai, reculant dans le fauteuil tandis que des plumes noires jaillissaient de la peau de Quoth, chacune recouverte d'une pellicule noire qui se dissipait au fur et à mesure que les plumes se déployaient et se plaçaient les unes contre les autres. Quoth écarta les bras et battit des ailes, faisant voler des feuilles de papier et froissant ses vêtements sur le sol. Son corps resta un instant en suspension dans l'air avant de se rétrécir et de se replier sur lui-même, se tordant et se contorsionnant jusqu'à ce qu'il devienne un corbeau. Il fit trois fois le tour de la pièce en croassant d'indignation, puis s'installa sur le perchoir au-dessus de la cheminée et jeta un regard noir à Heathcliff.

— C'est pour ça que tu ne peux pas parler de Quoth à la police, dit Morrie. Il ne peut pas contrôler ses métamorphoses surtout s'il est nerveux, stressé ou en colère. S'ils l'emmènent au poste et qu'il se transforme en oiseau eh bien...

— J'ai compris, haletai-je, la main sur mon cœur, essayant de faire rentrer de l'air dans mes poumons.

Tous les doutes que j'avais pu avoir concernant leur histoire ridicule qui pour moi n'était probablement qu'un autre mensonge avaient disparu.

— C'est aussi pour ça qu'il n'a pas d'acte de naissance ou un travail ?

— Nous avons décidé qu'il serait plus simple pour Quoth de se cacher s'il n'avait jamais existé, dit Morrie.

L'oiseau descendit se positionner sur son épaule, acquiesçant tristement.

— Donc, ça c'est le corbeau de Poe... et toi tu es vraiment Heathcliff... et tu es James Moriarty... dis-je, la bouche sèche. Tu es un génie criminel.

— Je n'ai jamais passé de test, dit Morrie, sans pouvoir dissimuler la fierté dans sa voix. Mais oui, il est probable que je sois un génie.

— Tu as hacké le téléphone de Jo et tu m'as demandé de mentir à la police et...

La réalité me frappa soudain, serrant mon cœur de ses poings glacés.

— Tout cet argent qui a disparu des comptes de ton entreprise... tu ne saurais pas où il se trouve, par hasard ? ajoutai-je.

— J'ai peut-être une idée, dit Morrie en buvant une autre gorgée de sa flasque. Mais j'ai perdu mon travail avant d'avoir pu faire profiter l'entreprise de mes précieuses observations. Heureusement, je suis bien équipé pour surmonter de tels revers financiers. Et c'est tant mieux, car Heathcliff gagne rarement assez pour couvrir l'hypothèque, et c'est donc moi qui dois combler le manque à gagner. Il me reste cependant beaucoup d'argent pour m'amuser. Tu veux un poney ? J'ai toujours pensé que ce magasin avait besoin d'un poney.

— Bon sang de bonsoir, dit Heathcliff en avalant le reste de sa bouteille de vin. Cet endroit est déjà une vraie ménagerie.

Je soupirai.

— C'est cool. Tout va très bien. Je travaille pour le plus grand antihéros de l'histoire et je traîne avec le Napoléon du crime et un oiseau qui fait des rimes. Et pourtant, ce n'est toujours pas la pire chose qui me soit arrivée cette semaine. J'ai quand même vu le *cadavre* de ma meilleure amie. Est-ce qu'il y a une chance que la mort d'Ashley soit liée à cette histoire de librairie maudite ?

Morrie et Heathcliff échangèrent un regard.

— Ça nous a traversé l'esprit, mais on ne comprend pas comment. Ton amie Ashley est-elle une sorte de sorcière vindicative qui s'acharne à arracher des personnages de fiction à leur récit *in medias res*[*] ?

— Pas que je sache, dis-je avant qu'une idée horrible ne me traverse l'esprit. Vous ne pensez quand même pas qu'un personnage diabolique est apparu dans la librairie au moment où elle entrait, l'a poignardée et s'est enfui, non ? Ça aurait pu être Jack l'Éventreur ou Hannibal Lecter ou...

Heathcliff secoua la tête.

— Non. On le saurait.

— Nous éprouvons un sentiment étrange lorsque cela se produit, dit Morrie. Comme si une force invisible enfonçait brutalement une main dans notre cage thoracique et remuait nos organes dans tous les sens. Aucun de nous n'a ressenti cela la nuit dernière...

— Bonjour, il y a quelqu'un ?

Morrie se figea. Mon cœur se mit à battre la chamade. Quelqu'un était en bas dans le magasin.

---

[*] In medias res est un procédé littéraire qui consiste à placer le lecteur, ou le spectateur, sans beaucoup de préalables au milieu de l'action

— Je t'avais dit de laisser cette étagère en place, siffla Heathcliff à Moriarty.

— C'est ce que j'ai fait. Ces salauds ont dû la déplacer ou entrer par-derrière. Dans tous les cas, ils sont en train de forcer le passage.

Heathcliff se leva d'un bon. Grimalkin hurla lorsqu'elle fut brutalement renversée sur le sol.

— Je vais leur taper sur les oreilles !

— Non. Je vais m'en occuper, dis-je en me levant. Ils sont là pour me voir moi, de toute façon. Autant leur offrir un spectacle.

Je me dirigeai vers les escaliers. Vu l'humeur d'Heathcliff, il risquait d'arracher la tête d'un client. Et je... j'avais besoin de ne plus être dans la même pièce qu'eux.

— Non, Mina, arrête...

Mais j'étais déjà à mi-chemin dans les escaliers.

— Bonjour, moi c'est Mina et je serais ravie de...

Je m'arrêtai dans mon élan en jetant un coup d'œil par la balustrade, vers le hall d'entrée en contrebas en voyant qui était notre client. Jo, la médecin légiste.

— Oh, bonjour, dit-elle en m'adressant un sourire amical qui semblait déplacé de la part d'une médecin légiste à l'égard d'une suspecte principale.

Mon cœur fit un bond dans ma poitrine. *Est-ce que ça veut dire qu'ils ont blanchi mon nom ?*

— Il y avait pas mal de monde dehors qui essayait d'ouvrir la porte d'entrée alors je suis passée par-derrière. L'une des fenêtres était ouverte alors...

Elle mima le fait de pousser le battant par le haut et de rentrer dans la librairie.

— Heathcliff n'ouvre pas la librairie aujourd'hui, dis-je prudemment, consciente que derrière se sourire se trouvait une femme qui avait le pouvoir de m'envoyer en prison pour un bon moment. J'essaie de le convaincre qu'il vaut mieux affronter les badauds plutôt que de créer une émeute.

— Moi je dis, va pour l'émeute, rétorqua Jo. La dernière fois qu'il s'est passé quelque chose d'excitant à Argleton, c'était quand Danny Evans a foncé avec son camion dans le pub.

Je me mis à rire, me remémorant très bien l'incident. Ma mère avait été boire un verre au pub ce soir-là et elle avait traversé le parc en titubant jusqu'à l'endroit où je lisais dans la librairie, avec du verre qui lui sortait de la jambe, juste pour me raconter l'histoire.

— J'avais huit ans quand c'est arrivé. Vous êtes d'ici alors ? Vous avez l'air d'avoir mon âge, mais je ne me souviens pas de vous à l'école.

— Je suis un peu plus âgée, dit Jo. Ma mère est décédée quand j'avais six ans et j'ai emménagé ici avec mon père pendant un moment, je suis allée à l'université, puis je me suis de nouveau retrouvée ici. J'imagine qu'il est difficile d'échapper à Argleton, hein ?

— Ça, c'est sûr. Je suis désolée pour votre mère.

— Et moi pour le cadavre dans votre boutique, dit Jo. Si ça peut vous consoler, j'ai terminé mon examen ce matin et je ne pense pas que vous soyez l'assassin.

— Ah oui ?

— Oui. Le couteau a été manié avec une force considérable, ce qui exclut généralement les femmes. Mais ce n'est pas moi que vous devrez convaincre et l'Inspecteur en Chef Hayes s'intéresse clairement à votre cas.

— Oh, mon Dieu. Mais alors qu'est-ce que vous faites ici ?

— Ah, oui. Vous devez probablement trouver que c'est insensé que je revienne sur la scène de crime, mais la vérité c'est que j'ai laissé mon pull ici hier soir et j'espérais pouvoir le récupérer. C'est mon pull préféré. Et puis... je pars à Londres pour un cours sur le vitré et l'énucléation et j'ai besoin de trouver un livre à lire dans le train, dit Jo en tournant les talons, m'indiquant les étagères remplies de livres. Je ne savais pas que cette librairie existait avant-hier soir et désormais, je ne sais pas par où commencer.

— Un cours de *quoi* ?

— De vitré et d'énucléation. Le vitré, c'est le liquide clair entre le cristallin et la rétine dans l'œil. J'enseigne aux techniciens en pathologie comment l'extraire à l'aide d'une seringue pour les tests de toxicologie. L'énucléation consiste à enlever tout l'œil...

— D'accord. Je n'ai pas besoin d'en savoir plus. Ça a l'air fun.

Mon estomac se noua rien qu'en y pensant. Je me souvins de la pile de livres à côté du lit de Quoth. *Je parie que Jo et lui ont des goûts similaires.*

— J'ai vu quelque chose qui vous plairait sans doute, mais il faut que j'aille me renseigner pour le trouver. N'hésitez pas à chercher votre pull pendant que je vais parler à Heathcliff.

Je me précipitai à l'étage, où Heathcliff avait déjà plongé le nez dans un livre et où Morrie tentait de convaincre un Quoth désormais humain d'essayer un gilet sur mesure.

— C'est Jo. Elle a grimpé par la fenêtre. Elle se rend à une convention sur les globes oculaires et veut acheter un livre. Je me demandais si l'un des livres que Quoth lisait était disponible à la vente.

Quoth enfila sa deuxième chaussette et se redressa.

— Je vais te les chercher. Je les ai tous lus.

— Merci, dis-je, mais il avait déjà disparu.

— Jo a-t-elle dit quelque chose sur l'enquête ? demanda Morrie.

— Seulement que la force avec laquelle le coup de poignard avait été assené suggérait que l'assaillant était masculin, mais l'Inspecteur en Chef me considère toujours comme une suspecte.

Quoth revint et me tendit une sélection de livres.

— Ça, c'était mes préférés.

Je redescendis au moment où Jo récupérait un sweat à capuche noire derrière une bibliothèque.

— Ce sont tous des récits de vrais crimes et de choses macabres qui vous plairont. Celui-ci traite de l'histoire du poison et celui-là des meurtres de H.H. Holmes à Chicago...

— Oh, merci, dit Jo en étudiant la couverture du livre sur les poisons. Ça m'a l'air parfait. Je prends celui-ci.

— Génial. Je vais vous l'encaisser.

Je la conduisis jusqu'au comptoir et tapai le total sur la vieille caisse.

— Je veux bien que vous m'en parliez à votre retour, ajoutai-je. Du livre, pas du cours. Je n'ai pas envie d'entendre des trucs sur les globes oculaires et des seringues, mais j'ai bien envie de lire ce bouquin.

— D'accord. On pourrait peut-être prendre un café et je vous raconterai toutes les affaires de poison sur lesquelles j'ai travaillé au fil des ans. Est-ce que vous saviez que l'empoisonnement à la strychnine est souvent confondu avec le tétanos jusqu'à ce que la toxicologie post-mortem indique le contraire ? dit Jo avant de plaquer une main sur sa bouche. Oh, pardon. C'est bizarre ? C'est complètement bizarre de vous dire ça, non ? Je n'ai pas envie de vous embêter avec des histoires de poisons et de globes oculaires.

— Juste assez bizarre pour moi, dis-je en souriant avant de remarquer le logo Misfits sur le devant de son sweat à capuche alors que je griffonnais son reçu.

Heathcliff tenait toujours des reçus manuscrits car c'était un fou qui semblait déterminé à rester coincé dans cette époque imaginaire d'où il venait.

Tu aimes le punk ? lui demandai-je, décidant finalement de la tutoyer.

— Oh que oui. Surtout les trucs qui parlent d'horreur, de sang et de tripes.

Jo me dicta son numéro de téléphone et je lui envoyai un SMS avec un smiley. Elle brandit son téléphone avec mon numéro.

— C'est bon, je t'ai. On pourra parler un peu plus de poison et de punk quand on ira boire ce café. Et maintenant, je suis vraiment certaine que tu n'as pas pu écrire ce texto...

— Quel texto ?

— Oh, dit Jo en plaquant à nouveau la main sur sa bouche. Je ne suis pas censée dire quoi que ce soit. La police t'en parlera bientôt. Mais ne t'inquiète pas, ils verront que ça ne correspond pas à ta façon de t'exprimer et iront enquêter ailleurs.

Ça ne paraît pas très prometteur.

Je raccompagnai Jo jusqu'à la fenêtre. Elle grimpa et descendit avant de courir pour contourner l'angle, son livre de poisons sous le bras. J'aimais déjà Jo. Je ne pouvais qu'aimer quelqu'un qui se faufilait par une fenêtre parce qu'il avait désespérément besoin de trouver un livre à lire. L'idée de la retrouver pour ce café me donnait des frissons d'excitation. J'avais envie qu'elle soit mon amie, mais il était difficile de débuter une amitié avec une personne qui pouvait finir par vous condamner pour meurtre.

Une fois que Jo disparut de mon champ de vision, je courus à l'étage. Morrie était déjà devant son ordinateur et Quoth et Heathcliff se faisaient face devant le feu, un échiquier posé entre eux. Quoth avait repris sa forme d'oiseau et trottait sur le plateau pour déplacer les pièces avec son bec.

— La police a trouvé un texto dans le téléphone d'Ashley ! m'exclamai-je. Jo a semblé dire qu'il m'impliquait.

Le regard glacial de Heathcliff aurait pu geler un volcan.

Morrie sortit son téléphone et tapota l'écran.

— C'est exact. Ils ont trouvé un message provenant d'un téléphone prépayé, envoyé trente-trois minutes avant que nous ne trouvions le corps. Celui-ci disait : « On peu s'voir en personne ? Ça risque ri1. Personne surveille librairie. »

Je jetai un coup d'œil par-dessus son épaule.

— Tous ceux qui me connaissent savent que je n'enverrais jamais un message mal orthographié ou avec des chiffres à la place des lettres. Mais comment tu as fait pour trouver ce texto ? Ils l'ont publié dans la presse ? Qu'est-ce qu'ils ont dit sur moi ? Est-ce qu'ils ont au moins mis une jolie photo de moi ?

— Tu n'es pas encore dans les journaux, ma belle.

— Alors comme tu as fait pour avoir ce SMS ?

— Grâce aux dossiers de la police.

— Mais... ils ne sont pas accessibles au public.

— Non, dit Morrie en ouvrant une application sur son téléphone, son doigt s'arrêtant sur un gros bouton rouge. Tu veux que je corrompe le dossier et qu'ils perdent toutes leurs infos ?

Étant donné que désormais, je savais qui était réellement Morrie, je n'aurais pas dû être surprise.

— Non. Je veux qu'ils attrapent l'assassin d'Ashley et puis ce serait encore plus suspicieux. Il faut qu'on attende et que l'on espère qu'ils ne foirent pas tout. Mais ça veut dire que Ashley ne m'a pas simplement suivie à l'intérieur. Quelqu'un *voulait* qu'elle vienne. Mais pourquoi ? Qui aurait pu avoir rendez-vous avec elle ?

15

Au bout de quelques heures, lorsqu'elles réalisèrent que nous n'allions pas ouvrir la librairie pour leur permettre de venir fouiner, les commères se dispersèrent et madame Ellis retourna chez elle. Heathcliff, Quoth et moi bûmes presque tout le thé disponible et organisâmes un tournoi d'échecs. Heathcliff refusa de laisser Morrie jouer.

— Il triche.

— C'est faux. Je prédis simplement l'issue de la partie en me basant sur les probabilités et des connaissances.

— C'est la même chose, bon sang.

Alors il resta sur son téléphone pour hacker d'autres dossiers de la police. Nous échafaudâmes des théories sur le meurtre d'Ashley et sur ce à quoi elle aurait pu être mêlée, mais aucune d'entre elles ne tenait la route.

Le fait est que je ne savais pas ce qui se passait dans la vie d'Ashley. Pas vraiment. Même si nous vivions ensemble à New York, nous nous étions éloignées l'une de l'autre depuis le début de notre stage. Elle s'était liée d'amitié avec un groupe d'influenceurs de mode issus de riches familles américaines.

Elle sortait boire après le travail et moi je restais au studio pour peaufiner les détails de la séance photo du lendemain. Quand Ashley ne faisait pas la fête sur les yachts de ses amis, elle s'occupait de son compte Instagram, prenait des photos, répondait aux commentaires et faisait du « réseautage ». Les entreprises avaient même commencé à lui envoyer gratuitement du maquillage et des vêtements. L'Instagram d'Ashley ressemblait à une bande dessinée de la vie de rêve que j'avais toujours imaginée à Argleton – des photos de nous deux souriant devant le bureau, sur le tapis rouge ou au premier rang de la Fashion Week. Mais derrière ces sourires se cachait une tension qui nous séparait. Je ne savais plus qui était Ashley.

Mais je connaissais quelqu'un qui en savait sans doute plus que moi.

Je quittai Nevermore par l'arrière et je me glissai dans l'étroite ruelle derrière la boutique pour rejoindre Donahue Road, où un minuscule cottage couvert de glycine trônait au bout de la rangée. Je m'appuyai contre le portail blanc et inspirai profondément, laissant le parfum de la glycine et des roses m'envahir, transportant les souvenirs comme des feuilles balancées par la brise. Ashley et moi, assises sur la balançoire du porche, fumant des cigarettes, buvant du rhum et du coca et parlant des garçons qui nous plaisaient. Je me tenais à côté de la grille tous les matins avant l'école, attendant qu'Ashley sorte, balançant son sac à dos sur son épaule tout en se plaignant de sa mère.

Ashley et moi qui aidions ses plus jeunes sœurs à fabriquer des jardins pour les fées devant l'entrée, sculptant de toutes petites portes et des champignons en pâte à modeler pour les cacher parmi les fleurs en installant des guirlandes lumineuses autour de la balustrade. Ma gorge se noua lorsque je repérai lesdites guirlandes qui pendouillaient encore autour de la rambarde en fer.

J'ouvris le portail. Le jardin m'enveloppa tandis que j'arpentais les pavés bien usés que j'avais foulés tant de fois. J'évitai de baisser les yeux vers le jardin pour fées, consciente que cela me ferait pleurer. Je franchis le porche et toquai à la porte.

Rien ne sembla bouger à l'intérieur. J'attendis, mon cœur battant dans ma gorge. *Peut-être qu'elle n'est pas à la maison. Peut-être que...*

La porte s'ouvrit en grand. La mère d'Ashley se tint dans l'encadrement, ses cheveux poivre et sel habituellement bien coiffés partant dans tous les sens, ses vêtements immaculés froissés, son chagrin se lisant sur tous les traits de son visage.

— Oh, Mina !

Elle me serra dans ses bras m'enveloppant dans sa chaleur. Je me laissai fondre contre elle – cette femme qui m'avait nourrie avec des goûters après l'école, qui m'avait coiffée pour le bal de l'école et qui ne m'avait jamais forcée à boire un smoothie au thé vert, aux asperges et au piment de cayenne – regrettant de ne pas pouvoir lui offrir ce dont elle avait besoin. Mais je ne pouvais pas lui rendre Ashley.

— Bonjour, tatie Emma, marmonnai-je contre son pull. Je suis tellement désolée pour Ashley.

— Ma pauvre chérie, je sais que tu l'es, chuchota-t-elle en retour. La police m'a dit que c'était toi qui avais trouvé son corps. Je ne savais même pas que tu étais de retour en ville. Ashley a toujours été très reconnaissante que tu viennes avec elle à New York. Vous étiez de si bonnes amies.

Je ne suis pas allée à New York avec elle... c'est elle qui est venue à New York avec moi ! Évidemment, elle a essayé de s'approprier mon rêve et de tout ramener à elle...

Je repoussai cette vilaine pensée et me concentrai sur ce que les mots d'Emma me révélaient. *Alors comme ça, Ashley ne lui avait pas parlé de notre dispute. Parfait, ça me facilitera les choses.*

— Je suis passée voir si je pouvais faire quelque chose, si je pouvais t'aider. J'ai juste..., dis-je en secouant la tête. Je ne sais pas quoi faire.

— Moi non plus, ma puce, dit Emma en s'écartant pour m'ouvrir la porte. Je t'en prie, entre.

J'entrai dans le cottage. Des odeurs familières et réconfortantes m'envahirent. J'avais passé tellement de temps dans cette maison quand j'étais adolescente, à manger les rôtis du dimanche, à me maquiller et à danser dans le salon au son de Rancid. Ashley avait deux sœurs plus jeunes, et sa maison était l'exact opposé de la mienne – chaleureuse et suburbaine, remplie de jouets et de goûters de marque, d'œuvres d'art sur les murs, de meubles qui n'avaient pas été trouvés sur le bord de la route et d'argent pour des choses amusantes. Je ne voyais plus très bien dans les coins, mais je savais qu'ils étaient remplis de jouets, de jeux de société et de coffrets.

— Tu veux de la tarte ? dit Emma en agitant le bras en direction du comptoir de la cuisine, qui s'affaissait sous le poids des plats en pyrex et des casseroles. Les voisins n'arrêtent pas d'apporter de la nourriture, comme si je n'étais pas capable de cuisiner moi-même.

— Hum... oui, pourquoi pas.

En réalité, je n'en avais pas envie, mais je savais par mon deuil avec mes yeux, que lorsque l'on faisait *quelque chose*, cela aidait à affronter une journée de plus. Emma adorait jouer les hôtesses et son corps se souvenait de chaque geste, même si son cœur était engourdi. Elle s'affaira dans la cuisine, essuyant une assiette et soulevant les couvercles de plusieurs plats.

— La police est passée ? demandai-je en me penchant pour fouiller dans les sacs à main et tote bags accrochés dans l'entrée.

Est-ce qu'il y a quelque chose qui appartient à Ashley ici ?

— Oh, oui. Ils m'ont posé tout un tas de questions. Pourquoi est-ce qu'Ashley est rentrée de New York ? Qui est-ce qu'elle fréquentait ? Est-ce que quelqu'un lui en voulait ou est-ce qu'elle avait mentionné avoir peur de quelqu'un ? Comme si mon Ashley avait des ennemis, dit Emma en retenant un sanglot. Elle était tellement heureuse à New York et elle avait décroché ce super travail.

— Oui, elle avait beaucoup de chance, dis-je, luttant pour retenir le fiel dans ma voix.

— Je ne comprends pas, dit Emma en claquant la porte du réfrigérateur, assez fort pour faire trembler les étagères. Ashley devrait être à New York à l'heure qu'il est, en train de vivre ses rêves, pas allongée à la morgue, *assassinée*. Tu sais pourquoi elle est rentrée à la maison ? Elle m'a dit que ce fameux créateur était parti faire une sorte de cure, mais elle semblait... bizarre. Je ne lui ai pas demandé pourquoi. J'aurais dû.

— Chhh, dis-je d'un ton apaisant en relâchant le tote bag dans lequel je fouillais pour me précipiter dans la cuisine et serrer Emma dans mes bras. Ce n'est pas de ta faute. On ne sait pas ce qui s'est passé.

Elle me regarda entre ses doigts mouillés de larmes.

— Je suis tellement désolée de craquer comme ça. C'est juste que... qu'est-ce qu'elle faisait dans cette librairie crasseuse ? Personne dans le village ne fait confiance à son propriétaire. Un ivrogne à la langue bien pendue. Je parie qu'il...

— Monsieur Earnshaw est un peu brut sur les bords, dis-je, la serrant un peu plus fort que je ne l'aurais voulu. Mais il n'est pas responsable de tout ça. Il a un alibi. Je te promets que je ferai tout mon possible pour trouver le coupable. D'ailleurs, en parlant de ça, je me demandais si Ashley avait pris des bagages avec elle ? On travaillait sur un projet ensemble et je voulais le terminer avant l'enterrement, pour honorer sa mémoire.

— Bien sûr. Je pense que Ashley adorerait ça. Son sac est au bout du canapé, dit Emma en se tournant vers le plan de travail, essuyant ses yeux avec sa manche. Je t'apporte aussi un peu de toad-in-the-hole*.

— C'est gentil, merci.

Je tâtonnai vers le bord du canapé et en sortit la sublime mallette Hermès d'Ashley. Je l'ouvris et fouillai dans les piles de vêtements et de maquillage, cherchant quelque chose qui puisse me donner un indice sur la réelle raison de sa présence ici. La police avait son sac Birkin, mais curieusement, elle n'avait pas son portefeuille avec elle. Je le trouvai dans une poche cachée à l'intérieur de la mallette. Je l'ouvris mais n'y découvris rien d'intéressant – seulement une liasse de dollars américains froissés, ses cartes de visite « Ashley Greer – Influenceuse mode » et un mot de Marcus Ribald écrit sur un post-it à bord noir. « Tu es ma star Ashley ! Tu es la seule en qui j'ai confiance. »

Mon sang bouillonna dans mes veines. *C'était à moi qu'il était censé faire confiance.*

— Tu avais remarqué une bague en diamant au doigt d'Ashley ? demandai-je à Emma alors que je fouillais dans la poche.

— La police m'a effectivement parlé d'une bague, répondit Emma au loin, faisant tinter la vaisselle. Je ne l'avais jamais vue auparavant et ce n'était pas vraiment son style.

— Oui. C'était probablement un cadeau d'un défilé. On nous donnait toujours des trucs.

Derrière le portefeuille se trouvaient une enveloppe épaisse et un bloc de feuilles – en papier épais, celui que nous utilisions au bureau pour les dessins de mode. Je levai les feuilles en l'air,

---

* Plat anglais traditionnel, composé de saucisses cuites au four dans une pâte similaire à celle du Yorkshire pudding.

mais la lumière du salon d'Emma était trop faible pour que je puisse distinguer ce qui y était dessiné. Je glissai les feuilles et l'enveloppe dans ma poche au moment où Emma sortait de la cuisine, portant deux assiettes remplies de nourriture.

J'observai l'assiette avec horreur. Elle avait mélangé tous les aliments possibles et imaginables – un toad-in-a-hole, un énorme plat de lasagnes, deux tranches de pizza, une sorte de taco à l'odeur de poisson et sur le côté se trouvait une part de tarte aux myrtilles, recouverte de sauce.

— C'est… un sacré festin, tatie.

— Oh, dit Emma en baissant les yeux vers l'assiette comme si elle la voyait pour la première fois. Je suis désolée, je me suis laissé emporter. Mange ce que tu veux et laisse le reste. Oh et tiens, quelqu'un m'a donné ce sachet de caramels et je ne veux pas que les filles les mangent tous alors que je viens de payer leurs appareils dentaires. Prends-les, s'il te plaît. Partage-les avec ta mère.

Je fourrai les caramels dans ma poche arrière, contre les papiers. Emma prit une part timide de lasagnes.

— Je n'arrive pas à croire que quelqu'un puisse faire ça à mon Ashley. Elle n'a jamais fait de mal à personne.

Ce n'est pas totalement vrai. Je repensai à son visage suffisant lorsque j'étais sortie du bureau de Marcus, la manière dont elle dénigrait les tenues des autres filles dès qu'elle rencontrait quelqu'un de plus puissant qu'elle et même sa façon de torturer ce pauvre Darren au lycée.

— La police t'a dit quelque chose ? demandai-je. Est-ce qu'ils ont des pistes ?

— Ils ont dit qu'ils se concentraient sur un suspect, mais ils n'ont pas voulu m'en dire plus, dit Emma en gardant les yeux rivés sur son plat, déplaçant les légumes avec sa fourchette sans pour autant les porter à ses lèvres. Ils ont posé beaucoup de questions sur la vie de Ashley à New York, sur ses amis et même sur toi, tu imagines ? Ma fille est allongée sur une table d'autopsie et ils perdent leur temps à enquêter sur sa meilleure amie.

— Oui, c'est sûr, mais ils font seulement leur travail, dis-je en m'agitant sur mon siège, les papiers appartenant à Ashley brûlant dans ma poche. Et en même temps, c'est moi qui l'ai retrouvée, donc forcément, ils s'intéressent à mon cas. Je suis sûre que c'est simplement la procédure.

Simplement la procédure. J'avais beau essayer de me dire que Jo avait raison et que ce texto qu'ils avaient retrouvé pourrait me disculper, un frisson me parcourut quand même l'échine, m'indiquant que ce cauchemar n'était que le début.

Je restai avec Emma quelques heures de plus avant que les filles ne rentrent de chez leur grand-mère. Dès que les cris retentirent à nouveau dans la maison, je partis. Emma avait besoin d'être avec sa famille.

J'avançai vers la librairie. L'heure de la fermeture était passée et la porte d'entrée restait verrouillée. Je remarquai que les fenêtres à l'étage étaient éclairées. Quelque chose me tordit le ventre. Je n'avais pas envie de rentrer chez moi pour retrouver ma mère et son ventre qui s'agitait dans tous les sens. Pas ce soir, pas encore. J'avais envie de montrer aux gars ce que j'avais trouvé.

Je frappai du poing contre la porte, puis je réalisai qu'il était impossible qu'ils m'entendent depuis l'étage, surtout si Morrie avait mis son casque de jeu et que Heathcliff était déterminé à ignorer le monde extérieur. Je sortis l'un des caramels d'Emma de ma poche et le jetai contre la fenêtre à l'étage. Après qu'un deuxième caramel ait heurté la vitre, la fenêtre s'ouvrit et une ombre apparut par-dessus le bord.

— Qui est là ? dit une voix.

Quoth.

— Qui frappe à notre porte ?

— C'est Mina. Tu peux me laisser entrer ?

— Bien sûr. À condition que tu arrêtes de gâcher de bons caramels.

Quoth me laissa entrer par la porte de derrière. Une fois en haut, je trouvai les gars exactement là où je m'y attendais – Heathcliff était près du feu, Grimalkin lovée sur ses genoux, un livre posé sur l'accoudoir du fauteuil. Morrie devant son ordinateur. Quoth tapi dans l'ombre.

—Je viens de rendre visite à la mère d'Ashley.

Je me laissai tomber sur l'un des fauteuils en face de Heathcliff et jetai les caramels sur la table à côté de lui.

— J'ai trouvé quelque chose, caché dans sa mallette. Vous voulez voir ?

Mon annonce suscita pas mal de réactions. Morrie traversa la pièce comme si je lui avais proposé un massage des pieds. Heathcliff se pencha en avant dans son fauteuil, faisant basculer Grimalkin sur le sol d'où elle lança un regard indigné à son maître avant de se pencher pour se laver l'anus.

Quoth sortit de l'ombre et s'appuya contre le dossier du fauteuil de Heathcliff, ses cheveux noirs se répandant en une cascade lumineuse sur son visage.

Je remarquai une grande lampe sur pied à côté de mon fauteuil qui n'était pas là tout à l'heure. Je la tirai vers moi pour qu'elle éclaire mes genoux et étalai les pages sous le faisceau lumineux. Il s'agissait de croquis de mode – des femmes aux jambes interminables et à la taille cintrée, ornées de jupes à volants superposés avec des détails en cuir, des vestes en cuir avec des cols hauts et des empiècements en dentelle, et des chemisiers à col haut avec des poignets en PVC - un mélange ingénieux de deuil victorien et de chic rock'n'roll.

Ce sont les croquis d'Ashley ? Elle ne me les a jamais montrés auparavant. Je tins chaque page devant moi et inspectai les lignes. *Non, ce ne sont pas ceux d'Ashley.* Premièrement, ils étaient *incroyables.* La structure des vêtements, le niveau de détail... ils ressemblaient plus à ceux d'un styliste professionnel qu'à ceux d'une stagiaire de première année. Mais quelque chose me semblait familier...

— Ce ne sont que des dessins de tenues ringardes, dit Morrie en brandissant celui de la veste en dentelle et en cuir à côté du visage de Quoth. Hé mec, c'est un peu ton style.

— Ce sont des créations de Marcus Ribald. J'en suis certaine. Mais je n'ai encore jamais vu ces pièces-là.

Je plissai les yeux sur le petit gribouillis dans l'angle – ouaip, c'était bien la signature de Marcus. À côté, il y avait un petit texte, trop petit pour que je puisse le déchiffrer. Je tendis le dessin à Heathcliff.

—Tu veux bien me le lire ?

Quoth l'arracha des mains de Heathcliff.

— C'est écrit : Couture PFW.

Je pris une grande inspiration.

— C'est la prochaine collection de Marcus pour la Fashion Week de Paris. Jamais il n'aurait laissé ces croquis échapper à sa vigilance et encore moins hors du studio. Nous devions tous signer une clause de confidentialité lorsque nous commencions à travailler pour lui afin de garder les dessins conceptuels secrets pour ses concurrents. Marcus n'aurait jamais laissé l'un d'entre nous les transporter comme ça. Il s'inquiétait trop de...

Je plaquai ma main contre ma bouche.

— Qu'est-ce qu'il y a, ma belle ? dit Morrie en se penchant en avant, un sourire diabolique lui étirant le coin des lèvres. Tu viens de comprendre que ton amie vendait ces croquis au plus offrant ?

Impossible. Ashley n'aurait jamais vendu les créations de Marcus. Elle vénérait Marcus autant que moi et si elle se faisait prendre, sa carrière dans la mode était foutue. Elle n'aurait pas ruiné ses chances en...

Par Isis.

L'an dernier, la créatrice rivale Holly Santiago avait présenté en avant-première un manteau cramoisi orné de broderies persanes sur le podium, quelques semaines avant que Marcus ne sorte sa collection Empire. Les critiques avaient accusé Marcus dans les tabloïds, le traitant de copieur peu original pour son manteau. Marcus était furieux, convaincu que quelqu'un du bureau avait volé ses croquis et les avait vendus à Holly. Mais je lui avais assuré que ce n'était qu'une coïncidence. Après tout, Marcus n'avait pas pu être le seul à avoir l'idée de combiner la culture persane ancienne avec la haute couture.

La même semaine, Ashley avait débarqué avec un sac Louis Vuitton neuf... elle avait affirmé que l'entreprise le lui avait offert grâce à ses followers Instagram, mais c'était un cadeau très onéreux pour quelqu'un qui n'était personne... et désormais, Ashley s'était fait assassiner avec un couteau issu de ce même défilé et j'avais découvert les dessins d'une collection inédite de Marcus Ribald dans son sac....

En bas de la pile se trouvait l'enveloppe blanche. Le nom d'Ashley était écrit sur le recto en caractères gribouillés que je ne reconnus pas.

Il y avait du ruban adhésif sur les coins de l'enveloppe, et du papier avait été arraché lorsque le ruban avait été déchiré. Cela ressemblait un peu à la page d'un livre, mais il était difficile d'en être sûr.

Je glissai mon doigt sous le ruban adhésif qui retenait l'enveloppe et j'en sortis une liasse de billets de cent livres.

16

J'observai tout cet argent dans mes mains.

C'est donc vrai.

Ashley vendait *effectivement* les prochains designs de Marcus Ribald à un autre créateur ou créatrice, probablement Holly Santiago. Soit ça, soit Marcus Ribald lui avait offert une *sacrée* prime.

Cela pourrait expliquer pourquoi Ashley était revenue en Angleterre, mais cela n'expliquait pas comment elle avait fini morte dans la librairie.

— Le texto, murmurai-je. Peut-être que Ashley avait rendez-vous avec quelqu'un dans la boutique pour échanger les croquis. Mais pourquoi est-ce qu'elle l'aurait retrouvé ici...

— Lorsqu'elle est venue la journée, tu as dit qu'elle se comportait bizarrement ? demanda Morrie.

— Eh bien, le fait que Ashley se retrouve dans une librairie, c'était *bizarre* oui. Les seules fois où elle venait ici, c'était pour passer du temps avec moi. Elle disait que c'était très déprimant et solitaire.

— C'est peut-être ça qui lui a fait penser que c'était un bon lieu de rendez-vous. Mais pourquoi venir ici avant et...

Morrie claqua soudain des doigts.

— J'ai trouvé. Je suis un génie. Suivez-moi.

— Il faut que je me lève de mon fauteuil ? grogna Heathcliff.

— Oui. Viens !

Je suivis Morrie dans les escaliers, curieuse de savoir ce qu'il avait découvert. Il s'arrêta devant la section Sociologie, pile là où Ashley s'était tenue l'autre jour. Il parcourut la tranche des livres. Je pouvais presque distinguer les rouages qui s'activaient dans son cerveau.

— Ça devrait être facile. Il y a une couche de poussière sur les étagères parce que Heathcliff est un humain dégoûtant qui ne nettoie jamais. Comme les gens n'achètent pas dans cette section, la couche de poussière est complètement intacte. À moins que quelqu'un n'ait pris un livre récemment et n'ait laissé une marque... Ah !

Morrie nous montra une trace sur la poussière et sortit un livre.

— Voilà notre coupable.

Morrie me tendit le manuscrit. *La Haute Couture et La Culture de L'excès*, disait le titre. Pas très subtile, mais c'était du Ashley tout craché. Alors que j'ouvrais le livre, une enveloppe marron glissa de la jaquette. Je rendis le livre à Morrie et me baissai pour la ramasser.

— Regardez, dit Morrie en désignant le frontispice, promenant son doigt sur deux déchirures dans les coins. Je parie le code secret de mon coffre-fort que ces déchirures correspondent au ruban adhésif de ton autre enveloppe.

— Je parie que tu as raison. Alors qu'est-ce que c'est que ça ?

L'enveloppe était marron, différente de celle retrouvée dans les affaires d'Ashley, celle qui contenait l'argent. Je ne remarquai aucune inscription. Je fis glisser mon doigt sous le ruban qui la maintenait fermée et sortis un autre croquis de Marcus. Celui-ci représentait une robe de bal – des pans de cuir et de dentelle fixés à une armature métallique, Je savais qu'elle était destinée à être la pièce maîtresse du défilé de Marcus.

Mes mains se mirent à trembler lorsque je réalisai que je tenais la preuve dont nous avions besoin. Ashley Greer avait été tuée pour une histoire de mode.

17

Je me mis à réfléchir au sens de cette découverte dans ma tête. L'argent dans son portefeuille ainsi que la pile de dessins. Le texto concernant le rendez-vous dans la boutique. Les créations très similaires de Holly Santiago et le nouveau sac à main d'Ashley.

Ashley avait déjà vendu des designs de Marcus et elle avait essayé de vendre cette pièce lorsque l'acheteur l'avait tuée.

— Ça explique tout, chuchotai-je. Il faut qu'on aille le dire à la police.

— Au contraire, ça soulève encore plus de questions, dit Morrie en me prenant le dessin des mains pour l'exposer à la lumière. Tu penses que l'acheteur a tué Ashley, c'est bien ça ? Peut-être était-ce pour pouvoir mettre la main sur ce dessin sans devoir débourser d'argent ? Mais alors dans ce cas-là, pourquoi ne pas avoir emporté le croquis avec lui ?

Il n'avait pas tort.

— Peut-être qu'il en avait l'intention mais que Quoth l'a interrompu avant qu'il n'en ait le temps.

— Oui, ça pourrait être le cas, dit Morrie en caressant le dos du livre. Mais s'il était si pressé, pourquoi s'arrêter pour voler dans la caisse en bas ? À moins qu'il n'ait pris l'argent de la boutique en premier... Ou alors c'était l'inverse. Peut-être que c'était Ashley qui payait pour ces dessins. Peut-être que votre Marcus Ribald ne sait absolument pas dessiner alors il embauche d'autres personnes pour créer ses designs à sa place et ils doivent les échanger en secret pour que le monde de la mode ne découvre pas la vérité.

— C'est ridicule. J'ai travaillé avec Marcus pendant un an. Je l'ai vu dessiner. C'est un génie. C'est clairement lui qui a dessiné ces croquis, dis-je en tendant l'enveloppe. On devrait apporter ça à la police. Ça permettrait de blanchir mon nom.

— Mauvaise idée, ma belle, dit Morrie en me prenant l'enveloppe des mains avant de la ranger dans la poche de son jean. Tout ce que tu as ce sont des dessins et une liasse de billets, que tu as toi-même pris dans les affaires de la victime et sur la scène de crime, et les deux sont désormais couverts de tes empreintes. Ça va surtout te faire paraître encore *plus* coupable, parce que tu savais exactement où trouver ces preuves.

— Mais si je ne fais rien pour qu'ils commencent à enquêter sur l'acheteur, ils vont m'arrêter *moi*.

— Oh, mais tu as oublié une chose... Tu as le Napoléon du crime à tes côtés, dit Morrie avant d'agiter la main en direction de Heathcliff et Quoth. Et puis, ces deux-là pourraient nous être utiles.

— Pardonnez-moi si je ne suis pas très confiante.

— Ça aiderait que l'on puisse identifier l'acheteur final, dit Quoth.

Moriarty retourna l'enveloppe, l'étudiant sous toutes ses coutures.

— Je suis d'accord. Je parie mon immense et considérable fortune que celui qui a commis ce méfait est un agent qui travaille pour quelqu'un qui ne voulait pas se salir les mains.

— C'est déjà arrivé, expliquai-je.

Je leur racontai alors pour la veste en fourrure de Holly Santiago.

— Elle était à New York et se préparait pour la Fashion Week lorsqu'elle a sorti son premier modèle. Ashley aurait pu facilement la retrouver elle ou un agent à l'un des événements autour de la Fashion Week.

— Où est madame Santiago désormais ?

— Elle a une maison de couture à Londres.

— Parfait, dit Morrie en tapotant sur son téléphone. Nous avons notre premier suspect. Je vais fouiller dans ses finances, voir si je ne trouve rien qui la relie à Ashley. Heathcliff, tu te débrouilles tout seul demain. Contacte ce Marcus Ribald et découvre s'il est vraiment à Martha's Vineyard. Mina et moi allons rendre visite à cette fashionista. Enfin…, dit Morrie en se tournant vers moi. Si Mina accepte de désobéir à la police en quittant la région.

Et rater l'occasion de blanchir mon nom et de passer la journée à Londres avec Morrie ?

— Comme le dit le titre de mon album préféré de Pennywise, « Fuck Authority[*] ». Ça ne me dérange pas du tout. Allons-y.

---

[*] On emmerde l'autorité, en anglais.

18

La bruine m'arrosait alors que je quittais les logements sociaux pour retrouver Morrie à la librairie. Je consultai ma montre en contournant l'angle de Butcher Street – 6h55 du matin. *Très bien, j'ai cinq minutes d'avance.* Morrie semblait être du genre à apprécier la ponctualité et puis nous avions un train (puis un autre train et encore un autre train) à prendre.

Je me lissai les cheveux de la main avant de toquer à la porte de la librairie. Après m'être levée à cinq heures pour choisir la tenue parfaite, j'étais satisfaite d'avoir opté pour une veste noire de style militaire avec des épaulettes en velours, un legging noir avec de la dentelle sur les côtés et mes Docs rouges et vernies. La pluie avait peut-être mouillé ma veste, mais elle n'avait pas affecté mon moral. Mon cœur s'emballa à l'idée du long trajet en train qui m'attendait avec Morrie, nos jambes se touchant sur les sièges, sa main effleurant accidentellement la mienne...

Où est-ce qu'il est ? Je toquai à nouveau.

— Morrie ?

— Tss, tss, Mina Wilde, tu réveilles encore le quartier ! cria madame Ellis depuis sa fenêtre. Non mais regarde-toi, tu es dehors à toute heure de la journée dans cet accoutrement ? Lequel des deux tu courtises, le grand ou le grincheux ?

Je me mis à rougir.

— Je suis désolée, madame Ellis. Je n'ai juste pas encore la clé.

— Assure-toi d'en récupérer une. Ici, les gens prennent leur sommeil au sérieux. Je ne veux plus un seul meurtre dans ce quartier, tu m'entends ? dit-elle avant de me faire un clin d'œil, crispant son visage rond comme un pruneau. Si j'étais toi, je les prendrais tous les deux. Imagine être le cornichon au milieu de ce sandwich au bœuf ? Pourquoi est-ce que je...

Morrie ouvrit grand la porte et m'attira à l'intérieur.

— Bonjour, beauté.

Il m'embrassa sur le front, et j'en eus la chair de poule.

— C'est pas trop tôt ! Madame Ellis était sur le point de me donner une leçon sur ma vie sexuelle.

Morrie me poussa vers la porte.

— Retournes-y. J'ai envie d'entendre ça.

Je rougis à nouveau.

— Pas le temps, on a un train à prendre. J'ai besoin d'avoir ma propre clé.

— Tu n'as qu'à en parler à Heathcliff pendant que je termine de me préparer. Enfin, si tu parviens à le réveiller.

Je suivis Morrie dans l'escalier menant à l'appartement. Heathcliff était endormi dans son fauteuil, Grimalkin lovée dans le creux de son bras, ronronnant comme une scie circulaire.

Quoth se prélassait sur son perchoir.

Je secouai l'épaule de Heathcliff, mais il ne bougea pas.

— Trouve-moi un double des clés, grognai-je dans son oreille.

Il ricana en guise de réponse sans pour autant ouvrir les

yeux. Depuis son perchoir, Quoth émit un bruit étrange qui ressemblait étrangement au rire d'un corbeau.

— Hyuh, hyuh !

Morrie sortit du couloir en portant une grande cage à oiseau noire.

— Quoth veut venir avec nous, alors il faudra qu'on prenne ça avec nous dans le train.

— Tu plaisantes j'espère ?

Morrie ouvrit la porte alors que Quoth descendait de son perchoir et entrait à l'intérieur.

— Ils ne nous laisseront jamais prendre ça dans le train.

— Bien sûr que si. Ils laissent bien les cyclistes monter dans les trains et crois-moi qu'ils sont plus désagréables que les corbeaux.

Depuis l'intérieur de sa cage, Quoth battit des ailes et laissa échapper un croassement indigné.

— Désolé, mon pote, dit Morrie en refermant la cage. On ne peut pas prendre le risque que tu te transformes dans le train alors c'est l'option la plus sûre. J'y ai mis de belles baies pour toi.

— Croac !

Dans ma tête, Quoth poussa une série de jurons.

— Quel langage grossier et devant une dame en plus, tss, dit Morrie en soulevant la cage d'une main et une élégante sacoche en cuir de l'autre. Allons-y.

Morrie ne possédait pas de voiture non plus, d'où notre trajet en train. Je dus trotter pour suivre ses longues enjambées alors qu'il se frayait un chemin dans les ruelles étroites jusqu'à la gare près de la rivière. Nous arrivâmes pile au moment où le train entrait en gare et comme Morrie l'avait prédit, personne ne sourcilla lorsqu'il souleva la cage de Quoth pour la monter à bord. Nous trouvâmes notre carré réservé dans le wagon de la première classe et je pris le siège à côté de la fenêtre. Morrie installa Quoth sur le siège en face du mien en enroulant la ceinture de sécurité autour de la cage pour l'empêcher de bouger, puis il se glissa à côté de moi.

Je m'étais préparé une playlist de musique punk old school et j'avais emporté deux livres pour les trois heures de voyage. Mais Morrie avait d'autres projets. Il sortit un jeu d'échecs magnétique et disposa les pièces, tournant l'échiquier de façon à ce que le blanc soit face à moi.

— Les dames d'abord.

— Comme c'est magnanime de ta part. Tu ne seras plus aussi gentil une fois que je t'aurais botté les fesses.

Malgré tout mon bla-bla, à peine venais-je de mettre mon cavalier en action que Morrie m'avait déjà mise en échec et mat. Et il ne fut pas très fair-play, car il ricana et me provoqua alors qu'il remportait à nouveau la partie en cinq coups. Je comprenais pourquoi Heathcliff ne voulait pas jouer avec lui. Nous jouâmes quelques tours supplémentaires. Même si j'accordais toute mon attention au jeu et que j'essayais de ne pas me laisser distraire par les avant-bras tatoués de Morrie ou la façon dont le coin de son œil s'agitait lorsqu'il avait un plan, il me battait à chaque fois.

— T'es douée, me dit-il en remettant la planche en place.

— Non. Tu viens de me mettre échec et mat en neuf tours.

— C'est toujours trois tours de plus que mes adversaires habituels, dit Morrie en m'adressant un sourire espiègle qui me fit chavirer le cœur.

Je ramassai un pion qui n'avait tenu que deux tours et l'agitai devant le visage de Morrie.

— À cause de toi, ce pauvre pion va souffrir de stress post-traumatique. La prochaine fois, c'est moi qui choisis le jeu et ce sera quelque chose d'idiot qui ne reposera que sur la chance.

— La chance, ça n'existe pas. Ce n'est qu'une question d'équilibre des probabilités...

Je lui donnai un coup dans le bras

— Rabat-joie.

Nous entamâmes alors une conversation légère, ponctuée de drague. Morrie me posa des questions sur ma vie à New York et sur mon enfance à Argleton. Il parla de ses études de mathématiques et de sa fascination pour les astéroïdes, du fait qu'il pourrait un jour envisager de reprendre ses études, d'enseigner à nouveau ou d'entrer dans le programme spatial.

Je demandai à Morrie pourquoi il ne faisait pas tout cela maintenant. Il n'était pas lié à la librairie et aux réponses qu'elle pouvait détenir, comme l'étaient Heathcliff et Quoth.

— Comment tu crois que Heathcliff ou notre ami à plumes ici présent feraient pour s'en sortir sans moi ? dit Morrie en enroulant ses longs doigts autour des miens.

Je ne suis pas d'accord. Je suis tout à fait capable d'attraper des rongeurs et de cueillir mes propres baies, dit Quoth dont la voix résonnait à l'intérieur de mon crâne. Je sursautai face à l'intrusion. Il allait falloir que je m'habitue à cette histoire de métamorphose.

Les yeux glacés de Morrie se réchauffèrent.

— Même quelqu'un comme moi savoure le désir humain inné d'être utile à ses amis.

Je me doutais bien que ce n'était pas toute la vérité. Derrière la façade de la Librairie Nevermore, James Moriarty était en train de reconstituer son empire criminel pour le 21e siècle. D'une part, ses talents de pirate informatique s'étaient déjà avérés utiles, mais d'autre part, il faisait de mauvaises choses et ne s'en excusait pas. Il volait de l'argent aux gens et qui sait quoi d'autre...

S'il n'était pas si sexy, si ses doigts autour des miens ne provoquaient pas d'impulsions électriques dans tout mon corps, serais-je capable de supporter sa présence ? Je n'étais pas sûre d'aimer ma réponse à cette question.

Morrie fit glisser son doigt sur mes phalanges, et tous les postulats moraux s'envolèrent de mon esprit.

Nous changeâmes deux fois de train, traversant les quais en courant avec Quoth qui croassait en signe de protestation. Avant même que je ne m'en rende compte, nous étions arrivés à Paddington Station. Je n'avais même pas ouvert mon livre. Morrie dut me lâcher la main pour ramasser l'échiquier et la cage de Quoth. Mes doigts me picotèrent en se remémorant son contact.

Nous descendîmes et sortîmes dans la rue. Quoth pivotait la tête dans tous les sens pour observer la foule, les gratte-ciels, les voitures qui klaxonnaient et les bus rouge vif qui encombraient les rues, la diversité des langues qui retentissaient, les haut-parleurs et les radios. Les odeurs m'assaillirent – la sueur, les gaz d'échappement, les ordures qui débordaient, les savons de luxe d'un magasin voisin et toutes sortes de nourritures – dégoûtantes et merveilleuses à la fois.

— Ça te fait bizarre d'être ici ? lui demandai-je alors que nous nous arrêtions à un feu rouge et que Morrie consultait la carte sur son téléphone.

— Pourquoi ce serait bizarre ?

— Lorsque tu as connu Londres, nous n'avions même pas d'automobiles. Ce devait être une ville très différente.

— Le Londres que je connaissais n'a jamais existé. C'était une fiction – l'interprétation d'un homme et de ce qu'il aurait souhaité que Londres fut, une toile de fond pour sa pantomime du bien contre le mal. Arthur Conan Doyle avait pourtant raison sur un point. Londres a toujours été et sera toujours le grand lieu de rencontre de la culture, ainsi que le point névralgique de tous les crimes. Tout ce qui se passe d'intéressant dans ce monde est lié à Londres.

Je ne pouvais plus tourner autour du pot.

— Morrie, tu as vraiment fait toutes ces choses que Sherlock Holmes dit de toi dans les livres ?

Morrie sourit et me répondit sans aucune hésitation.

— Bien sûr.

— Tu étais... tu *es*... l'organisateur de la moitié du mal et de presque tout ce qui n'est pas détecté dans cette grande ville ?

— C'est ce qui est écrit sur mes cartes de visite, dit Morrie en levant son téléphone pour faire pivoter la carte GPS.

— Tu réalises qu'à cause de ça c'est plus difficile pour moi de t'apprécier et de te faire confiance ? Pourquoi faut-il que tu sois un criminel encore aujourd'hui ? La vie t'offre une nouvelle chance, une chance d'être meilleur. Pourquoi retomber dans le même schéma ?

Morrie sortit l'un des livres de mon sac et le brandit devant moi. C'était un recueil d'essais féministes que j'avais pris au magasin.

— À cause de ça.

— Je ne comprends pas.

— J'ai trouvé ce livre dans la boutique quand je suis arrivé dans ce monde pour la première fois. Le féminisme n'était même pas un concept lorsque j'ai construit mon empire. Mais il m'a tout de suite plu. J'ai trouvé en cet auteur une âme sœur. Les structures de pouvoir de ce monde sont largement en faveur d'une poignée de personnes, dont beaucoup ont obtenu ce pouvoir par des moyens infâmes tout en se convainquant qu'ils étaient moralement justes. Je n'ai aucune patience pour la morale, mais j'aime *tellement* le chaos. Le monde que cet auteur préconise, ce monde juste et équitable, *c'est* le chaos. Je suis *ici* pour être meilleur, Mina. Au lieu de renforcer les structures de pouvoir que j'ai contribué à construire, j'ai l'intention de mettre des bâtons dans les roues et de faire bouger les choses.

— Mais tu es un homme blanc privilégié !

— *Exactement*, dit-il en souriant.

Nous traversâmes la rue et Morrie m'orienta vers une allée déserte.

—Je fais tomber le système de l'intérieur.

— Je ne suis pas sûre que tu aies entièrement saisi le concept du féminisme, mais je t'accorde quelques bons points pour avoir essayé.

— Et est-ce que tu me donnes des bons points pour ça ? grogna Morrie.

Il me fit pivoter et plaqua mon dos contre le mur de pierre, pressant ses lèvres contre les miennes.

La chaleur se répandit dans mon corps tandis que sa langue se frayait un chemin entre mes dents pour s'enrouler avec la mienne. Chaque partie de mon corps se réveilla – chaudement, douloureusement, pleine de désir.

Je m'inclinai vers lui, capturant un peu plus de sa chaleur.

Quoth poussa un cri de protestation tandis que sa cage heurtait les pavés. Les mains de Morrie frôlèrent mes flancs, tirant sur l'ourlet de ma veste, luttant pour accéder à la peau nue en dessous.

Je cédai à la tentation tapie dans mon esprit depuis que nous nous étions croisés la première fois et m'abandonnai totalement à ses lèvres expertes. La pierre rugueuse taquinait mes cuisses et les mains de Morrie étaient partout et, *oh, Isis, c'est tellement bon.*

La peur, la douleur et la tension de ces deux derniers jours s'accumulèrent en moi, brûlant sous les caresses de Morrie. Sa langue taquina quelque chose de plus profond – le trou noir de mon avenir incertain qui menaçait de me dévorer. Son feu illumina les ténèbres et j'entrevis le vide, et à ce moment-là, je réalisai que, quel que soit ce qui m'attendait, je pouvais l'affronter et le vaincre.

Mes mains se levèrent, bougeant d'elles-mêmes, attirées par la chaleur comme un papillon de nuit par une flamme.

J'enroulai mes doigts autour des cheveux de Morrie, bousculant ses mèches parfaitement coiffées, l'attirant plus près de moi, attisant le feu qui faisait rage entre nous.

Des pierres rugueuses me raclaient le dos, mais je m'en moquais. Mon cœur battait à tout rompre lorsque Morrie glissa sa main sous la ceinture de mon legging. Son doigt caressa l'extérieur de ma culotte, qui était déjà humide. Il pinça le tissu et l'écarta.

Je n'arrive pas à croire que c'est en train de se produire.

— Les gens vont nous voir, gémis-je alors que Morrie glissait un doigt en moi.

Oh, par Ishtar, je m'en fiche.

— Qu'ils nous voient, murmura Morrie contre mes lèvres. Qu'ils voient une femme assumer de son propre plaisir.

Mes protestations s'estompèrent lorsque Morrie enfonça un deuxième doigt en moi et fit tournoyer son pouce contre mon clitoris. Il bougea à un rythme régulier, lentement au début, de façon contrôlée. Je m'agitai alors que la chaleur s'accentuait en moi.

Morrie m'immobilisa et ne ralentit pas son rythme implacable. Son pouce tapotait mon clitoris tandis que ses doigts s'enfonçaient en moi, de plus en plus vite jusqu'à ce que des étoiles explosent devant mes yeux.

—Mords-moi, ma belle.

Morrie plaça son autre main contre mes lèvres. Je mordis sa peau alors que la chaleur m'envahissait et qu'un orgasme explosait dans mon corps.

Ça, c'était des étoiles. Le monde devint soudain obscur, avant d'être à nouveau illuminé par des lumières vives tandis que mon corps frissonnait contre la brique rêche. Morrie retira sa main de ma culotte et saisit ma hanche, me tenant contre lui alors que je retrouvais l'usage de mes jambes.

—Waouh, murmurai-je.

— On recommence quand tu veux. Tu n'as qu'à demander, dit Morrie avant de saisir ma main pour l'embrasser.

Il caressa ma joue des doigts et je sentis mon odeur sur lui et la façon dont il n'essuya pas sa main tout en continuant à me sourire d'un air diabolique suffit à me faire à nouveau fondre.

J'époussetai ma veste et me redressai. Dès l'instant où je m'écartai du mur, la culpabilité et la honte m'envahirent, manquant de me faire reculer.

Mais à quoi je pense ? Ça ne me ressemble pas de me faire tripoter contre un mur en pleine journée alors que tout le monde pourrait nous voir. Il ne faut pas que ça se reproduise, pas avec lui. C'est James Moriarty. Ce n'est pas n'importe quel criminel, c'est le criminel. Il devrait me paraître détestable, pas irrésistible.

S'il avait s'agit d'un autre homme, il aurait sans doute remarqué mon brusque changement d'humeur et m'aurait demandé si ça allait, ou aurait au moins mentionné ce changement dans notre amitié. Mais Morrie se contenta de regarder sa montre et de froncer les sourcils.

— On va être en retard si l'on ne se dépêche pas.

Et avant que je ne puisse protester, il reprit la cage de Quoth, saisit mon bras et m'entraîna dans l'allée jusqu'à la place. Il marchait à vive allure, balançant la cage et sifflant pour lui-même, croisant les gens dans la rue comme si nous n'étions qu'un couple de plus en train de vaquer à ses occupations londoniennes, comme si Morrie ne brandissait pas deux doigts qui sentaient mon odeur.

Il fallait que je m'éloigne de lui, que je digère ce qui venait de se passer, que je réfléchisse à ce que j'allais faire, puisque j'allais le voir tous les jours à la librairie, et au fait que Quoth nous avait forcément vus.

Oh, Astarte, Quoth vient de me voir avoir un orgasme et Heathcliff... qu'en est-il de Heathcliff ?

La culpabilité gonfla dans mon ventre, comme si j'avais

trail Quoth et Heathcliff, ce qui était ridicule puisque je ne sortais avec aucun d'entre eux. Il n'y avait même pas un soupçon de promesse dans l'air entre nous, juste cette tension sexuelle implacable qui remplissait chaque coin d'ombre de la librairie Nevermore.

Qu'est-ce que je vais faire ?

Je n'eus pas le temps d'y réfléchir davantage, car Morrie avait freiné net et je le percutai. Quoth croassa tandis que Morrie lançait la cage en l'air pour m'attraper.

— Tu te jettes déjà sur moi, ma belle ?

Ses dents effleurèrent mon lobe d'oreille, me provoquant un frisson qui me parcourut l'échine avant d'atteindre directement mon clitoris, chassant la culpabilité de mon esprit.

— Hélas, nous devons nous mettre au travail.

Morrie désigna la boutique en face de nous – celle de Holly Santiago. J'avais appelé la veille, expliquant que je travaillais pour Marcus Ribald et que nous voulions discuter d'une éventuelle collaboration. L'assistante de Holly s'était pliée en quatre pour nous offrir ce rendez-vous. Mes yeux se posèrent soudain sur les robes cloutées et les tuniques cultistes dans les vitrines.

— Je le veux.

J'appuyai mon nez contre la vitre, bavant sur un tee-shirt à manches longues décoré de symboles occultes.

— N'oublie pas notre objectif, ma beauté, dit Morrie en m'attrapant par le bras. Tu ferais une très mauvaise escroc. Trop facilement distraite.

— Tant mieux. Je ne veux pas être une escroc.

— Alors, suis-moi. Il se peut que je doive inventer rapidement quelques mensonges.

Je secouai la tête.

— Non, toi tu *me* suis. Je connais ce monde. J'ai un plan.

— Non, *j'ai* un plan, rétorqua Morrie.

— Le mien est mieux.

Je sortis une paire de lunettes Gucci de mauvaise qualité et les glissai sur mon nez. Je savais de quelles informations nous avions besoin – tout ce que j'avais à faire, c'était de mimer Ashley et faire comme si je n'en avais rien à foutre.

Morrie m'ouvrit la porte. Une vendeuse leva les yeux du comptoir et s'avança vers moi, dans un nuage de parfum.

— J'ai rendez-vous avec Madame Santiago, lui dis-je, le nez en l'air. Jane Eyre, je représente Marcus Ribald.

J'espérais fortement que la vendeuse n'était pas une grande lectrice.

J'avais de la chance. L'assistante consulta un carnet de rendez-vous sur la tablette.

— C'est par ici, dit-elle en nous guidant vers un escalier en colimaçon situé à l'arrière de la boutique.

Je la surpris en train d'étudier mon visage, essayant de déterminer si j'étais quelqu'un d'important.

À l'étage, le studio s'étalait dans toute la pièce – un espace ouvert contenant des bureaux, une installation photographique, des machines à coudre, des boîtes de tissus, de garnitures et de fournitures, ainsi que de nombreux portants de vêtements.

Mes doigts me démangeaient et mouraient d'envie d'écarter les cintres en bois et de fouiller dans ce trésor, mais je me retins, essayant de paraître indifférente.

— Ah, mademoiselle Eyre. Je suis ravie de vous rencontrer.

Holly Santiago sortie de nulle part, chaque cheveu noir sur sa tête parfaitement en place alors qu'elle s'avançait vers moi et me faisait la bise sans me toucher les joues, comme le faisaient les gens dans la mode. Elle portait un débardeur blanc sur un jean noir déchiqueté et des bottes qui lui montaient jusqu'aux cuisses. Ses ongles rouge sang s'effilaient en serres qui s'enfoncèrent dans mon épaule lorsqu'elle s'éloigna. J'avais déjà rencontré Holly deux fois lors d'événements de la Fashion Week, et à chaque fois, elle avait été une vraie garce glaciale. Cet accueil chaleureux était bizarre mais pas inattendu – je ne m'attendais pas à ce qu'elle se souvienne de moi. Je n'étais personne, mais aujourd'hui je représentais Marcus Ribald.

— Holly, quel *plaisir*, dis-je en indiquant d'un geste un canapé en cuir cossu et un pouf dans un coin, sous une fenêtre à hauteur d'étage qui donnait sur Soho. On s'y met ?

— Oui, bien sûr. C'est un oiseau intéressant, dit Holly en désignant la cage de Quoth du doigt.

Il croassa pour la saluer.

— On l'emmène juste faire une petite promenade dans Londres.

Morrie reposa la cage sur le sol à côté de lui, déverrouillant furtivement le loquet, au cas où Quoth ait besoin de s'échapper pour se cacher quelque part et se transformer. Holly ouvrit la bouche, prête à ajouter quelque chose de plus, mais je lui lançai le fameux regard breveté d'Ashley, l'air de dire « Qu'est-ce que ça peut te faire ? » et elle resta silencieuse.

— Sommes-nous seuls ? aboyai-je en direction de Holly.

— J'ai renvoyé mon assistante et j'ai brièvement fermé la boutique, comme vous me l'aviez suggéré. Je dois reconnaître que je suis intriguée. Pourquoi est-ce que Marcus Ribald veut me parler et de manière si clandestine ? Je suis ouverte à une collaboration...

— Oh, je ne suis pas là pour représenter Marcus.

Je sortis un croquis de mon sac à main et l'étalai sur la table basse.

Holly tressaillit. À côté de moi, Morrie fit de même. Je ressentis une pointe de satisfaction à l'idée que j'ai pu le berner. *Tu n'es pas le seul plein de surprises, James Moriarty.*

— C'est...

Holly s'éloigna du dessin, ses yeux parcourant les contours du croquis de la robe de bal de Marcus.

— C'est une pièce de la prochaine collection de Marcus. Mais elle n'est pas encore sortie, dit-elle.

— Mais d'un côté, dis-je en imitant de mon mieux le sourire froid d'Ashley. Ça ne vous servirait pas à grand-chose s'il l'avait déjà présentée en avant-première. Le prix est le même qu'avant, mais cette offre n'est valable qu'aujourd'hui, à condition que le reste de votre dette soit payé. Une fois que j'aurais quitté ce bâtiment, il doublera.

— Mais de quoi est-ce que vous parlez ? Pourquoi vous me montrez ça ? dit Holly en enfonçant ses serres rouges dans le tissu du canapé.

— Vous n'êtes pas obligée de faire semblant avec moi, Holly. Je sais que vous avez eu affaire à une autre fille durant la dernière transaction et je sais que vous l'avez tuée pour vous affranchir de régler votre part du marché. C'était une erreur. Désormais, c'est moi qui suis aux commandes. Même si vous avez laissé ce dessin à la librairie, votre agent l'a sans doute vu et l'a même probablement photographié. Vous avez eu ce que vous vouliez et en attendant, moi je n'ai pas reçu de paiement. Mon associé et moi sommes venus le récupérer.

— C'est scandaleux ! hurla Holly en repoussant le croquis sur la table basse qui s'envola à l'autre bout. Je n'ai jamais vu ce dessin de ma vie ! De quelle fille parlez-vous ? Quel *marché* ?

— Je garderais mon sang-froid si j'étais vous, Holly, dit Morrie, prenant un ton chantant profondément menaçant. Nous ne voudrions pas que la situation dégénère.

— Croac, ajouta Quoth depuis son perchoir.

— Eh bien, qu'elle dégénère ! siffla Holly en brandissant un majeur parfaitement manucuré tout en contournant le dossier du canapé. Je ne sais pas ce que vous faites ici, mais je vous dénoncerai à Marcus et au Groupe de la Mode dont je suis membre. Évidemment que je ne veux pas de ces dessins. Je ne vais pas voler ses créations. J'en ai plein à moi.

— Je sais que c'est faux, sifflai-je. Vous l'avez déjà fait une fois, avec votre collection hiver, et vous vous en êtes bien tirée. Le manteau cramoisi avec la broderie persane, vous avez oublié ?

Holly repoussa ses cheveux noirs et lisses par-dessus son épaule.

— Oui, je le reconnais. Je me suis inspirée de son design, mais je ne savais même pas qu'il appartenait à Marcus. J'ai assisté à un dîner de gala épouvantablement ennuyeux célébrant le soi-disant génie de Marcus. Je suis partie avant le dessert parce que je ne supportais pas l'odeur nauséabonde d'une salle de bal remplie de lèche-bottes. Au moment où je descendais les marches pour rejoindre mon taxi, une feuille de papier s'est envolée et m'a frôlé la cheville. Je l'ai ramassée et j'y ai trouvé le dessin d'un manteau brodé. Il était plutôt bon. Je l'ai roulé en boule et l'ai jeté par la fenêtre du taxi, mais l'idée m'est restée, et plus tard, il a fini par faire partie de ma collection, mais ce n'était pas une copie exacte, loin de là. Je ne l'ai pas délibérément volé à Marcus. Il ne devrait pas être maladroit au point de laisser traîner ses créations dans la rue !

Je reniflai.

— Je trouve cette histoire très improbable. Croyez-vous vraiment qu'elle tiendra la route au tribunal si nous vous livrons à la police ? Une femme a été *assassinée*, Holly. Vous irez en prison pour ça, à moins que vous ne me donniez ce que je veux.

— Croac ! ajouta Quoth, d'un ton plus fort et plus pressant.

— Vous voulez que je vous paie pour un dessin dont je ne veux pas, et que j'admette avoir assassiné quelqu'un que je ne connaissais même pas ? Quand ce meurtre a-t-il eu lieu ?

— Il y a deux jours, vers vingt-et-une heures, dans une librairie d'Argleton, dit Morrie.

Holly recula dans la pièce, rougissant.

— Je n'ai tué personne dans une librairie, et je peux le prouver.

Elle se jeta sur un bureau et s'empara d'un téléphone portable.

La panique m'envahit. *Si elle prend ce téléphone, elle va appeler la police.*

Morrie se leva de sa chaise et s'élança à travers la pièce. Mais il ne fut pas aussi rapide que Quoth, qui plongea par la porte ouverte de sa cage et se jeta sur le bureau. Son corps se transforma en plein vol, les os de ses ailes s'allongeant, ses jambes se tordant pour prendre une nouvelle forme, ses serres se nouant pour devenir des pieds. Des plumes noires s'éparpillèrent sur le sol tandis que les os de Quoth se brisaient et se déformaient, ses traits prenant forme humaine.

Merde, merde, merde.

— *Crooooooooac !* grommela Quoth, le son se transformant en un cri humain tandis que son corps nu traversait le bureau et faisait tomber le téléphone par terre.

Morrie se pencha et le ramassa.

— Qu'est-ce qui se passe ?! cria Holly, glissant du bureau et s'écrasant contre un portant à vêtements.

Des robes et des vestes volèrent dans tous les sens.

— D'où sort ce type nu ?!

— Il...

Rappelle-toi qu'aujourd'hui, tu es Ashley. Mon cœur battait la chamade, mais je me redressai et lançai un regard noir à Holly.

— Il est avec nous. Il vous a juste empêché de commettre une erreur très stupide. Maintenant, nous allons prendre ce téléphone, juste pour être sûrs que vous n'appeliez pas la police.

— Je ne comptais appeler personne. J'ai des photos sur mon

Instagram qui prouvent que je suis innocente ! s'écria Holly, lançant une veste à Quoth, qui l'enfila en haussant les épaules avant de partir à la recherche d'un pantalon dans la pile. Tout est là. Jetez juste un coup d'œil. *S'il vous plaît.*

Morrie était déjà en train de fouiller le téléphone.

— Regarde ça, ma belle, dit-il en brandissant l'écran, faisant défiler le fil Instagram de Holly.

Effectivement, on y voyait bien Holly avec cinq autres femmes – dont l'assistante d'en bas – en train de boire des coupes de champagne sous la tour Eiffel.

— Même si j'avais *voulu* tuer quelqu'un, ce qui n'est pas *le cas*, je n'aurais pas pu le faire parce que j'étais à Paris la semaine dernière – j'ai offert le voyage à mon personnel pour le remercier de tout le travail accompli cette année. Nous sommes rentrés hier, et j'ai les reçus de l'hôtel et les billets d'avion pour le prouver.

— Vous auriez pu engager quelqu'un pour le faire, rétorquai-je. C'est un alibi plutôt pratique.

— Tous ceux à qui j'aurais pu confier cette tâche étaient en voyage avec moi, rétorqua-t-elle, ses yeux s'enflammant. Alors vous pouvez prendre vos accusations, vos dessins volés et votre ami nu bizarre et vous les foutre là où je pense. Maintenant, sortez !

19

— Si ce n'est pas Holly, qui cela pourrait-il être ?

Je m'affalai sur le bureau de Heathcliff, observant le dessin de Marcus, la tête entre les mains. *Ça n'a aucun sens. Si Ashley a été tuée pour le dessin, pourquoi le tueur ne l'a-t-il pas emporté avec lui ?*

Morrie, Quoth et moi étions rentrés il y a une heure, juste au moment où Heathcliff fermait la boutique. Il était d'une humeur massacrante parce que la librairie avait attiré des curieux toute la journée, mais il avait aussi vendu un nombre record de livres, c'est pourquoi il avait déjà préparé trois bouteilles de vin à prix moyen pour nous accueillir. J'étais trop déprimée pour monter les escaliers de l'appartement, alors je m'étais affalée en face du bureau. Morrie se prélassait sous la fenêtre, les yeux rivés sur l'écran de son téléphone.

Heathcliff déposa un verre devant moi et je l'acceptai avec reconnaissance, laissant l'alcool froid et fruité apaiser toutes les bizarreries de la journée. Qui sait, peut-être que le vin était exactement ce dont j'avais besoin pour réfléchir à ce que j'allais faire à propos de Morrie, à propos de mes sentiments mitigés pour eux tous, à propos d'Ashley... tout ça.

— Il se peut que ce soit Holly, dit Morrie sans lever les yeux de son téléphone. Elle a probablement engagé quelqu'un.

— Je n'y crois pas, dit Quoth, perché sur le bord de la table, balançant ses jambes tandis que Grimalkin rôdait autour de lui.

Il portait toujours le jean et la chemise qu'il avait « empruntés » à Holly. Le vert profond de la chemise mettait en valeur les mèches d'émeraude scintillantes dans ses cheveux.

— Un tueur à gages n'aurait pas utilisé ce couteau, ni fait le coup dans le magasin pendant que nous étions à l'étage, ni laissé le dessin derrière lui, continua-t-il.

Morrie releva la tête, les yeux pétillants.

— Tu as raison. Mon génie déteint sur toi.

— En fait, j'ai surtout lu un livre sur les assassins. C'est fascinant. Vous saviez que dans l'Inde ancienne, les femmes appelées *visha kanya* s'empoisonnaient petit à petit jusqu'à ce qu'elles acquièrent une immunité, puis se faisaient inviter en présence d'un roi rival pour cuisiner et lui servir de la nourriture empoisonnée ?

— Hum, fascinant, dit Heathcliff d'un ton qui laissait entendre que ce n'était pas du tout fascinant. Mais cela ne nous aide toujours pas à résoudre ce mystère.

— J'aimerais bien en savoir plus sur ces *visha kanya*, moi, dis-je, me sentant étrangement protectrice de Quoth.

Après tout, il était venu à notre rescousse aujourd'hui quand nous pensions qu'Holly allait appeler les flics, prenant le risque de s'exposer et d'être capturé pour l'empêcher d'obtenir ce téléphone. Heureusement, Holly avait été trop effrayée par la situation pour remarquer la métamorphose de Quoth.

— Quoth connaît toutes sortes de faits inutiles, dit Morrie en *tapotant* l'écran de son téléphone. Des faits inutiles pour un animal inutile.

Le visage de Quoth se tordit de rage, comme si l'on avait appuyé sur un interrupteur derrière son crâne. La douleur s'accumula dans ses yeux, ces grands orbes bruns s'enflammant.

Je tendis la main vers lui pour lui demander ce qui n'allait pas. Mais je n'en eus pas l'occasion. Des plumes volèrent soudain dans tous les sens tandis que son corps se brisait et se tordait, et un instant plus tard, le corbeau s'envola vers les escaliers, suivi d'une Grimalkin excitée.

— Pourquoi tu as *dit* ça ? m'exclamai-je en arrachant le téléphone de Morrie de sa main. Tu l'as blessé.

Heathcliff ricana en tendant le bras par-dessus le bureau pour se servir un autre verre.

— Les émotions sont un défaut humain, et Quoth n'est pas humain, dit Heathcliff.

— Détends-toi, ma belle. Nous disons ce genre de choses tout le temps. Quoth sait que nous plaisantons.

Morrie tenta de reprendre son téléphone, mais je le tins derrière mon dos. Au-dessus de nos têtes, des bruits de pas résonnèrent sur le sol tandis que Grimalkin poursuivait Quoth sur les étagères.

— Ah oui ? Peut-être que vous n'avez pas vu à quel point ce commentaire l'a affecté, parce que vous êtes tous les deux des crétins insensibles, mais *moi* je l'ai vu.

— Je l'ai dit parce que c'est *vrai*. Quoth ne peut pas se vexer parce que l'on dit la vérité, ce ne serait pas très pratique. Tu as bien vu ce qu'il a fait aujourd'hui – il ne peut même pas contrôler sa métamorphose. Il ne sort pas, ne travaille pas et n'aide pas Heathcliff à la boutique. Il ne sait même pas comment *parler* à un autre humain. Tout ce qu'il fait, c'est se cacher dans le grenier, dessiner et lire, ou se balader ici en faisant caca sur les meubles.

— Crooooooac ! cria Quoth à l'étage.

Il y eut un fracas et Grimalkin hurla.

Je me levai.

— Je vais aller lui parler.

— Ne t'interpose pas entre ces deux-là, sinon tu finiras à l'hôpital, me prévint Morrie. Quoth va se calmer. Il a déjà entendu ce genre de remarques. Tu ne peux pas le juger selon tes critères, Mina. Heathcliff a dit la vérité – Quoth *n'est pas* humain.

Je fixai le plafond du regard, grimaçant lorsqu'il y eut un autre fracas, un gémissement et le bruit de livres qui s'écrasaient sur le sol.

Ne t'inquiète pas pour moi, Mina. La voix de Quoth retentit dans mon esprit. *Je tiens ce salaud de chat.*

— Tu vois ? dit Morrie en souriant. Il va bien. Il n'y a pas de quoi s'inquiéter.

Je me frottai la tempe. Il allait falloir que je m'habitue à entendre les pensées de corbeau de Quoth dans ma tête. Morrie avait raison : les serres de Quoth étaient acérées et Grimalkin pouvait être mortelle quand elle le voulait. Il valait mieux attendre que la paix revienne.

— J'ai réussi à joindre le bureau de Ribald, dit Heathcliff. Il n'a pas voulu répondre au téléphone, mais son assistante a dit qu'il avait des rendez-vous consécutifs et s'est esclaffée quand j'ai suggéré qu'il était sans doute à Martha's Vineyard. Nous savons donc que ton amie a menti.

— Ce n'est pas mon amie, le corrigeai-je, en agitant mon verre vide pour qu'il le remplisse à nouveau.

— Tu ne trouves pas ça étrange que le premier dessin n'ait pas encore été publié dans la presse ? dit Heathcliff en remplissant nos deux verres. Si quelqu'un paie pour ces dessins, ne voudrait-il pas les divulguer le plus tôt possible ?

— Pas forcément. Ça dépend de ce que l'acheteur veut en faire. Les personnes qui paient Ashley aussi cher ne veulent pas seulement divulguer les dessins à la presse, elles veulent ajouter les vêtements à leurs propres collections. Mais avec la Fashion

Week de Paris en janvier, ils vont devoir faire des pieds et des mains pour terminer à temps. On parle de *haute couture*. Ces vêtements sont fabriqués à partir des fibres naturelles les plus fines, teintes et cousues à la main. Chaque perle est fixée à la main. Ce n'est pas le genre de choses que l'on peut recréer en une après-midi.

— Peut-être que l'idée n'était pas de recréer les pièces, mais de faire chanter ce Ribald ? suggéra Morrie. C'est ce que je ferais si j'avais ces dessins en ma possession. Je trouverais des secrets sur ce type et je le forcerais à me payer en liquide *et à* dessiner ma prochaine collection pour me faire taire. Et qui de mieux pour le faire chanter que sa stagiaire, qui connaît tous les détails de sa vie privée ?

À l'époque où je pensais que Moriarty n'était qu'un informaticien excentrique, ce commentaire m'aurait fait rire. Mais je réalisai alors qu'il avait probablement lui-même fait chanter des gens pour de vrai, qu'il avait sans doute déjà mis en place un plan élaboré pour gâcher la vie de quelqu'un sans hésitation, et son sourire perdit tout à coup un peu de sa superbe.

Ce n'est pas ce que tu pensais quand il t'a plaquée contre ce mur, dit Quoth dont la voix pénétra soudain mes pensées.

— Quel mur ? dit Heathcliff en levant la tête vers moi, ses yeux sombres pénétrant mon âme.

Merde. Je ne voulais pas qu'il apprenne ce qui s'était passé entre Morrie et moi. Ce serait gênant pour lui, dans sa propre librairie en plus, surtout que je ne savais pas ce que j'allais faire pour Morrie, et je...

C'est vraiment ça, la raison ? demanda Quoth. *Ou est-ce que c'est parce que tu ne peux pas choisir entre les deux ?*

— Le choix n'est pas difficile, dit Morrie sans lever les yeux de son téléphone. Les cerveaux l'emportent toujours sur les muscles.

— Choisir quoi ? grogna Heathcliff. De quoi parle ce foutu oiseau ?

— Ne te mêle pas de mes affaires ! criai-je en direction de l'étage, les joues en feu.

— Croac ! répondit Quoth.

— Bon il y a peut-être effectivement une piste à creuser avec cette histoire de chantage, dis-je rapidement, espérant changer de sujet. Mais comment le découvrir ? Je ne vais quand même pas devoir parler à Marcus, si ?

— Pas quand on a Internet de notre côté, dit Morrie en tapotant quelques touches sur son téléphone. J'ai consulté les comptes de Marcus Ribald. Il a fait deux gros paiements l'année dernière, l'un quelques jours avant le dîner de gala, et l'autre il y a juste une semaine.

— Ça pourrait être des paiements liés à la Fashion Week.

— Ah, donc il travaille avec beaucoup de stylistes qui ont des comptes anonymes aux îles Caïmans ?

— Hmmm. Tu n'as pas tort.

— Évidemment. Je suis très intelligent, rétorqua Morrie en avalant son verre d'un trait et en reprenant son téléphone. Tout ce qu'il nous reste à faire, c'est de découvrir à qui appartiennent ces comptes, et nous aurons trouvé notre meurtrier.

— Et comment on *fait* ça ?

— Quand on est aussi brillant que moi, on n'a même pas besoin de répondre à cette question, dit Morrie en tapotant sur son téléphone. Donne-moi une minute, et j'aurai un nom.

— Mais je ne comprends pas pourquoi Ashley a été tuée. Elle n'est pas le maître chanteur. Je ne la vois pas ouvrir un compte aux îles Caïmans.

— J'en déduis qu'il s'est passé l'une des trois choses suivantes. Premièrement, votre chère amie *était* impliquée dans cette opération de chantage d'une manière ou d'une autre, puis elle a décidé qu'elle voulait en sortir. Elle a essayé de partir et notre maître chanteur l'a tuée pour protéger son identité. Deuxièmement, votre bien-aimé Marcus Ribald a engagé quelqu'un pour se faire passer pour l'acheteur et il a tué Ashley pour boucler la boucle. Troisièmement, Ashley travaillait pour Marcus depuis le début et elle a été tuée parce qu'elle a menacé de dénoncer le chantage. C'est généralement ainsi que ces choses-là se terminent, dit Morrie en faisant une pause. Non pas que j'aie une expérience personnelle du chantage.

— Non, pas du tout, dis-je d'un ton sarcastique, les poils de ma nuque se hérissant, me rappelant que ce type avait été le plus grand criminel du monde, l'araignée au centre d'une vaste toile infâme.

Mais dans un monde fictif. Est-ce que ça compte au moins ?

— Il va me falloir un peu plus de temps, marmonna Morrie, ses doigts survolant l'écran de son téléphone. Ces banques des îles Caïmans sont toujours très strictes en matière de sécurité.

Je me tournai vers Heathcliff.

— Est-ce qu'il sous-entend qu'il faut commander des pizzas, ou est-ce qu'il veut dire qu'il va travailler toute la nuit ?

— Prends-moi-en une qui soit une explosion de viande, dit Morrie sans même lever les yeux de son écran, ses doigts s'activant extrêmement vite. Je parie que je l'aurai piraté avant que le dîner n'arrive.

— Pari tenu, dis-je. Le perdant paie la prochaine bouteille de vin.

— Marché conclu. J'espère que tu as économisé tes sous, ma belle, parce que j'ai des goûts de luxe.

Heathcliff décrocha le téléphone sur son bureau.

— Quoth ! cria-t-il. Tu veux la même pizza que d'habitude ?

— Croac !

Heathcliff commanda trois grandes pizzas, des frites et du pain à l'ail, et endura une conversation de cinq minutes avec la personne à l'autre bout du fil à qui il dut répéter que oui, il s'appelait vraiment Heathcliff, et que non, il n'était pas un jeune boutonneux en train de se marrer.

— C'est bizarre de se dire que le Heathcliff que je connais – celui des *Hauts de Hurlevent* – mange de la pizza, dis-je après qu'il eut raccroché.

— Nous sommes tous d'accord pour dire que s'il y a bien une chose qui s'est améliorée par rapport à nos mondes fictifs, c'est la cuisine, déclara Heathcliff d'un ton bourru. Nelly était une bonne cuisinière, mais elle n'arrive pas à la cheville de la *pizzeria de* Tony. Je serais reconnaissant de ne plus jamais voir de tourte au mouton de ma vie.

Je me gardai bien de demander quels étaient les talents culinaires d'Isabella Linton – la sœur d'Edgar Linton, que Cathy avait épousé pour sa richesse et son affection – me souvenant à temps que Heathcliff était arrivé dans ce monde avant qu'Edgar ne l'ait épousée par ruse.

Heathcliff reprit son livre et Morrie pianota sur son téléphone. À l'étage, tout devint calme. Je décidai de rendre visite à Quoth.

— Appelez-moi quand la pizza arrive, dis-je par-dessus mon épaule.

Grimalkin courut entre mes chevilles pendant que je montais la deuxième volée de marches. Quoth n'était ni dans le salon ni dans la cuisine. Je grimpai l'étroit escalier des domestiques et pointai le bout de mon nez dans sa chambre.

Je pensai d'abord qu'il n'y était pas. La pièce était sombre et personne n'avait dérangé le lit bien fait. Alors que mes yeux s'habituaient à la pénombre, je remarquai une silhouette à la fenêtre – un torse nu éclairé par un pâle rayon de lune.

Quoth était assis sur un étroit tabouret de bois, ses genoux dépassant du jean artistiquement déchiré de Holly Santiago. Il tenait un pinceau entre ses dents et un autre dans sa main. Les deux pinceaux tamponnaient la surface d'une toile. Je ne pouvais donc pas voir la peinture, mais le regard fixe de Quoth était tout à fait saisissant.

Je traversai la pièce, essayant de voir ce qu'il dessinait avec une telle concentration. Il ne sembla même pas s'apercevoir de ma présence. Alors que je louchais sur le carré de toile, mon pied frôla un chevalet, envoyant une cascade de tableaux s'écraser sur le sol.

— Argh !

Quoth bondit de sa chaise.

Des plumes jaillirent de ses joues et recouvrirent ses bras.

— Désolée, je suis désolée. Ce n'est que moi, dis-je en me précipitant pour ramasser les tableaux que j'avais dérangés. Je ne voulais pas t'effrayer.

— C'est...

Quoth s'agrippa au rebord de la fenêtre, retenant son souffle. Les muscles de son dos se contractèrent. Lentement, les plumes se rétractèrent sous sa peau. Ses épaules se détendirent.

— Tu ne t'es pas transformé ?

— Parfois, je peux le contrôler, dit-il en ramassant ses pinceaux. Tu as besoin de quelque chose ?

— Morrie essaie de pirater un compte bancaire aux îles Caïmans avant que les pizzas n'arrivent. Je me suis dit que ce serait l'occasion de voir si tu allais bien.

Quoth alluma sa lampe de chevet et positionna la lumière de façon à ce qu'elle éclaire le lit. Il tapota les draps.

— Assieds-toi.

J'obéis, reconnaissante pour la lumière qui éclairait les traits de Quoth. Ses cheveux tombaient sur ses épaules et descendaient le long de son torse nu en ondulations somptueuses, la lumière révélant des teintes de bronze, de coucher de soleil orange et de bleuet. Je me perdis dans la profondeur de ses yeux bruns, à la recherche de la tempête qui y avait fait rage plus tôt, mais je n'en trouvai aucune trace.

— Je me fiche de ce que Morrie a dit, m'expliqua Quoth.

Son regard resta figé – il ne mentait pas.

Pourtant, il aurait *dû* s'en soucier. Je ne supportais pas qu'il s'en moque.

— Ce n'est pas ce que j'ai vu. Tu avais l'air contrarié quand il a dit que tu étais inutile, d'ailleurs, je ne suis pas du tout d'accord.

— Pourquoi ? C'est pourtant vrai.

Quoth se pencha en avant, et la lumière dansa sur ses cheveux, cette fois en les éclairant de reflets d'un bleu pâle. Je m'assis sur mes mains, espérant que cela tempérerait l'envie de passer mes doigts dans ses mèches lumineuses.

— Je n'apporte rien au monde dans lequel je me trouve, et je me souviens si peu du monde que j'ai quitté que même si j'y retournais, je serais un étranger.

Je me mis à rire.

— Tu t'amuses à être sarcastique, c'est ça ?

— Pas du tout.

— Mec, tu réalises que tu es un artiste extraordinaire, quand même, non ? dis-je en pointant du doigt un tableau accroché au-dessus du lit, représentant deux crânes nichés dans un champ de roses rouge sang. C'est *incroyable*. Ça pourrait être une pochette d'album.

— Merci.

— J'ai un tatouage un peu similaire, dis-je en me retournant et en soulevant le bord de ma chemise pour lui montrer l'encre sur le bas de mon dos. Ashley et moi nous sommes fait tatouer la même chose. Je l'adore, mais l'artiste n'est pas aussi talentueux que toi.

— Je ne suis rien comparé aux artistes qui ornent les murs en bas, dit Quoth en fixant le sol, sans regarder mon tatouage.

Je me rassis.

— Tu parles de toutes ces gravures de Picasso et de

Rembrandt ? Si tu te compares aux plus grands artistes de l'histoire de l'humanité, oui, tu as sans doute quelques lacunes. Mais cela ne veut pas dire que tu n'as pas de talent. C'est toi qui as choisi les gravures en bas ?

J'observai la jointure au niveau de son lobe d'oreille, m'émerveillant de sa beauté exquise. Pourquoi tout en lui était-il si parfait, mais si... *cassant ?* Malgré ses muscles tendus, Quoth se déplaçait comme s'il était fait de verre.

Je suppose que je me sentirais comme ça, moi aussi, si à tout moment mon corps pouvait éclater en morceaux et se métamorphoser.

— Morrie les a installées pour moi après m'avoir surpris en train de lire des livres dans la section Histoire de l'Art.

Quoth sourit, mais comme tout en lui, ce sourire était empreint d'une fragilité qui me serra la poitrine.

— Ce ne sont pas des gravures, ajouta-t-il.

Évidemment.

Je décidai de laisser cette révélation de côté pour l'instant.

— Je sais – même si ce n'est pas ton cas - que tu tires de tes peintures un sursis à ta tristesse[*], mais pourquoi ne les vends-tu pas ?

Quoth grogna devant ma piètre tentative d'humour.

— Si tu me taquines encore avec ce poème, tu risques de trouver un cadeau sur ton épaule au moment où tu t'y attendras le moins. Je ne peux pas vendre mes tableaux. Personne n'en veut. Morrie dit qu'ils sont trop morbides.

Je souris en observant une peinture représentant une vue aérienne d'un cimetière, où un gardien creusait une nouvelle tombe tandis que des personnes en deuil s'alignaient dans l'allée entre les pierres tombales.

— C'est vrai qu'elles sont vraiment morbides, mais c'est un

---

[*]   Référence au poème « Le Corbeau » d'Edgar Allan Poe

bon argument de vente. Beaucoup de gens aimeraient avoir une œuvre de ce genre sur leur mur. Moi je sais *que j'aimerais bien*. Tu pourrais même prendre des commissions et proposer tes services à des groupes de musique ou à des marques de prêt-à-porter. Tu n'aurais pas l'impression d'être inutile si tu contribuais à quelque chose et si tu laissais ton empreinte dans ce monde.

— Tu n'as pas besoin d'être gentille avec moi, Mina. Je vais très bien.

— Dis-le encore une fois comme si tu y croyais.

Je retirai ma main de sous mes fesses et lui tapotai le genou. Grossière erreur. La chaleur de sa peau s'infiltra dans mon corps, enveloppant mon cœur et le serrant. Le feu scintilla au coin de ses yeux. L'espace d'un instant, il baissa sa garde et j'entrevis le désespoir qu'il cachait à la vue de tous, la solitude inscrite sur sa peau de porcelaine.

J'eus alors le souffle coupé. Je comprenais Quoth, car il était mon miroir – il était le fantôme de la jeune Mina qui fuyait chaque jour en direction de la Librairie Nevermore parce qu'elle n'avait pas d'amis, qui cherchait le réconfort et l'amitié dans son imagination, qui étouffait ses cris avec de la musique forte et couvrait ses cicatrices avec des vêtements déchirés.

Lorsque j'avais rencontré Quoth pour la première fois, il m'avait fait peur. Mais au fur et à mesure qu'il se révélait à moi, je comprenais que je n'avais aucune raison d'avoir peur. Je n'avais pas besoin d'être protégée de Quoth. C'était lui qui avait besoin d'être protégé et sauvé.

— Je vais bien, chuchota-t-il. Tu es là, et je suis heureux.

Ses mots me transpercèrent. La bile remonta dans ma gorge. Je retirai ma main, ne souhaitant pas sentir son pouls s'accélérer ni la profondeur de son désir.

— Tu es content que je sois là ?

— Tu me remplis de terreurs fantastiques, inconnues pour

moi jusqu'à ce jour*, dit-il en souriant face à sa propre plaisanterie.

— Et toi tu es cet oiseau d'ébène qui induit ma triste imagination à sourire†, rétorquai-je.

Un rictus étira les lèvres de son visage morne, authentique et obsédant par sa beauté fugace. Il apparut aussi vite qu'il disparut.

— J'entends parfois tes pensées, quand je suis un corbeau. Plus que les autres. J'en suis désolé, je ne veux pas perturber ton intimité. Je ne peux pas le contrôler.

— Je comprends. J'essaierai de ne pas penser à des choses dégoûtantes quand tu seras là.

J'avais dit cela pour plaisanter, mais Quoth grimaça.

Je me mis à rougir en me remémorant ce qui s'était passé à Londres.

— Je sais que tu nous as vus Morrie et moi... c'était vraiment mal. Je n'aurais pas dû faire ça pendant que tu étais là.

— Tu n'as pas à t'excuser, ni auprès de moi ni auprès de Heathcliff.

Je le regardai fixement, sans comprendre. Quoth me fit un clin d'œil, et mes joues me brûlèrent lorsque je compris. *Il a entendu ce que je pense de Heathcliff. Il a vu toutes les pensées obscènes que j'ai pu avoir...*

— Tu devrais accepter le chaos, Mina. C'est normal de ne pas savoir ce que l'on veut.

— Et toi, *tu* devrais faire quelque chose de tes peintures, dis-je en me frottant la joue, essayant d'en faire disparaître la chaleur. D'ici quelques semaines tu ne pourras bientôt même plus te déplacer dans cette pièce.

---

*   Extrait du poème « Le Corbeau » d'Edgar Allan Poe
†   Extrait du poème « Le Corbeau » d'Edgar Allan Poe

— Si je les vendais, il faudrait que j'en parle à des experts — un galeriste, un agent.

— Je t'aiderai. Je te servirai d'agent, si tu veux. Beaucoup de clients de Marcus Ribald et de sa *haute couture* sont des personnes importantes dans le monde de l'art. Je parie que je connais des gens qui pourraient t'aider à démarrer.

— Je ne pense pas.

— Accepte le chaos, Quoth. Ce n'est pas ce que tu m'as dit ? Pourquoi tu te caches dans le grenier d'ailleurs ? Il y a cette grande chambre en bas qui pourrait contenir encore plus d'œuvres d'art.

— La chambre ? dit Quoth dont la voix monta d'une octave.

— La suite parentale au bout du couloir. J'ai jeté un coup d'œil à l'intérieur quand je te cherchais...

— Tu n'es pas entrée, n'est-ce pas ? dit Quoth avec des yeux aussi larges que des soucoupes.

— Bien sûr que si. J'ai voulu vérifier que tu ne te cachais pas sous le lit.

Quoth se pencha si près que son visage se retrouva à deux centimètres du mien. Son souffle caressa mes lèvres et je luttai pour respirer.

— Qu'est-ce que tu as vu ?

— Juste... une chambre. Il y avait un lit à baldaquin et quelques meubles recouverts de draps. Une salle de bain pentagonale dans la tourelle. Oh, et une belle armoire. Je tuerais pour avoir cette chambre.

— Mina, tu ne peux pas retourner là-bas. Je suis sérieux. C'est...

Le plaidoyer de Quoth fut interrompu par un beuglement provenant d'en bas.

— Les pizzas sont arrivées !

Quoth baissa la tête et se dirigea vers la porte. Le charme s'était rompu, laissant ma peau rougie et mon esprit confus. Je me frayai un chemin dans l'espace sombre et descendis l'escalier étroit qui menait au salon.

Heathcliff s'était déjà installé dans son fauteuil et avait allumé le feu à gaz. Morrie avait réuni deux petites tables basses, posé toutes les tasses à café sales dans un coin de la pièce et ouvert les cartons de pizzas. L'odeur de l'ail et du fromage me chatouilla les narines et mon estomac gargouilla. Je n'avais pas réalisé à quel point j'avais faim. Morrie et moi n'avions pas commandé à manger dans le train – aucun de nous ne souhaitait se suicider.

— J'en déduis à ton sourire jubilatoire que tu as gagné notre pari ? demandai-je à Morrie en prenant une part de pizza hawaïenne et en m'installant sur ma propre chaise.

— Ça m'a pris huit minutes, dit Morrie en s'adossant à sa chaise, les bras derrière la tête, son sourire malicieux se dessinant sur ses lèvres. Je n'ai pas battu mon record, mais ça reste respectable. Je prendrai une bouteille de Château Lafite 1869, si tu le veux bien. Notre maître chanteur s'appelle Roger Cox.

— Tu auras une bouteille à 3,99 livres sterling provenant de la célèbre région viticole du Dakota du Sud, et elle te plaira.

Le nom de Roger Cox me disait quelque chose.

— Je crois que je connais cette personne, comme si elle faisait partie du Rolodex* de Marcus. Clique sur ce lien, dis-je en indiquant une URL et Morrie fit apparaître une page de photos filtrées scintillantes du bureau de Marcus, de divers événements de mode et de cocktails raffinés.

« Ce sont tes réseaux sociaux ? demanda Heathcliff en fronçant les sourcils par-dessus l'épaule de Morrie.

— Non, j'ai supprimé les miens après avoir perdu mon stage, dis-je en haussant les épaules, comme si ce n'était pas

---

* Carnet d'adresses se présentant sous la forme d'un classeur rotatif.

grave. Je ne vais plus pouvoir prendre de selfies très longtemps, de toute façon. C'est celui d'Ashley.

— Eh ben, dit Morrie en faisant défiler la page, qui était composée à quatre-vingt-quinze pour cent de selfies d'Ashley faisant la moue face à l'appareil photo dans les derniers vêtements de marque qu'elle avait empruntés à l'atelier de Marcus.

Je tentai de faire taire ma jalousie pendant que Morrie faisait défiler ses photos les plus récentes – d'elle à la sortie des premières de Broadway, de son bras autour de célébrités de niveau B, d'elle portant une superbe veste en cuir, d'elle saluant l'appareil photo alors qu'elle attendait dans la salle d'attente de l'aéroport. « À plus les loosers. Je rentre chez moi pour les vacances ». C'était ses derniers mots.

Je fis défiler l'écran jusqu'au dîner de gala où Holly avait trouvé le dessin de Marcus. Tout le bureau avait été invité et Ashley et moi avions passé des heures à parfaire nos tenues et notre maquillage. Chaque moment de l'événement avait été capturé par Ashley pour la prospérité, et beaucoup de ces moments me mettaient en scène – titubant dans la salle avec mes talons trop hauts, rayonnant devant mon cocktail pendant qu'Ashley montrait toutes les célébrités, cherchant dans mon sac à cadeaux le chouchou Gucci gratuit. J'essayai de ne pas me concentrer sur le fait que nous avions l'air heureuses de traîner ensemble, et je préférai scruter la foule à la recherche de visages familiers.

— Le voilà, dis-je en pointant mon doigt sur l'écran.

Par chance, Ashley avait soigneusement tagué Roger Cox sur sa photo, ainsi que toutes les autres personnes du monde de la mode qu'elle pouvait identifier. Il était assis à la table derrière Ashley et moi, et fixait l'appareil photo.

— Il était bien là le soir du gala. Je me souviens de lui maintenant, c'est un journaliste de mode britannique, mais je crois qu'il est à la retraite. Marcus a dit qu'ils étaient de « vieux amis », mais il ne m'a pas demandé d'envoyer une bouteille de champagne à Cox, comme il l'avait pourtant fait pour d'autres invités de marque.

— Merci, ma belle. Il habite tout près, dit Morrie en tournant son téléphone pour me montrer une carte. Ça te dit d'enfreindre une demande de la police pour une deuxième journée consécutive et de lui rendre visite demain ?

Je mordis dans ma pizza, ma bouche se remplissant de fromage délicieux. Enfin, nous étions sur le point de trouver l'assassin d'Ashley et de blanchir mon nom.

— Oh que oui.

20

— Je ne suis pas convaincue que ce soit le meilleur plan, dis-je alors que nous regardions l'imposante façade du manoir géorgien de Roger Cox. Ce type est très connu dans le milieu de la mode. Il ne va pas juste admettre qu'il fait chanter Marcus Ribald.

— Fais-moi confiance, dit Morrie en faisant tourner son téléphone entre ses doigts comme s'il était un batteur punk qui jouait avec la foule. Je m'inspire de toi pour cette fois. Cox va s'écrouler comme un château de cartes.

Avec la cage de Quoth, nous avions pris le bus d'Argleton pour nous rendre dans les Cotswolds, puis nous avions grimpé la colline des petits villages de Buxtonhenge pour atteindre la maison de Roger Cox. Morrie s'était plaint du vent, de la pluie et de la bouse de vache sur ses brogues pendant tout le trajet. J'aurais aimé que Heathcliff puisse venir avec nous – je l'imaginais complètement dans son élément, les vêtements mouillés collés à son corps, la posture droite, ses larges épaules carrées, libéré du poids du monde alors qu'il savourait la brutalité du paysage naturel qu'il aimait tant.

Mais je réalisai que je pensais surtout au Heathcliff de mon livre préféré. Le Heathcliff que je connaissais – *mon Heathcliff* – semblait tout aussi heureux de bouder derrière son bureau et d'engueuler les clients que de gambader dans la lande.

Quoth s'accrocha à mon épaule et croassa à mon oreille. *Arrête de te moquer de mes pensées, espèce de volatile disgracieux.*

*Jamais plus**, répondit Quoth. Je fis semblant de lui donner un petit coup dans la poitrine, et il fit semblant de me crever les yeux.

Morrie sonna à la porte. Quelques instants plus tard, l'homme de la photo ouvrit.

— Occupez-vous de vos affaires ! ordonna-t-il. J'ai déjà dit à *Vanity Fair* que je ne donnerai aucune interview.

— Tss, oh non, dit Morrie. Nous ne sommes pas ici pour une interview, du moins, pas le genre que vous souhaiteriez voir imprimée de partout. Bonsoir, M. Cox. Je suis le professeur James Moriarty. Je suppose que vous avez entendu parler de moi, étant un gentleman aussi fin et cultivé que vous.

— James Moriarty, comme le méchant des histoires de Sherlock Holmes ? C'est une blague ? dit Cox en jetant un coup d'œil derrière nous. Est-ce que c'est encore l'une de ces émissions télévisées stupides où mon frère surgit de derrière la topiaire et hurle « bouh » ?

— Pas du tout, monsieur. Il n'y a pas de caméras ici, juste une discussion amicale entre gentlemen. Pour être franc, je ne souhaite pas vous faire perdre votre temps, mais mes sources m'ont dit que vous faisiez du chantage, et j'ai pensé venir vous offrir mes services d'expert.

— Du chantage ?

Des taches rouges apparurent sur les joues de Cox. Je faillis

---

* Référence au poème « Le Corbeau » d'Edgar Allan Poe.

croire à son indignation jusqu'à ce que je le voie glisser une main tremblante dans la poche de son pantalon.

On t'a eu, salaud.

— Je suis un journaliste de mode, pas un escroc de Baker Street. Et qui est-ce que je ferais chanter, selon vos sources ?

— Le styliste Marcus Ribald. C'est pourquoi je suis ici pour vous offrir mes services en tant que premier criminel consultant au monde. Je pense que Ribald vous a lésé et je peux vous assurer des fonds supplémentaires. Pour une somme modique, bien sûr.

— C'est l'accusation la plus absurde que j'aie jamais entendue ! s'emporta Cox. Marcus Ribald est un minable sans talent qui a passé toute sa carrière à tourner en dérision tout ce que *la haute couture* devrait représenter. Je n'ai aucune raison de le faire chanter, car d'un jour à l'autre, il s'effondrera par pure incompétence. Le fait que vous *osiez* mettre les pieds chez moi et m'accuser d'un tel acte est ridicule. Sortez et emmenez votre stupide oiseau avec vous, avant que je ne lâche les chiens !

— Croac !

— Ah, bien sûr, ça clarifie tout, dit Morrie en me repoussant vers le bas des marches. Nous avons dû être mal informés. Désolé de vous avoir fait perdre votre temps, je dois y aller, j'ai plein d'autres clients potentiels à rencontrer, au revoir !

— Eh ben, ça a super bien marché, marmonnai-je lorsque nous franchîmes les portes et fûmes assez loin. Je n'arrive pas à croire que tu aies essayé de faire affaire avec notre meurtrier présumé et qu'il ait menacé de lâcher ses chiens comme un criminel de dessin animé.

— Croac, ajouta Quoth.

— Vous avez tous si peu confiance en mes capacités.

Morrie cliqua sur son téléphone et un enregistrement de Roger Cox en train de nous réprimander commença à être diffusé. Il appuya sur quelques boutons, décomposant le message en sons et notes spécifiques et les faisant passer en boucle. Quelques instants plus tard, le téléphone bipa et le mot MATCH apparut sur l'écran.

— J'ai désormais la clé de la serrure à reconnaissance vocale de son coffre-fort souterrain secret rempli de choses souterraines secrètes, que j'ai découvert en téléchargeant le plan de sa maison. Vite, il y a une entrée à l'arrière où nous pouvons nous faufiler.

21

— Pourquoi est-ce qu'on fait ça ? sifflai-je tandis que Morrie nous conduisait à travers la haie rugueuse qui s'enroulait autour du périmètre de la propriété.

— Imagine ce qu'il pourrait y avoir dans ce coffre ! dit Morrie en souriant. Des diamants contrefaits ! Des registres de chantage ! L'Arche d'alliance ! Si nous parvenons à prouver que Cox est impliqué dans des actes infâmes, nous pourrons résoudre ce meurtre mystérieux avant que la police ne pense à remettre en question ton récit.

— Toutes les preuves que nous trouverons seront entachées par le fait que nous sommes entrés par effraction pour les récupérer.

— Qui a parlé d'effraction ? dit Morrie en tendant son téléphone à Quoth, qui le saisit dans ses serres. J'étais simplement en train de me promener dans la campagne lorsque ce corbeau s'est soudain envolé avec mon téléphone. Je ne peux pas être responsable de ce qu'un imbécile d'oiseau choisit d'en faire.

Quoth hocha la tête et s'envola vers la maison, le téléphone de Morrie se balançant sous lui.

— Tu vois ? Parfois, ce petit démon est utile, dit Morrie en souriant.

Ma poitrine se serra pour Quoth. Morrie avait raison – il ne pouvait pas avoir d'ennuis parce que techniquement, il n'existait pas, ce qui le rendait très pratique pour cette opération. Mais je ne supportais pas que Quoth ne puisse pas se comporter comme un humain normal, tout ça parce qu'il devait se cacher. N'avait-il pas envie d'apprendre à conduire, à voyager ou à manger dans un bon restaurant ?

— J'estime qu'il lui faudra quinze minutes pour pénétrer dans la chambre forte, à condition qu'il ne se fasse pas prendre.

Morrie posa soudain sa main sur ma cuisse, faisant glisser ses doigts entre mes jambes.

— Comment allons-nous passer le temps ?

Mon corps se réveilla, ma peau picota de désir tandis que ses doigts avançaient de plus en plus près... Je fermai les yeux, puisant dans toute la volonté dont j'étais capable, et je m'éloignai en secouant la tête. Morrie se figea, la main en l'air.

— Tu regrettes ce qui s'est passé hier, dit-il.

Ce n'était pas une question.

Je rougis.

— Ce n'est pas vrai. Pas du tout. J'ai juste... besoin de réfléchir à certaines choses.

— Quelles choses ? dit Morrie en se redressant. Je suis un excellent penseur. Je peux peut-être t'aider ?

— Des choses comme... le fait que tu sois un génie criminel qui a commis des actes d'une grande méchanceté – ce n'est pas exactement le genre de prétendant que j'avais en tête.

— Seulement dans un livre. Depuis que je suis sorti, je me suis repenti, en quelque sorte. Je n'ai volé aux riches que pour donner aux pauvres. Enfin, les pauvres et les gens moyennement riches selon les normes occidentales. Heathcliff a besoin de papier hygiénique frais et de vin en quantité suffisante, dit Morrie avant de se tapoter l'épaule. On peut dire que je suis Mère Teresa.

— Dans ce cas, tu es clairement sur la touche. Je ne sors pas avec des catholiques.

— Qui a parlé de sortir avec moi ?

Morrie se rapprocha et grogna contre mon oreille. Sa voix résonna dans mon corps, et il me fallut faire preuve de beaucoup de self-contrôle pour ne pas fondre contre lui.

— Je parle de deux belles personnes qui se retrouvent liées par un désir qui fait rage, qui échangent des fluides corporels dans une extase mutuelle, puis qui vaquent à leurs occupations pendant que l'une d'entre elles se prend secrètement de passion pour le libraire torturé.

— Hah ! je savais que tu avais un faible pour Heathcliff, m'écriai-je d'un ton triomphant.

— Pas moi, ma belle, même si je reconnais que c'est un beau spécimen. Je parle de toi.

Mes joues s'embrasèrent, confirmant les dires de Morrie.

— Attends, comment tu as...

Quoth choisit ce moment pour descendre en piqué et déposer le téléphone dans la main de Morrie.

— Parfait.

Morrie s'assit contre la haie et feuilleta les photos.

— Tu as trouvé la preuve que Cox était le maître chanteur ?

Quoth se métamorphosa. Il s'accroupit sur un genou, son sexe impressionnant se balançant entre ses jambes.

— Non, ce n'est pas lui.

— Donc il ne fait pas de chantage ?

— Oh, si, il fait chanter Ribald, bien sûr. Mais je doute qu'il ait tué Ashley. Regarde.

Quoth feuilleta l'album photo du téléphone. Je jetai un coup d'œil par-dessus son épaule et tressaillis.

À l'intérieur de la chambre forte, des centaines de tenues étaient entassées sur des portants et exposées sur des mannequins. Je reconnus des pièces de quelques-uns des plus grands créateurs du monde. Rick Owens, Elsa Schiaparelli, Guo Pei, et même ma chère Vivienne Westwood. Si elles étaient authentiques, elles valaient des *milliers d*'euros. Peut-être même des millions. Mais ce ne fut pas ce qui attira mon attention.

Au fond de la pièce, plusieurs photos glamour de Roger Cox étaient affichées, le représentant maquillé de façon étincelante et vêtu d'une multitude de robes de soirée scintillantes, son crâne dégarni recouvert de perruques fabuleuses. Quoth passa en revue image après image, la silhouette ronde et ridée de Cox débordant des robes de haute couture. Une autre photo montrait un coin de la chambre forte aménagé en studio de photographie improvisé, avec tapis rouge et toile de fond de la Fashion Week.

— Waouh, OK, dis-je en me frottant les yeux et je rendis le téléphone à Quoth. Ça prouve bien que Cox a quelque chose à cacher, mais pas qu'il était un maître chanteur ou qu'il n'a pas tué Ashley.

— J'ai trouvé son livre de secrets, dit Quoth en zoomant sur un grand livre de comptes posé sur un piédestal. Il est rempli d'histoires d'inceste et de biens mal acquis. Il y a un dossier sur tous les grands créateurs de l'industrie. Il semble qu'il ait obtenu d'eux des robes gratuites pendant des années en échange de secrets sur leurs liaisons, leurs contrats malhonnêtes et leur consommation de drogue.

— Comme Charles Augustus Milverton, le maître chanteur, dis-je. C'est l'une des affaires les plus célèbres de Sherlock Holmes.

— Basée, je crois, sur le maître chanteur Charles Augustus

Howell, qui a réellement existé, précisa Quoth. Un marchand d'art et un maître chanteur infâme qui a persuadé Dante Rossetti de récupérer les poèmes qu'il avait enterrés avec sa femme.

— Ah, je me souviens de Howell. On l'a retrouvé dans un pub de Chelsea, la gorge tranchée et une pièce d'un demi-souverain enfoncée dans la bouche. Une mort tragique pour quelqu'un d'aussi talentueux, dit Morrie en fronçant les sourcils devant les images. Malheureusement, Quoth a raison. Je pense que nous devons écarter M. Cox de notre enquête.

— Quoi ? Mais pourquoi ? m'exclamai-je en regardant les images par-dessus l'épaule de Morrie, mais rien d'évident ne me sauta aux yeux.

— Cox mène une opération lucrative. Je ne pense pas qu'il risquerait son avenir, ou la révélation de son secret, en assassinant quelqu'un. Il ne faisait même pas chanter Ribald pour ses dessins.

— Pour quoi le faisait-il chanter alors ?

— D'après le registre de Cox, Ribald a eu des liaisons avec plusieurs stagiaires, expliqua Quoth en glissant ses jambes dans le jean Holly Santiago que j'avais apporté pour lui. L'une d'entre elles pourrait être Ashley. Le timing correspond.

— Beurk, dis-je en fronçant les sourcils.

Cela ne ressemblait pas à Ashley, mais j'avais découvert toutes sortes de choses sur elle que je n'appréciais pas beaucoup ces derniers temps. Je me souvins alors du mot de Marcus dans sa valise. *Ouaip, c'est tout à fait possible.*

— Ça veut dire que Ribald est notre prochain suspect ?

— Il serait étrange qu'il s'en prenne à Ashley plutôt qu'à Cox. Mais je pense que nous pouvons définitivement écarter Cox, dit Quoth en désignant l'une des photographies tout en boutonnant sa chemise. Celle-ci est horodatée pour la nuit du meurtre. Il s'est créé un alibi.

— Nous sommes donc revenus à la case départ, gémis-je, la tête entre les mains. Nous n'avons aucune idée de qui a tué Ashley, et la police va m'arrêter et me jeter en prison, et je ne mangerai plus jamais de pizza ou ne ferai plus jamais de traitement à la kératine.

— Pas forcément, dit Morrie en m'aidant à sortir des buissons.

J'enlevai les épines de mes cheveux tandis que nous redescendions la route jusqu'à l'arrêt de bus.

— Nous en revenons à notre théorie initiale : la personne qui achète les dessins de Ribald est le tueur. Si nous trouvons cette personne, nous blanchirons ton nom.

Dans le bus qui nous ramenait à Argleton, je m'assis à côté de Quoth.

— Merci d'être entré par effraction pour m'aider.

Il haussa les épaules.

— Ce n'est pas difficile d'enfreindre la loi quand la loi ne sait pas que tu existes.

— Mais toi, tu as *envie* d'exister ?

Quoth regarda par la fenêtre.

— Ce que je veux n'a pas d'importance.

— Pour moi, si. Tu t'es très bien débrouillé hier à Londres, et aujourd'hui encore. Tu as plus de contrôle que tu ne le penses. Ce qu'il...

— S'il te plaît, me lança-t-il d'un regard noir, comme un démon en train de rêver. Ne parle pas de ça. Si je me transforme dans ce bus, on m'emmènera dans un laboratoire pour m'étudier.

— OK, j'arrête. Je te le promets.

Quoth se détourna de moi, enfouissant sa tête dans son épaule. Je touchai son bras, mais il recula, et ma poitrine se serra à l'idée que j'ai pu le contrarier. Sur le siège devant nous, Morrie fixait son téléphone, complètement indifférent.

Je m'affaissai sur mon siège, tiraillée par les émotions. Ce voyage avait été une véritable déception. Nous étions face à une impasse, ce qui signifiait que j'étais toujours la principale suspecte. La pluie avait transpercé ma veste en daim et mes dents claquaient tandis que j'inspectais les coupures que j'avais subies à la main à cause de la haie. Pire encore, j'avais contrarié Quoth et je n'étais pas près de comprendre l'enchevêtrement de désirs qui m'assaillaient chaque fois qu'un des gars était dans la pièce.

Je les aimais tous. Aucun d'eux n'était bon pour moi à bien des égards, notamment parce qu'il s'agissait de personnages de fiction. Mais mon corps réclamait l'un d'entre eux, tous même. Mais c'était ridicule. Je ne pouvais pas continuer avec cette séduction, ces sourires qui faisaient fondre ma culotte et ces caresses qui m'embrasaient la peau. Pourquoi ne pouvais-je pas faire un choix définitif pour que nous puissions tous aller de l'avant ?

Pourquoi souhaitais-je secrètement quelque chose que je ne pourrais jamais avoir ?

22

— Chérie, tu ne vas pas le croire ! dit ma mère, un sourire rayonnant aux lèvres, de l'autre côté de la table tout en répartissant de la soupe en conserve dans deux bols. J'ai vendu deux plateformes vibrantes aujourd'hui.

— Effectivement, j'ai du mal à le croire.

Il y a vraiment des gens qui ont payé pour ces choses ?

— Je *sens* que ma chance tourne, chérie. C'est ma vocation. C'est ce que je devais faire de ma vie.

— Bien sûr, maman. Ta vocation, c'est de vendre des appareils pour maigrir sans intérêt qui ne fonctionnent même pas pour escroquer d'innocents retraités en leur soutirant l'argent de leurs allocations.

— Ne sois pas si rabat-joie, dit-elle en faisant la moue. Ce n'est pas comme les smoothies ou les vêtements Disney.

Je gémis.

— J'avais oublié les vêtements Disney.

L'un des premiers projets de ma mère avait été de vendre des vêtements et des costumes à l'effigie des personnages de Disney. Elle n'avait pas demandé l'autorisation de la société

Disney avant de le faire, préférant dessiner ses propres versions des personnages et les vendre à partir d'un site web étonnamment professionnel. Au début, ça avait bien fonctionné, car ses dessins étaient vraiment sympas. Pour la première fois de notre vie, nous avions enfin eu de la vraie nourriture dans les placards de la cuisine. Malheureusement, un journal national avait publié un article sur l'entreprise en pleine expansion, ce qui avait alerté une horde d'avocats qui avaient débarqué en trombe. Nous n'avions pas fêté Noël cette année-là, car elle avait dû payer une énorme amende pour violation des droits d'auteur.

— Tu ne peux pas être plus encourageante, chérie ? Ma coach de réussite dit que pour que mon entreprise prospère, j'ai besoin d'un réseau de soutien qui nourrira mon esprit créatif...

— Ta *coach de réussite* ferait mieux de se trouver un vrai travail, marmonnai-je dans ma soupe.

— *Wilhelmina*, souffla ma mère.

— Désolée, marmonnai-je, regrettant de ne pas être de retour à la librairie, en train de dîner avec les copains et d'essayer de découvrir qui était le meurtrier.

Je me frottai la tempe.

— Je suis encore un peu perturbée par l'histoire d'Ashley, ajoutai-je.

— Évidemment, dit ma mère d'une voix douce. C'est terrible cette histoire. Mais Mina, cette fille n'arrêtait pas de te donner des ordres.

— Maman, s'il te plaît, ne dis pas des choses comme ça.

— Mais *c'est vrai*, chérie. Tu avais tellement besoin d'une amie que lorsqu'elle est arrivée, tu l'as laissée te marcher dessus avec ses chaussures ridicules. Si Ashley t'avait dit de sauter d'une falaise, tu l'aurais fait. Et puis, bien sûr, tu l'as suivie en Amérique.

— C'est moi qui voulais aller à New York ! Ashley *m'a* juste copiée.

— Oui, et là-bas, elle a profité de ton dur labeur pour te voler ton travail, dit ma mère en me fixant du regard. Ne crois pas que je ne sais pas lire entre les lignes, Mina. Tu m'as dit que tu avais décidé de rentrer à la maison à cause de ta vue, mais ce n'est pas vrai, n'est-ce pas ?

— Non ! hurlai-je en tapant ma cuillère sur la table. Ce n'est pas vrai. Ashley a parlé de mes yeux à Marcus, et il a dit que je ne pourrais jamais travailler dans la mode. Ils ont tous les deux raconté ça à tout le monde, si bien que je n'ai pu trouver de travail nulle part ailleurs. Quel intérêt y aurait-il à m'embaucher ? Quel est l'intérêt ? J'ai bossé toute ma vie pour obtenir ce travail, et ils étaient convaincus que je n'en étais pas capable. Et c'est vrai, c'est vrai. Mon état va s'aggraver et je ne pourrai bientôt *plus* voir. Tout ce que j'ai fait dans ma vie est inutile. C'est ça que tu veux entendre, maman ? Ça te rend heureuse d'entendre ça ?

— Bien sûr que non. Oh, chérie.

Ma mère poussa sa chaise et s'approcha de moi. Elle m'entoura de ses bras. Je me laissai aller contre elle, mes muscles s'affaissant sous l'effet de ma crise de colère.

— J'aurais aimé que tu me dises plus tôt ce que tu ressentais au lieu de tout refouler. Je vais t'emmener voir ma coach de réussite. Elle t'aidera à comprendre que si la mode est ton rêve et que tu crois en toi, rien ne t'empêchera de l'atteindre.

— À quoi bon m'intéresser à la mode si je ne peux même pas *voir* ? Toi et ta coach de réussite pouvez débiter toutes ces conneries de « n'abandonnez pas » qu'ils vous enseignent dans ces séminaires frauduleux autant que vous voulez, ça ne changera rien au fait que je ne serai même pas capable d'assortir une tenue, dis-je en repoussant mon bol. Je n'ai pas faim.

— Tu ne peux pas abandonner comme ça. Nous, les femmes Wilde, on n'abandonne pas !

— Tu as renoncé à une centaine de carrières, maman. Un *millier* même. La ligne de produits de beauté pour bébés, les pièges à doigts chinois ornés de bijoux, les fermes d'escargots de compagnie...

— Oui, oui, d'accord, mais je n'ai jamais renoncé à mon rêve de devenir une *entrepreneuse prospère*, déclara-t-elle. Ne laisse jamais personne te dire que tu ne peux pas faire quelque chose, Mina. Tu es si brillante, si jeune et si intelligente, et tu mérites de faire bien mieux que de travailler dans une vieille librairie poussiéreuse. Tu verras.

Justement. J'avais passé toute ma vie à regarder ma mère s'accrocher à des business douteux vendant des produits stupides dont personne ne voulait, en croyant qu'ils résoudraient tous ses problèmes. Pendant tout ce temps, la pitié et la honte s'étaient bousculées dans mon estomac. Je n'arrivais pas à croire au discours d'encouragement de ma mère parce que je l'avais vue trop souvent se le répéter à elle-même.

Je ne pouvais pas être cette personne – la stagiaire qui s'apitoie sur son travail administratif pendant que tous les autres stagiaires se moquent d'elle derrière son dos alors qu'ils travaillent sur les défilés. Mais je ne savais pas qui j'étais sans la mode. Je n'arrivais pas à l'expliquer à ma mère.

— Tu as raison, je suis désolée. C'est juste que..., dis-je en prenant une grande inspiration. Mon médecin m'a expliqué que j'allais passer par une phase de deuil. C'est pour ça que je suis ici, pour me ressaisir et réfléchir à la suite. Je n'avais pas réalisé que ce serait aussi *difficile*.

Ma mère fit un grand sourire et me relâcha. Tout au long du dessert (des pêches en conserve) et de quelques émissions à la télévision, elle n'arrêta pas de me parler de son business de plateformes vibrantes.

Je hochais la tête quand il le fallait, mais mon esprit était à des millions de kilomètres de là.

Cette nuit-là, je me couchai dans mon lit, fixant les fissures qui traversaient le plafond, me demandant combien de temps il me restait avant que les détails du placoplâtre et la corniche ébréchée ne soient plus que des souvenirs, et que la lumière au-dessus de ma tête disparaisse à jamais.

Comment puis-je être moi si je ne peux pas voir ?

Puis je pensai à Heathcliff, qui avait laissé derrière lui un amour si grand qu'il avait déchiré son âme en deux. À Morrie, qui avait perdu le seul ennemi juré capable d'égaler son intelligence. À Quoth, qui était un mystère, même pour lui-même. Je m'étais immiscée dans leur monde, mais ils m'avaient accueillie comme un égal et avaient partagé leurs secrets avec moi. Je réalisai que ce n'était peut-être pas un hasard si nous nous étions retrouvés tous les quatre. Peut-être avaient-ils besoin de moi autant que j'avais besoin d'eux.

Nous étions si différents, mais nous étions les mêmes — quatre âmes perdues qui essayaient de comprendre qui elles étaient aujourd'hui.

23

Lorsque je revins de la boulangerie pour commander notre petit-déjeuner, Mme Ellis était en train d'attirer la foule, ravissant son auditoire avec des histoires sordides sur les activités de cette librairie à la mauvaise réputation. J'aurais trouvé cela hilarant si ses paroles ne m'avaient pas autant touchée.

Si je n'étais pas secrètement en train de convoiter trois garçons.

Je me faufilai par l'arrière pour éviter les récits enjoués de Mme Ellis. Heathcliff me fit entrer. Il me présenta une petite clé noire.

— Je l'ai fait faire pour toi hier, me dit-il. Tu peux l'utiliser quand tu veux. Même si... même si ce n'est pas pendant les heures de travail.

— Merci.

Son geste me toucha, en partie parce que je savais à quel point il était difficile pour lui de laisser quelqu'un de nouveau entrer dans sa vie. Les yeux noirs de Heathcliff me transpercèrent, comme s'il pouvait lire toutes les pensées qui se bousculaient dans ma tête. Ce qui ne serait vraiment pas une bonne nouvelle, vu le peu de vêtements qu'il portait dans la plupart d'entre elles.

— Ne fouille pas dans mes affaires quand je ne suis pas là, ajouta-t-il.

Je lui souris.

— Tu es toujours là.

Heathcliff recula pour me laisser entrer. Quoth descendit en piqué d'un coin sombre et passa entre nous, se dirigeant vers le chêne au centre de la place du village.

— Où est-ce qu'il va ? demandai-je.

— Seul le vent le sait, répondit Heathcliff. Il a été bizarre et silencieux toute la nuit.

— Il est toujours bizarre et silencieux.

— Pas comme ça. Il m'a demandé s'il pouvait mettre certaines de ses peintures dans la boutique. Avec des *étiquettes pour les prix*.

Les traits féroces de Heathcliff grimacèrent à cette idée.

— C'est une bonne chose. Quoth est un artiste extraordinaire. Je parie que les gens achèteront ses œuvres.

— J'étais sûr que tu dirais ça, lança Heathcliff. C'est toi qui lui donnes des idées dangereuses. Je parie que ce n'est pas toi qui le consoleras quand il ne vendra rien du tout.

— Bien sûr. Comme si tu savais comment consoler quelqu'un.

— Je sais comment leur tendre une bouteille de vin. D'ailleurs, ne t'assois plus à côté de lui en public. Tu as une mauvaise influence sur lui.

Je suivis Heathcliff dans la boutique en souriant. Nous nous assîmes à son bureau et j'étalai mes trouvailles de la pâtisserie.

— Morrie n'est pas là aujourd'hui ?

— Il suit une piste. Apparemment, la bague vient de chez Debenhams, alors il est allé au magasin le plus proche pour découvrir qui l'a achetée.

— Oh, intéressant. Ça veut dire qu'elle n'a probablement pas été offerte durant un défilé de mode. Est-ce qu'il a dit que c'était sans doute pertinent ?

Heathcliff sirota son café et ouvrit son registre.

— Honnêtement, je n'écoutais pas. Morrie parle beaucoup, et la plupart du temps, c'est pour s'auto-congratuler.

— Tu n'as pas tort. Quel est le programme aujourd'hui ?

— On ouvre la librairie. On ne peut pas se permettre de ne pas le faire. Tu es d'accord ?

— Mais c'est même moi qui t'ai dit d'ouvrir !

— Si tu continues de crier, je vais t'obliger à faire des visites guidées de la scène de crime, grogna Heathcliff en s'adossant à sa chaise et en ouvrant un livre.

Je restai bouche bée.

Est-ce qu'il venait vraiment de dire ça ?

— Euh, si c'était une blague, c'en était une sacrément horrible, dis-je en croisant les bras et un silence tendu s'installa entre nous.

J'attendais des excuses. Comme il ne m'en présenta aucune, je terminai mon café et fis basculer le panneau FERMÉ sur OUVERT avec sept minutes d'avance, puis ouvris la porte.

— Bienvenue à la Librairie Nevermore ! criai-je dans la rue. Entrez, entrez, tout le monde est le bienvenu !

— Nous n'avons pas encore ouvert ! lança Heathcliff depuis la pièce principale.

— Maintenant, si, répondis-je.

Mme Ellis monta les escaliers à la hâte, et je la saluai d'une accolade en souriant.

— Bonjour, Mme Ellis. J'espère que vous et vos amis resterez le plus longtemps possible. Toute la journée, en fait. Pourquoi ne pas demander à Heathcliff de vous faire visiter le lieu du crime ? C'est sur le chemin de la section érotique, et je sais que c'est ce que vous êtes réellement venue voir.

Mme Ellis ricana en se dirigeant vers la pièce principale.

Je souris tout en m'affairant à épousseter les étagères. Heathcliff allait passer une très mauvaise journée.

TOUTE LA MATINÉE, les gens affluèrent dans la librairie, s'extasiant devant les tapis retournés du premier étage et chuchotant à propos du meurtre d'Ashley et de mon éventuelle implication. Je les ignorai du mieux que je pus et, à l'heure du déjeuner, ils furent bien moins nombreux. Nous avions même vendu toute une collection de la Folio Society à Mme Ellis à une somme correcte, nous permettant de nous offrir un bon curry pour le midi.

J'étais en train d'engloutir le dernier morceau de mon rogan josh lorsque Heathcliff déposa un carton sur le bureau.

— Je sors. Je dois apporter toutes les commandes en ligne au bureau de poste. Tu vas trier ce carton pour trouver ce qui vaut la peine d'être gardé.

Je levai les yeux, surprise.

— Tu es sûr que tu ne veux pas que j'y aille à ta place ? Je croyais que tu préférais mourir plutôt que d'avoir une autre conversation inepte sur le poisson rouge de Deidre la postière.

— Ce n'est pas vrai.

— C'est ce que tu as dit hier !

Heathcliff tapota le carton.

— Ce sont des livres sur l'ingénierie. Je préfère encore affronter les gens. Ne brûle pas le magasin en mon absence.

Tu ne comptes donc pas t'excuser ?

Heathcliff sortit en claquant la porte derrière lui.

Je suppose que non.

— Bon, Grimalkin, dis-je en grattant ma seule camarade féminine derrière les oreilles. Je crois que nous avons du pain sur la planche.

Je triai, cataloguai, évaluai et rangeai les livres dans la section appropriée tandis que Grimalkin s'enroulait autour de mes pieds, traînant un jouet en forme d'oiseau au bout d'un bâton.

— D'accord, d'accord, dis-je en riant lorsqu'elle cogna le bâton contre ma jambe pour la troisième fois. Je vais jouer avec toi.

Alors que je faisais bouger le bâton dans les airs, Grimalkin fit un bond spectaculaire du haut des étagères de sociologie. Elle exécuta un saut périlleux arrière parfait et se jeta sur l'oiseau, m'arrachant le bâton des mains et s'enfuyant entre les étagères.

— Hé, petite coquine, reviens ! criai-je en la poursuivant. Je ne peux pas jouer avec toi si tu ne me rends pas le bâton !

— Miaou ! répondit Grimalkin.

Elle contourna l'étagère de la section ingénierie et disparut dans le petit salon qui nous servait de salle de stockage.

— Roh, un chat noir dans une pièce noire, ce n'est pas très fair-play.

Je tâtonnai le long du mur pour trouver un interrupteur et je l'allumai. La pièce cachée s'illumina, révélant des piles de boîtes d'archives, des piles de livres et des outils de nettoyage qui n'avaient manifestement jamais été utilisés, empilés dans un coin.

— Miaou !

Je me glissai entre deux piles de cartons et me dirigeai à tâtons vers des étagères métalliques. Un mince filet de lumière éclaira une queue noire qui passait par une porte ouverte au fond de la pièce.

Aha.

— Grimalkin, n'entre pas là-dedans, s'il te plaît.

Mais c'était un chat, alors évidemment, elle disparut par l'entrebâillement de la porte.

Je tapai sur celle-ci avec le bout de ma botte. Elle pivota vers l'intérieur, révélant une pièce pentagonale sans fenêtre, bordée d'étagères. *Cette pièce doit se trouver juste en dessous de la salle de bain à l'étage et au-dessus du coin lecture de la salle d'histoire mondiale au rez-de-chaussée.* Au centre de la pièce se trouvait un piédestal sur lequel était posé un énorme livre ouvert. Grimalkin se prélassait sur les pages, serrant l'oiseau entre ses griffes et arrachant les plumes de sa queue.

Heathcliff doit se servir de cette pièce comme d'une extension de la réserve. Je tapotai les murs jusqu'à ce que je trouve un interrupteur. La lumière blafarde d'un lustre poussiéreux éclaira l'espace juste assez pour que je puisse distinguer les livres empilés sur les étagères. J'aperçus d'anciens livres abîmés dont les tranches en cuir étaient ornées d'or. Seules quelques-unes comportaient un titre, mais celles-ci me provoquaient une sensation de flottement étrange.

Dictionnaire mytho-hermétique (traduit par Joseph Zabinski), Testament du roi Salomon, Liber Thagirion, Anciens Sortilèges de l'Occulte, Annuaire de l'université Miskatonic, 1937.

Des livres occultes.

Mais... ça n'avait aucun sens. Il y avait déjà un rayon occulte dans la librairie, rempli de bouquins aux couvertures en papier glacé représentant des jeunes filles aux seins nus qui brandissaient des épées en l'air pour capter la lumière de la lune.

Les seules personnes qui s'y rendaient étaient de grands types vêtus de trench-coat en cuir et des femmes aux cheveux ondulés qui sentaient l'ylang-ylang. Pourquoi avions-nous besoin d'une arrière-salle secrète ?

— C'est quoi cette histoire, Grimalkin ? demandai-je. Je ne...

Mais oui, évidemment. C'est la collection occulte secrète que M. Simson a compilée afin de comprendre pourquoi la librairie donnait vie à des personnages littéraires.

Grimalkin répondit par un bâillement, s'étira sur le piédestal et roula sur le dos en levant les pattes en l'air. Je lui frottai le ventre pendant qu'elle ronronnait, et mon regard s'attarda sur la couverture du livre qui se trouvait sous elle. Il était fait d'un beau cuir noir, vierge à l'exception d'un petit symbole incrusté d'or au centre. Je passai mes doigts sur la tranche, et j'eus l'impression qu'une pointe glaciale s'enfonçait dans ma nuque.

Grimalkin miaula et sauta de la table. Elle tourna autour de mes pieds tandis que je passais mes doigts sur les bords des pages. J'eus alors la chair de poule. J'ouvris la couverture, m'attendant à voir des tours entières de crânes et une écriture en miroir. Mais au lieu de ça, chaque page était vierge.

Mes doigts me picotèrent lorsque je feuilletai à nouveau les pages, mais il n'y avait rien à l'intérieur du livre. Malgré ça, tous les poils de mon corps se hérissèrent. Je refermai le livre et étudiai la couverture, me demandant si le symbole contenait un indice qui expliquerait de quoi il s'agissait et pourquoi il était vide...

— Qu'est-ce que tu fais ici ? grogna une voix derrière moi.

Je me retournai. Heathcliff se tenait dans l'embrasure de la porte, sa carrure large bloquant la lumière de la réserve. Ses cheveux sauvages partaient dans tous les sens et ses yeux flamboyaient.

— Ne te fâche pas. Grimalkin s'est glissée dans l'embrasure de la porte, derrière cette pile de cartons, et j'ai cru que...

— Que tu pouvais fouiner dans ma propriété privée ? Comment as-tu réussi à ouvrir la serrure ? Est-ce que Moriarty t'apprend à devenir un génie du crime ?

— La porte était *ouverte* et j'ai suivi Grimalkin. Je n'avais pas réalisé que c'était privé. Je pensais que c'était juste un vieil espace de stockage ou un truc du genre.

Heathcliff me saisit le poignet.

— Tu ne devrais pas être ici. Ces livres sont dangereux.

Je retirai mon bras.

— Pourquoi ? Si je me coupe avec le papier, je serais ensorcelée ?

— Je ne sais pas pourquoi ! Tout ce que je sais, c'est que lorsque M. Simson m'a laissé la boutique, il m'a dit de garder cette pièce fermée à clé et de ne laisser entrer personne. Ni Morrie ni Quoth n'y sont entrés, dit Heathcliff en désignant le linteau au-dessus de la porte, où une série de symboles avaient été gravés dans le bois. Il a placé ces runes-là pour contenir la magie dans cette pièce et empêcher quiconque de passer. Comment tu as fait pour les franchir ?

— Je te l'ai dit, la porte était *ouverte*. Je n'avais même pas vu ces runes. Peut-être que Morrie a appris à Grimalkin à crocheter les serrures avec ses griffes.

— Ce n'est pas drôle, grogna Heathcliff.

— Tu crois vraiment à toutes ces histoires de magie occulte ?

— Je n'y ai jamais cru jusqu'à ce que je me réveille dans cette boutique. Si tu découvrais que ta *vie* entière n'était que des mots dans le livre de quelqu'un d'autre, tu ne penses pas que tu croirais à la magie ?

— Pas faux. Et M. Simson y croyait aussi, visiblement, dis-je en jetant un coup d'œil au plafond pentagonal. Tu penses que la forme de cette pièce est significative ? Je sais que les pentagrammes ont une signification dans les rituels païens. J'ai vu *The Craft**.

— Même si c'est le cas, ce n'est pas ton problème.

---

* Le film Dangereuse Alliance, en français.

— Bien sûr que si. Je veux t'aider à comprendre comment tu es arrivé ici. Peut-être que si nous découvrons le sortilège secret ou je ne sais quoi, nous pourrons l'inverser et te renvoyer chez toi.

— Pourquoi ? Tu veux te débarrasser de moi.

— Pardon ?

— Tu veux me renvoyer à cette vie où mon plus grand amour meurt et où je deviens un sociopathe vicieux qui tue des chiens et maltraite des enfants ? dit Heathcliff qui tremblait soudain de rage. Est-ce là le peu d'estime que tu as pour moi ?

— Non, je ne voulais pas...

— Aucun de nous ne souhaite revenir en arrière. Nous *ne pouvons pas* y retourner. Si nous pouvions revenir en arrière, *Les Hauts de Hurlevent* s'arrêteraient au chapitre neuf et personne n'aurait entendu parler de la Chute du Reichenbach. Pour nous, c'est trop tard – ce que nous souhaitons, c'est empêcher que cela n'arrive à d'autres personnages.

— D'accord, je suis désolée. Je ne voulais pas...

— Pourquoi tu es *ici*, en fait ? dit Heathcliff en désignant la pièce, la librairie et le village à l'extérieur. Tu es revenue à Argleton la queue entre les jambes tout ça à cause des paroles un peu dures d'un imbécile. Tu es revenue dans cette librairie parce que tu veux faire semblant d'être à nouveau une enfant, assise dans un coin, qui lit des histoires et qui attend qu'on vienne la sauver. Seulement désormais, tu te sers de *nos* vies, de *nos* histoires, pour te distraire de la tienne. Écoute-moi, Mina. La vie continue après une tragédie. Le temps passe. Ce magasin n'est pas un endroit hors du temps – il ne te sauvera pas plus qu'il ne me sauvera. J'ai entrevu mon avenir, et je suis incapable d'être sauvé. Et toi..., dit-il en pointant un doigt vers ma poitrine. Tu *deviendras* aveugle, mais si tu ne sors pas de cette pièce, tu deviendras la note de bas de page de ta propre tragédie.

Les larmes me montèrent aux yeux. Ses mots me transpercèrent, ravivant les blessures causées par le rejet de Marcus, la mort d'Ashley et le terrible diagnostic de l'ophtalmologiste.

Comment peut-il voir à travers moi comme ça ? Je suis invisible depuis si longtemps.

Je reculai contre le socle, mes mains cherchant quelque chose à tenir, quelque chose qui puisse mettre de la distance entre mon cœur à vif et Heathcliff, dont les yeux noirs menaçaient de tout faire éclater.

— Je n'ai pas envie de faire partie de ce monde si je ne peux pas voir, rétorquai-je d'une voix étouffée.

— Il y a beaucoup de plaisirs dans ce monde qui ne nécessitent pas l'usage de tes yeux ! cria-t-il.

Je ris à travers mes larmes.

— On dirait une très mauvaise technique de drague.

— Mais c'est la vérité. Je refuse de te voir renoncer à un seul instant de ta vie pour me rendre la mienne. Ce n'est pas mon avenir. Je te l'interdis.

— Tu ne peux pas me l'interdire, idiot. Tu oublies que j'ai aussi lu ton histoire. « Quand il l'aimerait de toutes les forces de son être chétif, il n'arriverait pas à l'aimer en quatre-vingts ans autant que moi en un jour ». C'est bien toi qui as prononcé ces mots, n'est-ce pas ?

Les larmes coulèrent sur mon visage. Heathcliff me fixa du regard, impassible et silencieux.

— Il n'existe pas de personnes vivantes qui partagent un tel amour, continuai-je Tu crois peut-être que je ne peux pas imaginer ce que c'est que de perdre ça, mais je *le peux*. Je sais ce que c'est que de perdre sa passion. C'est comme si une partie de toi avait été arrachée et jetée au loin...

Mes paroles furent interrompues lorsque la bouche de Heathcliff rencontra soudain la mienne.

24

Mon cœur fit un bond dans ma poitrine. Tout le désir qui habitait mon corps remonta à la surface, chassant la dépression qui s'accrochait à moi comme une seconde peau. Mon esprit me criait que c'était une mauvaise idée, mais mes mains se tendirent et s'emmêlèrent aux cheveux de Heathcliff, et je me plaquai contre lui, plongeant dans l'abîme de ténèbres, de désespoir et de désir qu'était l'âme de Heathcliff.

Le baiser enflamma tout mon corps, chaque atome en moi se mit à briller de mille feux. L'immense main de Heathcliff saisit ma joue, me maintenant en place comme s'il s'attendait à ce que je m'enfuie.

Je devrais fuir. Je devrais m'enfuir à toute vitesse.

Mais comment pouvais-je fuir, alors que cet homme et moi étions liés par une force si inévitable, nos corps et nos esprits entrant en collision avec la fureur de la nature ? Nous bûmes l'un dans l'autre - un élixir plus puissant que le vin ou les minuscules pilules qu'Ashley et moi avions avalées un soir de concert punk et qui m'avaient fait entrer dans une spirale d'adoration extatique.

C'était comme embrasser une partie de moi-même, et pas de façon narcissique et triste, mais comme si jusqu'à présent personne n'avait perçu tous ces endroits sombres de mon cœur.

Il est plus moi-même que je ne le suis.

Derrière moi, Grimalkin hurla, nous cognant avec le bâton de son jouet.

Heathcliff écarta ses lèvres des miennes. Le charme se rompit. Nous nous observâmes dans le vide, luttant tous les deux pour respirer, pour reprendre le contrôler.

Il recula, les yeux flamboyants.

— Ne t'approche plus de cette pièce, grogna-t-il en m'entraînant vers la porte et en la claquant derrière lui. Et ne t'approche plus de moi.

25

— Toi ne t'approche plus de *moi*, grognai-je en retour, le cœur battant contre ma poitrine. Tu es mon patron. Tu n'as pas le droit de faire ça.

Avant que Heathcliff ne puisse répondre, je passai devant lui, lui donnant un coup de coude dans les côtes alors que je m'enfuyais de la pièce secrète, traversais la boutique et descendais les escaliers.

Ses bottes claquèrent derrière moi.

— Mina, ne me fuis pas.

— Tu viens de me dire de partir ! criai-je en lui claquant la porte du fond au nez.

Je sprintai dans l'étroite ruelle derrière le magasin, émergeant de l'autre côté de la boulangerie, face au petit parc du village. Des larmes de colère coulèrent sur mes joues et je les essuyai.

Où est-ce que je vais ?

Je ne pouvais pas rentrer chez moi. Ma mère était là aujourd'hui et je ne voulais parler à personne. Le seul endroit où je me sentais en sécurité à Argleton était la Librairie Nevermore, et le baiser de Heathcliff avait tout réduit à néant.

Je serrai les poings, puis les desserrai. *Satané Heathcliff. Comment les choses ont-elles pu se gâter à ce point ?*

Je pensais que Heathcliff pouvait être mon ami. Dieu sait que j'en avais besoin. *Mais il m'a embrassée et mon corps a fondu contre lui, et j'ai pensé à toutes ces* choses *sur les âmes et les citations d'un livre...*

— Mina. Hé, Mina !

— Pas maintenant, Darren.

J'essuyai mes yeux et je me tournai vers lui. Darren devait être en congé, car il portait un affreux pull rayé et un pantalon beige, et avait les cheveux coiffés en bataille. Ses yeux étaient cernés de rouge et sa peau était tachetée. Il portait sous le bras un sac brun provenant d'une épicerie.

— J'étais en train de rentrer chez moi et je t'ai reconnue au loin. Tu es bouleversée à cause de ce qui est arrivé à Ashley, dit-il d'un air soudain inquiet. Je sais, moi aussi. Je n'ai pas pu aller travailler depuis que j'ai appris la nouvelle. Je n'arrive pas à croire qu'elle soit partie.

— Oui, c'est horrible.

De nouvelles larmes roulèrent sur mes joues – des larmes de culpabilité. Ashley était morte, et moi j'étais bouleversée à cause d'un *homme*. Pendant ce temps, Darren, qui avait été la cible des plaisanteries et des moqueries d'Ashley pendant des années, avait manifestement passé la nuit à pleurer pour elle.

— S'il te plaît, Darren, il faut que je rentre chez moi...

— Écoute, je ne vais pas très bien. Je pense que ça m'aiderait si je pouvais parler d'elle avec quelqu'un qui la connaissait. Tu as une minute pour prendre un verre avec moi ?

Je secouai la tête, ne me sentant pas capable de parler. Le baiser de Heathcliff brûlait encore mes lèvres.

— Je ne te l'ai jamais dit, mais je suis amoureux d'Ashley. Enfin, je suppose que maintenant je dois dire que *j'étais* amoureux, dit-il, sa voix se brisant. Je n'ai jamais eu le courage de le lui dire au lycée, et j'espérais que maintenant qu'elle était de retour au village, j'aurais l'occasion de prendre un verre avec elle et de lui avouer ce que je ressentais. Maintenant, je n'en aurai plus jamais l'occasion et je...

— Je n'ai pas vraiment envie de parler d'Ashley, Darren.

— Je suis désolé, Mina. Évidemment ! Tu étais son amie la plus proche. C'est juste que... j'ai besoin de me sentir connecté à elle, tu vois ?

Je soupirai, essuyant mes yeux du revers de la main. Au moins, passer du temps avec Darren me permettrait de ne pas penser au baiser d'Heathcliff et à tous les sentiments confus que j'éprouvais.

— Oui, d'accord on peut aller boire un verre, tant que c'est toi qui payes.

— Ça vient d'une microbrasserie à la sortie de la ville, dit Darren en prenant une photo de sa pinte avec son téléphone avant de sortir un carnet Moleskine abîmé et de prendre des notes. Elle devrait vraiment être servie dans un verre à bière tulipe au lieu de cette choppe, mais il y a des gens qui ne comprennent pas l'importance de ce genre de choses. Elle a du corps, des notes de caramel et de cassis. Je comprends pourquoi Ashley l'aimait.

Je gémis intérieurement. Darren ne plaisantait pas quand il disait qu'il s'était mis à la bière artisanale. Dès que nous étions arrivés au Cock & Fiddle, il m'avait suppliée de lui parler de la bière locale préférée d'Ashley. Comme je savais qu'Ashley n'en avait rien à faire de la bière artisanale – une marque de bière l'avait seulement payée deux mille dollars un jour pour qu'elle pose en maillot de bain avec leur breuvage spécial, et depuis, elle avait attiré l'attention des amateurs de bière, si bien qu'elle avait tenté de prolonger la mascarade – j'en avais choisi une au hasard, et maintenant, il la traitait comme le Saint Graal.

Sa boisson de prédilection était plutôt la vodka cranberry, que je sirotais en ce moment même.

Mais tout ce que je parvenais à goûter, c'était Heathcliff. Sa langue. Ses lèvres.

Son parfum de *Heathcliff* musqué et tourbé.

Heathcliff m'avait embrassée. Il m'avait *embrassée*.

Ce baiser était *incroyable*. Pas étonnant que Heathcliff ait été immortalisé comme le grand antihéros romantique. Rien de tel qu'un mauvais garçon qui broie du noir pour faire frémir et avoir envie de glisser sa main sous sa culotte. La sensation de ses lèvres persistait encore, provoquant un frisson délicieux le long de ma colonne vertébrale, suivi d'un tremblement écœuré.

C'était le baiser le plus intense que j'avais connu *de ma vie*. Je n'aurais pas dû être surprise. J'avais lu *Les Hauts de Hurlevent* suffisamment de fois pour savoir que Heathcliff aimait et haïssait avec la même intensité. La façon dont il parlait de son amour pour Cathy...

Cathy.

Mes mots durs et mes peurs secrètes me revinrent en mémoire. Heathcliff avait quitté le livre après avoir découvert que Cathy avait l'intention d'épouser Linton. Il n'avait jamais vécu sa mort. Il n'avait jamais eu à la perdre. Cela signifiait qu'au fond de lui – peu importe ce qu'il ressentait pour moi ou le nombre de ces baisers à couper le souffle que nous pourrions partager – il s'imaginait sans doute qu'elle finirait par *peut-être* sortir du livre, *elle* aussi, et que *peut-être*, dans ce monde-là, il pourrait sauver leur relation, qu'ils pourraient profiter d'une fin heureuse et qu'il ne deviendrait pas Heathcliff le psychopathe.

Il avait l'avantage de pouvoir lire dans l'avenir et de voir toutes les erreurs qu'il avait commises. Il pouvait recommencer. S'il devait choisir entre moi et Cathy, bien sûr qu'il la choisirait. Bien sûr. Cathy *était Heathcliff.*

C'est pour ça qu'il a arrêté le baiser, c'est pour ça qu'il m'a dit toutes ces choses, parce que je ne suis rien d'autre qu'une distraction pour lui.

Je repoussai ma chaise.

— Darren, il faut que j'y aille. Je suis désolée.

— Mais tu n'as même pas fini ton verre ! dit Darren en tapotant son bloc-notes. Je voulais que tu me dises tout sur les bières préférées d'Ashley pour les ajouter à mon Instagram. J'en ai créé un, tu sais, je me suis inspiré d'elle, pour devenir influenceur dans le domaine de la bière artisanale.

— Tu sais quoi ? On dirait bien que tu connaissais Ashley mieux que moi, dis-je en attrapant ma veste. Je suis désolée, Darren, je dois y aller.

26

Je n'avais pratiquement pas dormi de la nuit, rejouant ce baiser encore et encore dans ma tête, devenant de plus en plus furieuse. Heathcliff n'avait *pas le droit*. Il ne *m'appréciait* même pas. Il se plaignait, grognait et gémissait chaque fois que je parlais. Il m'avait embrassée dans un seul but : pour me faire taire, me distraire des livres occultes et de je ne sais quel secret qu'il ne voulait pas que je découvre.

Et pourtant, les mots de Quoth me restaient en tête. « Tu devrais accepter le chaos. C'est normal de ne pas savoir ce que tu veux. »

Je *voulais* le Heathcliff des livres, mais qui était *mon* Heathcliff, celui de la librairie ?

Le lendemain matin, je débarquai dans la cuisine, les yeux injectés de sang. Ma mère était affalée sur la table, fronçant les sourcils en tapant fort sur sa calculatrice.

— Tu as été payée cette semaine, ma chérie ? Je suis un peu à court d'argent pour le loyer comme je développe mon entreprise pérenne.

— Je croyais que tu avais vendu deux plateformes vibrantes hier ?

— *Oui*, mais le bénéfice sur les quarante premières unités sert à payer le coût de ma commande. Dès que j'en aurai vendu trente-huit de plus, nous roulerons sur l'or.

— Si tu le dis, maman.

Je mis un toast dans le grille-pain et le poussai vers le bas.

— Heathcliff ne m'a pas encore payée.

— Eh bien, demande-lui de te payer aujourd'hui, tu veux bien ? Tu seras une gentille fille, dit-elle en me tendant le beurre de cacahuètes. Je te rembourserai dès que mon entreprise de plateformes vibrantes aura décollé.

Super. Non seulement je devais travailler dans la même librairie silencieuse que Heathcliff après notre baiser, mais en plus je devais lui demander de l'argent.

Sur le chemin de la Librairie Nevermore, je m'arrêtai à la boulangerie pour nos cafés habituels. J'ajoutai des croissants et des scones aux dattes à la commande. Si je voulais le beurre et l'argent du beurre, autant lui en offrir plein. Pendant que je faisais la queue pour que les croissants soient bien grillés, Jo franchit le seuil, ses Docs violettes piétinant la boue sur le tapis.

— Bonjour, Greta. Je prendrai mon café habituel, merci, et un café à emporter. J'ai un cadavre tout frais qui...

Elle s'arrêta net lorsque son regard croisa le mien. Elle baissa la tête et se précipita de l'autre côté de la pièce, se penchant pour fixer l'écran de son téléphone, tout en elle m'indiquait qu'elle ne voulait pas me parler.

Mon cœur se serra. Je croyais que nous devions boire un café ensemble à son retour de Londres. Que s'était-il passé depuis ?

Je savais ce qui s'était passé. *La distance professionnelle.* La police avait de nouvelles preuves. Ils me considéraient désormais comme la principale suspecte.

Me reprochera-t-on aussi le cadavre que Jo a à la morgue aujourd'hui ?

Le cœur battant, je pris le café et la nourriture et je me

dépêchai d'aller à la librairie. Une fois devant la porte, je posai le plateau pour insérer la clé. L'odeur de la bière éventée et des œufs pourris me chatouilla les narines. Une main pâle sortit soudain des buissons et attrapa le sac de croissants.

— Lâche ça ! criai-je.

Une tête surgit des buissons, pleine de culpabilité et de honte. C'était le sans-abri, Earl Larson – l'homme dont nous étions certains qu'il se trouvait dans la boutique la nuit du meurtre d'Ashley.

C'est lui qui l'a tuée. Évidemment qu'il l'a fait.

Mon estomac se retourna alors que je plongeais mon regard dans celui d'un meurtrier. Partagée entre la colère et la terreur, je me figeai. Earl en profita pour attraper mon sac de nourriture.

— Hé ! criai-je en lui attrapant le poignet et en le secouant de haut en bas jusqu'à ce qu'il lâche la nourriture. Il faut que je te parle.

— Lâche-moi. J'ai rien fait !

Il tira sa main, les yeux écarquillés de peur. Je maintins ma prise sur son petit poignet, surprise par sa légèreté. Je me forçai à ignorer l'empathie qui montait en moi.

Ce type a tué Ashley.

— Tu étais ici l'autre nuit quand Ashley a été assassinée.

— Je l'ai déjà dit à la police, je n'ai rien vu !

Il tira son poignet en arrière, se libérant de mon emprise. Il prit ses sacs et s'éloigna en jetant un coup d'œil par-dessus son épaule.

Je me mis à réfléchir. Le visage anxieux de Jo me revint à l'esprit et je pris ma décision. Je poussai la porte d'entrée et criai : « Le café est prêt ! », avant de poser le plateau par terre et de filer dans la rue à la poursuite d'Earl.

Je jetai un coup d'œil vers la boulangerie. Earl avançait dans la rue, se faufilant entre les piétons et jetant un coup d'œil aux fenêtres. Les commerçants sortaient de leurs boutiques pour le chasser.

Il jeta un coup d'œil par-dessus son épaule, mais je me plaquai contre le mur. Lorsque je regardai à nouveau au coin de la rue, il se tenait devant le supermarché, les yeux rivés sur la vitrine.

Une femme sortit du magasin et lui dit quelque chose de grossier, mais il ne bougea pas et ne réagit pas. Il plongea la main dans sa poche et prit un air déterminé. Il ouvrit la porte du supermarché et s'engouffra à l'intérieur.

Le cœur battant dans ma gorge, je me glissai dans l'angle et jetai un coup d'œil à la fenêtre du supermarché. Earl errait dans les allées, récupérant des boîtes qu'il tenait contre sa poitrine. Ses lèvres remuaient sans cesse pour converser avec lui-même. Il plongea sa main dans le devant de sa veste à plusieurs reprises.

Il avait de l'argent dans sa poche. *L'argent de Heathcliff.*

La rage bouillonna en moi lorsque Earl se dirigea vers le comptoir avec quelques boîtes. Il sortit une série de billets froissés de sa poche et les jeta sur le comptoir. L'homme prit chaque billet entre le pouce et l'index, comme s'ils allaient lui exploser dans les mains, et les déposa dans la caisse. Earl enfouit ses boîtes dans son trench-coat et sortit précipitamment du magasin.

Il me fonça dessus.

Je l'attrapai par le revers de sa veste et le plaquai contre le mur. De près, l'odeur de bière éventée l'emportait sur son parfum habituel.

— Où as-tu trouvé cet argent ?

— C'est la petite souris qui me l'a apporté.

— Je ne plaisante pas, mec. La police pense que j'ai tué Ashley. Je sais que ce n'est pas le cas, et je sais aussi que tu étais là cette nuit-là, et que la personne qui l'a tuée savait sans doute qu'elle avait beaucoup **d'argent**. Alors si tu ne veux pas que je te traîne chez les flics et que je leur dise ce que je sais, tu ferais mieux de me dire directement ce qui se passe.

— D'accord ! cria Earl, tremblant de tout son corps. C'est moi. J'ai pris l'argent de la caisse ! Mais j'ai pas tué cette fille. J'lai même pas touchée. Je n'ai jamais fait de mal à personne.

— Alors pourquoi tu as volé Heathcliff ? Il était gentil avec toi et tu as profité de lui.

— Je ne voulais pas, j'le jure. J'aime bien M. Heathcliff. Il est bon avec moi, il me laisse m'asseoir dans sa boutique et lire des livres. Mais quand j'tai vue entrer dans la librairie ce soir-là je me suis dit que ce serait bien de pouvoir dormir au chaud et j'étais assis sur le fauteuil et je n'arrêtais pas de penser à l'argent, et il n'aurait probablement jamais su que c'était moi.

— Je parie que Heathcliff t'aurait donné de l'argent si tu lui avais demandé.

— Ce n'est pas pour moi. Regarde.

Earl ouvrit le pan de son manteau. À l'intérieur, enveloppée dans un enchevêtrement de chiffons, se trouvait une minuscule boule de fourrure grise. Deux yeux brillants me regardèrent, et une petite bouche s'ouvrit pour révéler une langue rose. Un chaton.

— Miaou ? couina-t-il en penchant la tête sur le côté avant d'écarquiller les yeux.

— Oh, comme il est adorable !

Je caressai la joue douce du chaton, en espérant que Grimalkin ne sentirait pas ma trahison plus tard.

Pas étonnant qu'il n'ait cessé de mettre la main dans sa veste et qu'il ait lu ce livre sur les chats, et pas étonnant que Grimalkin ait feulé sur Earl quand il était dans la boutique. Elle a dû sentir l'odeur du chaton.

— Le vétérinaire dit qu'il est malade et qu'il a besoin d'une bouffe spéciale, m'expliqua le sans-abri en me montrant l'une des boîtes qu'il venait d'acheter. Et ce gamin bizarre du supermarché vit juste au-dessus de la boucherie, alors il pourrait facilement m'retrouver si je volais. C'est pour ça que j'ai b'soin d'argent pour payer, mais j'veux pas demander à Heathcliff parce qu'il a déjà été très gentil avec moi. J'ai pas tué cette fille et je n'ai rien vu.

— Mais tu étais dans la librairie en même temps qu'elle ! Tu as dû voir ou entendre *quelque chose*. Ashley était déjà dans la boutique quand tu es entré, ou elle est entrée après toi ?

— Il n'y avait personne dans les parages, dit-il. Mais j'ai croisé une jeune nana qui était d'vant la librairie. Elle tapotait sur son téléphone et regardait par les fenêtres.

Ashley.

— Tu as vu quelqu'un d'autre ?

— Non, dit-il. J'me suis arrêté sous le lampadaire de l'autre côté de la boucherie pour compter l'argent. Personne n'est passé.

Le chaton enfonça ses griffes dans le trench-coat d'Earl et grimpa le long de son bras pour s'attaquer au paquet.

— Oh, il veut son repas.

Je m'écartai.

— Alors tu ferais mieux de le nourrir. Je suis désolée de t'avoir accosté comme ça. C'est juste que... j'ai peur d'être accusée d'un meurtre que je n'ai pas commis.

— Pas grave, dit-il en haussant les épaules. J'sais ce que c'est quand on imagine le pire à ton sujet. La plupart des gens pensent que j'suis une mauvaise personne. Je suis quelqu'un de bien, ma petite, c'est juste que je n'ai pas de toit au-dessus de ma tête. Et je pue la bière, mais je ne suis même pas un gros buveur d'alcool. Quelqu'un a jeté des canettes dans le caniveau devant le magasin, alors quand je suis allé les j'ter je m'en suis mis dessus sans faire exprès.

— Je te crois, Earl. Si toi et ton petit chaton avez besoin d'un endroit tranquille pour lire, n'hésite pas à venir à la librairie, dis-je, me sentant mal d'avoir supposé tant de choses à son sujet.

— Ne t'inquiète pas, ma chance va bientôt tourner. L'autre jour, il y a une femme qui est venue faire une présentation au refuge, elle avait ces machines de plateformes vibrantes et elle disait qu'elle gagnait des millions en les vendant. Elle pense que je serais un super commercial.

Je gémis.

— Suis mon conseil, reste loin de cette femme.

27

Heathcliff ne m'intimidera pas. Je serai ferme et j'exposerai mes arguments. C'est mon patron. Ce n'est pas normal qu'il me fasse une telle avance, puis qu'il fasse comme si c'était moi la méchante. Je ne vais pas me laisser faire cette fois-ci. Je vais aller le voir et lui dire ce que je pense, et si ça veut dire que je ne peux plus travailler à la librairie ou le voir, eh bien je vais devoir vivre avec.

Ignorant cette sensation de coup de poignard dans ma poitrine, je forçai la porte d'entrée.

— Heathcliff ! criai-je, laissant la porte claquer derrière moi.

Pas de réponse. Le seul son que je perçus fut le faible gargouillis des tuyaux à l'étage.

Le café ayant disparu, j'en conclus qu'il n'était pas loin.

— Je suis venue te parler d'hier. Je pense que tu sais à quel point il est déplacé de faire ce genre d'avance à une employée. Je sais que la situation a été stressante pour toi ces derniers temps, mais ce n'est pas parce que je connais ton secret et que tu connais le mien que tu dois me traiter de cette façon...

— Qu'est-ce qu'il t'a fait ?

L'air se bloqua soudain dans ma gorge. Morrie se tenait en haut des escaliers, se séchant les cheveux avec une serviette. Il ne portait rien d'autre que son sourire malicieux.

Aphrodite, sauve-moi.

— Je... euh...

— Il n'est pas là, dit Morrie. Il s'est éclipsé il y a vingt minutes en marmonnant quelque chose à propos d'un rendez-vous. À en juger par les flammes qui sortent de tes oreilles, je pense qu'il voulait s'éloigner de la ligne de feu. Je répète, qu'est-ce qu'il t'a fait ?

— Il faut vraiment que je parle à Heathcliff.

— Ne prends pas cet air abattu. Je suis là à sa place, et nous allons passer une très bonne journée. La journée d'hier a été affreuse pour moi aussi. J'ai passé trois heures à infiltrer ce grand magasin pour finalement découvrir que ces bagues sont si populaires qu'il n'y a aucun moyen de savoir de quel magasin elles proviennent ou qui les a achetées. Mais aujourd'hui, ce sera mieux ! Commençons par réorganiser tous les livres pour qu'ils soient classés par ordre alphabétique de la troisième lettre du prénom de l'auteur. Oh, ou...

Ses yeux se mirent à briller de malice tandis qu'il descendait l'escalier.

— On pourrait coller tous les meubles au plafond.

Je ricanai.

— Arrête, Morrie, s'il te plaît, je...

— Qu'est-ce qu'il a fait ?

Morrie n'était désormais qu'à quelques mètres de moi. En étant aussi près, son parfum fruité me submergeait, me renvoyant directement à cette ruelle de Londres, à ses lèvres sur les miennes et à sa main dans mon pantalon, me touchant jusqu'à ce que mon corps frémisse, traversé par le meilleur orgasme de ma vie. Mon estomac se noua et je fixai le sol.

Grossière erreur.

Je vis des cuisses musclées et le plus gros sexe à moitié en érection que j'aie jamais vu.

Je relevai la tête et me concentrai sur un point du mur, derrière le lobe de l'oreille de Morrie.

Calme-toi, respire.

— Je... nous avons eu un désaccord, parvins-je à dire d'une voix étouffée.

— Un désaccord ? Tu ne *voulais* pas qu'il enfonce sa langue dans ta gorge ? dit Morrie en se rapprochant, la chaleur se dégageant de son corps. Ça ne te ressemble pas.

— Comment tu as su ?

— Je ne le savais pas. Je l'ai deviné, et tu as confirmé ma supposition.

Maudit sois-tu, Morrie.

— Tu devrais t'habiller. La porte n'est pas verrouillée. Un client peut entrer d'une minute à l'autre.

— Pourquoi ? En vérité, tu n'as pas envie que je m'habille.

Mes joues s'empourprèrent.

— Si.

— Roh, arrête. Le rouge sur tes joues, ton souffle qui s'accélère, le changement subtil de ton odeur quand tes phéromones se déclenchent... C'est une simple déduction.

Morrie se plaça devant moi, sans me toucher, mais son corps était si près que j'avais l'impression que c'était le cas. Tout ce que j'avais à faire, c'était de tomber en avant et nous serions réunis, cette attraction magnétique nous attirant l'un vers l'autre.

Le temps s'arrêta. Je me concentrai sur ma respiration.

Inspire. Expire. Inspire. Expire.

Le sourire malicieux de Morrie me donnait l'impression que tout était en suspens.

— Qu'est-ce que tu vas faire ? chuchotai-je.

— Rien, dit Morrie. Jusqu'à ce que tu agisses. Je ne te

toucherai pas tant que tu ne m'auras pas supplié, Mina. Mais je te promets que *tu* me supplieras.

Je ne te toucherai pas tant que tu ne m'auras pas supplié, Mina.

Par Isis, mon prénom sur ses lèvres était merveilleux.

Je tentai de rire, mais au lieu de ça je poussai une sorte de cri aigu.

— C'est ridicule. Je te connais à peine, et tout ce que je sais de toi m'indique que je devrais m'enfuir.

— Tu aimes fuir tes problèmes, n'est-ce pas ? gloussa-t-il, et même s'il se moquait de moi, le son me fit frissonner de plaisir.

Mes mamelons durcirent, leurs pointes effleurant à peine sa peau. La chaleur s'accumula en moi.

Astarte, aide-moi, je risque de jouir, là, tout de suite.

— C'est compliqué.

Le nom de Heathcliff tournait en boucle dans ma tête, mais tandis que mon estomac se crispait et que la chaleur montait en moi, je tentai de me rappeler pourquoi je devais absolument lui parler.

— Pas de mon point de vue, murmura Morrie. Tout ce qu'il faut, c'est que tu fasses le premier pas, et tout sera d'une simplicité exquise.

Ne regarde pas en bas, ne regarde pas en bas, ne regarde pas...

Je baissai les yeux.

Le sexe de Morrie était au garde-à-vous, pointant vers le haut comme un homme en mission. Aussi long que mon avant-bras, et dur comme un roc.

Dur pour moi.

Il me désire.

Il sait pour mes yeux, et pourtant il me désire.

Il sait que je suis une ratée et que j'ai abandonné mon rêve, et pourtant il me désire.

Il sait que j'ai embrassé Heathcliff, et il me désire quand même.

Il sait que je suis soupçonnée d'avoir assassiné ma meilleure amie mais il me désire quand même.

— J'ai peur, chuchotai-je.

— Tu n'avais pas peur l'autre jour, dans la ruelle.

— C'était différent. C'était avant...

— Avant que Heathcliff ne t'embrasse et ne s'enfuie la queue entre les jambes ?

Je hochai la tête, ne me sentant pas capable de parler.

— Douce Mina, il s'est enfui parce qu'il a peur, comme toi. Mais il n'y a plus que toi et moi ici. Est-ce que j'ai l'air d'avoir peur que tu me mordes ? *J'espère que* tu vas mordre.

Je me souvins de la ruelle, de la façon dont il avait placé sa main dans ma bouche, comment j'avais mordu sa peau pour contenir la tigresse en moi qui voulait s'échapper.

— Je te veux, chuchotai-je.

— Plus fort. Je suis un peu dur de la feuille.

— Je te veux.

Mon corps entier s'enflamma.

— Pour faire quoi ?

Pourquoi c'est si sexy ?

— Pour que tu m'embrasses.

— Et ?

— Et... peut-être d'autres choses.

— Tu veux bien être plus précise, ou faut-il que j'aie recours à mon imagination ?

— Mmmmhmm.

— Parfait, dit Morrie en se penchant en avant, enroulant son corps nu autour de moi, sa dureté se pressant entre mes jambes. Parce que je t'imagine nue et sous mon emprise depuis le jour où tu es entrée dans la boutique.

Morrie s'empara de mes lèvres. Son baiser embrasa mon corps – un feu de forêt sautant d'un membre à l'autre, se nourrissant du carburant de mon incertitude. Le baiser de Morrie m'illumina autant de l'intérieur que de l'extérieur.

Ses mains saisirent mes bras, les plaquant contre mes flancs, tandis qu'il me faisait reculer dans le couloir, contre l'étagère. Chaque pas, chaque mouvement, était mesuré et contrôlé, s'opposant au feu qui menaçait de le submerger. Morrie rompit notre baiser un instant pour tendre la main et faire glisser le verrou de la porte d'entrée. Puis il revint, m'embrassant jusqu'à ce que je sois à bout de souffle, haletant pour lui.

— On dirait bien que nous avons atteint la section poésie, marmonna Morrie, ses doigts effleurant mes seins.

Mes tétons se dressèrent à travers ma chemise. *C'est de la folie. Pourquoi est-ce que je fais ça ? C'est James Moriarty. Le James Moriarty.* Mais j'eus beau me réprimander, je ne pus détacher mes lèvres des siennes ni empêcher mon corps de frémir de joie lorsqu'il passa ses doigts sur mes mamelons.

Morrie enleva ma veste et passa mon pull par-dessus ma tête. Il tendit la main derrière moi et sortit un petit volume de l'étagère.

—Ah, John Donne. Ça fera l'affaire.

Il feuilleta les pages pendant que j'attendais, ma culotte déjà humide.

J'avais la tête qui tournait. *Je suis là, à moitié nue, le corps en feu, et lui il lit ?*

Morrie s'arrêta à une page. Il glissa sa main derrière moi et détacha mon soutien-gorge. Il saisit l'un de mes tétons et le fit rouler entre ses doigts tout en parlant :

> *Nudité absolue, source de toute joie !*
> *Si l'âme est sans corps, le corps d'être nu se doit,*
> *Pour goûter à ces joies. Atalante a ses pommes,*

La femme les gemmes jetées aux yeux des hommes,
Afin que ceux du fol lui fassent perdre l'âme,
Attaché au clinquant et aveugle à la femme.
Ainsi toutes les femmes sont enluminures,
Contes pour le commun sous de gaies couvertures.
Mystères elles sont : la faveur n'est donnée
De les lire, par leur grâce prédestinée,
Qu'à nous seuls leurs élus. Et puisqu'il m'est permis,
Ouvre-toi généreusement tout comme si
J'étais sage-femme ; ôte un voile d'innocence,
Superflu plus encor que serait pénitence.

ALORS QUE MORRIE prononçait la dernière phrase, il glissa sa main sous ma ceinture et appuya un doigt contre mon clitoris. J'étais tellement excitée qu'il suffit de ce petit contact pour me faire basculer.

Je m'appuyai contre l'étagère alors qu'un orgasme me secouait de toute part.

Putain de merde.

Je retire tout ce que j'ai dit. Avoir un mec avec une voix comme Morrie qui récite de la poésie pendant qu'il vous touche de partout, c'est la meilleure chose qui soit.

Morrie me tint jusqu'à ce que je m'affaisse contre lui.

— Je ne suis pas près d'en avoir fini avec toi, ma belle, murmura-t-il contre mes lèvres.

Il fit glisser mon jean et ma culotte sur mes cuisses et les jeta sur le tapis. Les doigts de Morrie remontèrent lentement le long de mes jambes. Il effleura mes plis mouillés d'un doigt et je faillis jouir à nouveau, observant les étagères de livres de poésie.

— Tu es ainsi parée, sourit-il. Permets à mes mains de

vagabonder et laisse-les aller, devant, derrière, entre, au-dessus, en-dessous.

— S'il te plaît, le suppliai-je.

C'est de la folie. Hier, Heathcliff m'embrassait et maintenant je suis avec Morrie. Je ne peux pas...

Mais aussi vite que cette pensée m'effleura, elle s'envola. Morrie feuilleta une autre page de son livre et, en se penchant entre mes jambes, il commença à lire.

Il glissa un doigt en moi, le plongeant au rythme du poème. Je sursautai lorsqu'il pressa soudain ses lèvres sur mon clitoris. Il continua de parler, les mots étouffés par ses coups de langue, ses caresses et ces tourbillons, prononçant des mots anciens de désir érotique.

— Oh, oh... Morrie...

Je ne pouvais plus respirer, je ne pouvais plus penser. La pression irradiait dans tout mon corps, un désir profond qui se pressait contre l'intérieur de ma peau. Elle éclata et des flammes rouge vif dansèrent devant mes yeux. Morrie me tenait les jambes alors que mon corps se transformait en gelée.

— Oh, waouh... Morrie... s'il te plaît... Morrie, murmurai-je en m'appuyant sur lui.

Je n'avais jamais eu deux orgasmes d'affilée comme ça. Jamais. Et le deuxième... comment avait-il fait ?

Il gloussa.

— Je t'avais dit que tu me supplierais.

Morrie me souleva facilement, ses lèvres ne quittant pas les miennes. Il serra mon corps contre le sien, ses bras puissants me maintenant contre lui.

— Tu veux faire ça où ? chuchota Morrie contre mes lèvres. Contre les étagères ? Sur le bureau de Heathcliff ? On pourrait être vraiment vilains et s'envoyer en l'air dans la section Religion.

— Et la chambre à l'étage ? murmurai-je en enroulant mes

bras autour de son cou. Celle avec le lit à baldaquin et la salle de bain luxueuse ?

Morrie recula et sa bouche se figea.

— Tu es entrée là-dedans ?

— Oui, quand je cherchais Quoth. C'est grave ?

— Ça pourrait l'être, dit Morrie avant de m'embrasser à nouveau. Ce n'est pas grave. J'aime les vilaines filles. Mais on ne fera pas ça là-bas.

— Pourquoi…

Je criai lorsque Morrie me retourna et me laissa tomber sur le tapis, passant ses mains le long de la courbe de mes fesses. Je me mis à genoux et agrippai la balustrade pendant qu'il se plaçait entre mes cuisses. J'entendis un bruit de plastique que l'on froisse tandis qu'il enroulait un préservatif. *Où avait-il bien pu trouver un préservatif ?*

Mais mon esprit n'eut pas le temps d'y réfléchir, car le bout de son sexe entra soudain en moi.

Sa taille me choqua, et j'en eus le souffle coupé alors qu'il se glissait de plus en plus, attendant que je m'adapte avant de s'enfoncer plus profondément.

Il devrait être entièrement en moi maintenant.

Mais non, il y avait plus, tellement plus. Je le pris et le tins. Je ne m'étais jamais sentie aussi pleine, aussi satisfaite ou aussi *désespérée* pour quoi que ce soit auparavant.

Morrie se retira lentement, très lentement, alors que j'expirais et il se glissa à nouveau à l'intérieur.

Je resserrai les doigts autour du bois tandis que je le prenais, mon corps se détendant et s'abandonnant à lui.

Il se retira à nouveau. Puis revint. Lentement, langoureusement et chaudement.

Oh, c'est tellement sexy.

Je jetai un coup d'œil à Morrie, observant l'expression sur son visage. Un vernis de concentration intense masquait la bête qui se cachait en lui. Morrie luttait contre ses deux natures – le contrôle et le chaos.

J'avais eu le contrôle. Je voulais le chaos. Je voulais tout ce qu'il avait à donner.

— Morrie, chuchotai-je. Ça suffit toute cette douceur. Je veux que tu me prennes.

Je sentis son souffle dans mon dos.

— J'ai cru que tu n'allais jamais me le demander, ma beauté.

Morrie se jeta sur moi, enfonçant son sexe aussi loin que possible, me caressant à tous les bons endroits. Mes genoux brûlaient contre la moquette. Je m'agrippai à l'escalier pour tenter de survivre tandis que Morrie s'enfonçait en moi avec toute la puissance et la force de sa personnalité.

Il prit mes cheveux dans sa main, me fit tendre le cou en arrière et caressa ma clavicule de ses dents.

Je poussai mes hanches contre lui, le prenant plus profondément, me brûlant contre sa peau.

— J'ai envie de faire ça depuis le premier jour où tu es arrivée, murmura Morrie contre le lobe de mon oreille, ses mains glissant entre mes jambes.

Il caressa mon clitoris et je jouis à nouveau, mon corps frémissant autour de lui. Il traîna ses dents contre ma peau et il se cambra sous l'effet de son propre orgasme. Son long corps s'enroula autour du mien, s'effondrant contre moi, peau contre peau moite.

Mais qu'est-ce que j'ai fait ?

— Eh ben, je ne pourrai plus jamais lire John Donne de la même façon, grogna une voix sombre derrière moi.

Heathcliff.

28

J e pivotai, mon cœur battant dans ma gorge.

Non, ce n'est pas Heathcliff.

Là, dans l'escalier, Quoth était assis sous sa forme humaine, sa peau contrastant avec les boiseries sombres.

Mon esprit s'emballa.

Est-ce qu'il était en train de nous observer ?

Et puis, une autre pensée, qui me surprit et me terrifia, me vint à l'esprit.

Est-ce qu'il a aimé ce qu'il a vu ?

Le visage brûlant, je me précipitai sur mes vêtements.

Qui est cette personne, et qu'a-t-elle fait de Mina Wilde ?

Ce n'était pas moi. Ce n'était pas le genre de chose que je ferais, coucher avec un inconnu au milieu d'une librairie où n'importe qui pourrait entrer ou jeter un coup d'œil à travers les vitres.

Mais Morrie n'était *pas* un inconnu, ce qui était *pire*. C'était James Moriarty, et je l'avais connu toute ma vie parce qu'il faisait partie de l'autre monde dans lequel je vivais, le monde des livres et de l'imagination où j'étais l'héroïne et non la victime.

Et cette héroïne vient de coucher avec le méchant.

Je passai devant Quoth et me dirigeai vers l'étage.

— J'ai besoin d'un moment, seule ! criai-je en franchissant la porte de leur appartement. Je poussai la porte de la salle de bain, mais l'odeur m'assaillit et je la refermai.

Je posai la main sur la poignée de la porte de la chambre d'amis, celle avec le lit à baldaquin. Je repensai à ce que Quoth avait dit hier, à la réaction de Morrie tout à l'heure quand j'avais suggéré de l'utiliser pour nos ébats. Mais j'y étais et ils n'étaient pas là. Je tournai la poignée.

La porte ne bougea pas. Elle était verrouillée. Mais qui l'avait verrouillée ?

Les gars ont-ils fait ça pour que je reste en dehors de cette pièce ? Qu'est-ce qu'ils gardent à l'intérieur ?

— Hé.

Je me retournai. Quoth se tenait dans le couloir. Il avait enfilé un tee-shirt noir d'un groupe nommé Blood Lust. On y voyait une femme vêtue d'une robe rouge fluide devant un manoir gothique effrayant et couvert de vignes.

— Argh ! m'exclamai-je avant de couvrir mes parties intimes avec mon tee-shirt. Je ne suis pas habillée.

— Je vois ça.

— Quelqu'un a verrouillé cette porte, dis-je sans pouvoir m'empêcher de prendre un ton accusateur.

Quoth secoua la tête.

Elle est toujours fermée.

— Mais alors comment...

— C'est une conversation que tu devrais avoir avec Heathcliff, dit-il avant de tourner les yeux vers le plafond. Je suis venu ici pour m'excuser auprès de toi. Tu peux aussi utiliser ma chambre pour te changer si tu veux.

— Merci c'est gentil, mais je crois que je vais juste...

Je laissai tomber mes vêtements en un tas informe et enfilai mon soutien-gorge, le mieux étant d'en finir avant que tout le reste du quartier ne me voie.

— Je ne voulais pas t'espionner, dit Quoth. J'ai entendu un bruit comme si quelqu'un criait, alors je suis descendu pour voir si tu allais bien, et je vous ai surpris. Je n'ai pas vu grand-chose, si c'est ce qui t'inquiète. Les fesses blanches de Morrie couvraient une bonne partie de la vue.

— Ce n'est pas ta faute, dis-je, les joues brûlantes.

Je n'arrivais pas à croire qu'il m'avait vue.

— Je t'ai manqué de respect. Je m'en excuse.

— C'est pas grave. Je…, dis-je avant que mes épaules ne s'affaissent. Je ne sais pas ce que je fais.

— Je sais. Hier soir, Heathcliff n'arrêtait pas de radoter en disant qu'il t'avait embrassée.

— Ah, bon ?

C'est donc comme ça que Morrie l'a su. Quel menteur.

— Qu'est-ce qu'il a dit ?

— En gros, qu'il s'était comporté comme un imbécile. En fait, je crois qu'il a un peu peur de toi.

— Morrie aussi m'a dit ça. Pourquoi ?

— Parce qu'il ne pensait pas pouvoir ressentir quelque chose pour quelqu'un après avoir perdu Cathy, après avoir lu ce qui lui était arrivé. Et puis tu as débarqué à la librairie et maintenant il ne sait plus quoi penser.

— Tu veux dire qu'il m'aime bien ?

— Oui, beaucoup, chuchota Quoth, une ombre obscure voilant soudain ses yeux.

J'enfouis mon visage dans mes mains.

— Super. Donc mon patron a un faible pour moi, et je viens de coucher avec son ami. J'ai tout gâché.

— Non, c'est faux. Tu n'es pas entrée dans n'importe quelle librairie. Heathcliff t'aime bien. Morrie t'aime bien. Ils le savent tous les deux, mais ni l'un ni l'autre ne souhaite entrer dans une compétition pour obtenir ton affection. Au lieu de ça, ils se soucient uniquement de ton bonheur et de ta sécurité, dit Quoth marquant une pause. Moi aussi je t'aime bien.

Je relevai soudain la tête, mais Quoth avait disparu.

Seule une plume noire voleta jusqu'au sol.

29

oi aussi je t'aime bien.

Je m'affalai sur la pile de livres posés sur notre table ébréchée. J'avais décidé de m'attaquer à mon projet artistique de romans de gare afin de me changer les idées et de ne plus penser à la Librairie Nevermore, mais ça ne marchait pas. Tout ce que j'avais réussi à faire, c'était de plier trois grues en origami et d'être obsédée par les mots de Quoth. Qu'est-ce qu'il voulait dire par-là, qu'ils allaient tous les trois joyeusement... me partager ? Est-ce que c'était possible, ça ?

Je pris mon téléphone et commençai à envoyer un message à Ashley.

« J'ai besoin de ton aide. Je - »

Merde.

Je ne peux pas envoyer de texto à Ashley.

Ashley est morte.

Le chagrin me frappa de plein fouet. J'avais été tellement occupée à être en colère et blessée ces derniers mois que je n'avais pas pensé à tout ce que j'avais abandonné en refusant de pardonner à Ashley, et maintenant... Je ne la ferais plus jamais rire au point d'en avoir le hoquet, nous n'irions plus jamais boire un verre après une longue journée au bureau, ou danser jusqu'à en perdre nos pieds à l'afterparty de la Fashion Week.

Les derniers mots que je lui avais adressés avaient été prononcés sous le coup de la colère. Elle aurait pu essayer de me tendre la main, dans l'espoir de mettre fin au vide qui nous séparait. Peut-être aurait-elle même avoué avoir vendu les dessins de Marcus si je m'étais comportée en amie, si j'avais remarqué qu'elle agissait bizarrement.

Mais je n'avais pas voulu le voir.

Et maintenant, elle est morte. Et je me mets de plus en plus dans le pétrin avec ces types, et je n'ai personne à qui en parler.

Mon cœur brûlait d'envie de lui parler. L'écran de mon téléphone devint flou à travers mes larmes alors que je naviguais vers son fil Instagram. Je fis défiler les photos d'Ashley jusqu'à une photo de nous deux, nos langues pointant vers l'appareil photo alors que nous posions au sommet de l'Empire State Building.

IL Y EN avait une autre, un selfie d'elle assise à son bureau, rayonnante devant son téléphone et brandissant un sac de cadeaux que nous avions reçu de la part d'une marque maquillage avant le dernier défilé de Marcus.

Tu as l'air si heureuse. Je n'arrive pas à croire que tu as tout risqué pour vendre les créations de Marcus. Oh, Ashley, pourquoi tu as fait ça ? Qu'est-ce que tu ne m'as pas dit ?

Mon doigt s'arrêta sur une photo d'Ashley dans notre ancien appartement, tenant une grosse pile de dossiers et de papiers, ses cheveux parfaitement coiffés et sa petite robe noire lissée sur sa silhouette sublime.

Je m'en souviens, c'était juste avant le dîner de gala. Nous étions en retard, mais elle m'avait suppliée de prendre cette photo.

Attendez une seconde...

...est-ce que c'est... ?

Oh, mon Dieu.

Sur le bord de la pile de papiers que tenait Ashley se trouvait le gribouillis familier de la signature de Marcus, ainsi que le coin d'un croquis. Mon cœur se mit à battre la chamade lorsque je reconnus les bords ondulés de la veste en fourrure qui avait fuité l'année dernière.

Ashley avait ajouté la légende suivante : « Je me prépare pour le grand dîner de gala. J'ai un cadeau surprise pour quelqu'un qui sera là. Viens me faire un coucou, mais pas avant que j'aie mangé mes crevettes ».

Je bondis de ma chaise, faisant tomber de la colle, des ciseaux et des livres partout. La voiture avait encore explosé, ou du moins, c'était l'excuse de ma mère pour que je ne puisse pas l'utiliser, alors j'allais devoir courir si je voulais voir les gars en personne.

— Maman, il faut que j'aille rapidement à la librairie. Ne m'attends pas !

J'ENFONÇAI ma clé dans la porte et je me précipitai à l'intérieur, mes poumons me brûlant après avoir sprinté depuis la maison.

— Morrie, Quoth, ramenez vos fesses ici. J'ai trouvé...

Je m'arrêtai net lorsque la silhouette sombre de Heathcliff apparut dans l'embrasure de la porte du salon. Il me fixa du regard et les mots moururent sur mes lèvres.

— Mina, dit-il. Viens avec moi. J'ai quelque chose à te montrer.

Surprise par cette directive abrupte, je me retins d'annoncer la nouvelle et le suivis dans le salon. Heathcliff s'installa dans son fauteuil et me fit signe d'occuper la chaise de velours à côté du bureau.

— C'est quoi cette monstruosité ? dis-je en donnant un petit coup de coude à l'énorme livre qui occupait la moitié du bureau de Heathcliff.

— C'est justement ce que je voulais te montrer. C'est le Livre du Jugement Dernier. Il recense les biens de chaque homme en Angleterre sous le règne de Guillaume le Conquérant.

— Le titre est inquiétant.

— Il a été appelé ainsi parce qu'il constituait ce qui était considéré comme un compte rendu précis des propriétés et des valeurs, afin que Guillaume puisse déterminer les impôts dus sous Édouard le Confesseur et réaffirmer les droits de la Couronne. Ses décisions, comme celles du Jugement Dernier, étaient inaltérables.

— Et tu gardes ce tome dans les parages pour une petite lecture distrayante ?

— Je voulais voir s'il y avait une trace de cette propriété.

— En 1086 ? Mais ce bâtiment est géorgien et victorien.

— Oui, mais différents bâtiments ont existé à cet endroit précis. On peut voir au moins deux couches différentes de murs de style Tudor dans le sous-sol, dit Heathcliff avant d'ouvrir le livre.

La couverture s'écrasa sur le bureau, soulevant un nuage de poussière. Il passa son doigt le long d'une liste.

— Ici, en 1086, se trouvait le bureau d'Herman Strepel, libraire et copiste. L'équipe de Strepel recevait les commandes des clercs et des chanoines pour des volumes particuliers, puis les faisait réaliser dans le style choisi par le client. En somme, l'équivalent médiéval d'une librairie. Tu veux voir ? Tu as un bon niveau en latin médiéval ?

— J'étais malade le jour du cours de latin médiéval à l'école de mode. Tu trouves que tout ça est bizarre ?

— Qu'un bâtiment ait la même fonction pendant des centaines d'années ? Oui, c'est un peu bizarre.

Il referma le livre, soulevant un autre nuage de poussière qui me fit tousser.

Heathcliff s'adossa à son fauteuil, les yeux tournés vers le plafond.

— Mina, je...

Morrie entra soudain et passa son bras autour des épaules de Heathcliff.

Un corbeau descendit des étagères et se percha sur le tatou.

— Tu nous as appelés, ma belle ?

Le sourire de Morrie me serra la poitrine.

— Il y avait des crevettes pour l'entrée au gala, dis-je en brandissant mon téléphone. Ashley était super excitée parce qu'elle n'avait jamais mangé de crevettes auparavant. Elle n'arrêtait pas d'en parler et il s'est avéré que les crevettes étaient absolument dégoûtantes. Mais c'est comme ça qu'elle fait passer des messages à son contact !

— Hein ?

— J'ai tout compris. Regardez.

Je tapotai sur l'écran. Morrie resta immobile, affichant un air indéchiffrable.

— Elle se sert de ses réseaux sociaux. Sur cette photo elle indique à son acheteur de la retrouver au dîner de gala, et qu'elle fera l'échange après le premier plat. C'est pour ça qu'elle mentionne les crevettes. Je parie qu'il y a aussi d'autres messages cachés dans ses publications.

Je fis défiler les photos jusqu'à la fin du fil.

Je m'arrêtai sur la toute dernière photo, celle qu'elle avait prise ici même, dans la librairie, le jour de son assassinat. L'autre jour, je n'avais pas voulu lire la légende, trop effrayée par ce qu'elle pouvait dire de moi, mais maintenant les mots m'emplissaient d'une étrange exaltation.

« J'ai déposé un livre illustré très spécial dans cette librairie pittoresque de ma ville natale. J'ai également trouvé un exemplaire de *La Haute Couture et La Culture de l'Excès*, un classique pour toutes les fashionistas ! »

— C'est comme ça que l'acheteur a su qu'il devait venir à la librairie pour récupérer les croquis. Il suivait son actualité Instagram, dis-je en marquant une pause. Mais si ce message est correct, Ashley a collecté l'argent et déposé le croquis dans l'après-midi, alors pourquoi était-elle dans la boutique ce soir-là ?

— Peut-être qu'elle voulait le confronter, ou qu'elle espérait lui reprendre les croquis et garder l'argent ? proposa Quoth.

Je tendis le téléphone à Morrie.

— Tu peux me trouver une adresse IP pour ces commentaires ?

— Je peux, mais c'est inutile, dit Morrie en tapotant sur son téléphone. C'est un proxy résidentiel. Retrouver l'adresse IP réelle me prendra du temps, et même là, ce n'est pas garanti.

— Bon, qu'est-ce qu'on aurait fait de l'adresse de cette personne de toute façon ? dis-je en me frottant la tempe. On serait allés chez lui pour le battre jusqu'à ce qu'il avoue ? On ne peut pas vraiment parler à la police du complot d'Ashley. Ils ne vont jamais nous croire sur la base de quelques croquis et d'un post Instagram.

— Il doit y avoir un moyen de le piéger pour qu'il avoue, dit Morrie. Mon ennemi juré a trompé beaucoup de mes contemporains de cette manière.

— Mais comment ? Il sait manifestement que Ashley est morte. Ce n'est pas comme si nous pouvions lui envoyer un autre message en lui disant... Oh, mon Dieu, c'est ça. C'est exactement ce qu'on peut faire, dis-je en jetant le téléphone à

Morrie. Tu as déjà piraté son Instagram, non ? Pour que je puisse poster quelque chose en me faisant passer pour elle ?

Morrie tapota quelques touches sur le téléphone et me le rendit.

— Voilà.

— J'ai besoin d'un papier et d'un crayon. Et d'un endroit où m'asseoir.

Sans un mot, Heathcliff balaya le bureau d'un revers de la main, envoyant valser des stylos, des papiers et des livres sur le sol. Morrie attrapa le moniteur avant qu'il ne rejoigne le reste. Quoth se glissa à l'étage et revint avec du papier à dessin et des crayons. Je me glissai dans le fauteuil de Heathcliff et esquissai un croquis. Il s'agissait d'une robe sirène moulante avec des empiècements de cuir et de dentelle qui correspondait au style général de la dernière collection de Marcus. Lorsque j'eus terminé, je disposai quelques livres autour de la robe, en prenant soin d'inclure le volume dans lequel nous avions trouvé l'argent. Je pris une photo, ajoutai un filtre et suffisamment de hashtags pour qu'elle ait l'air légitime, et la publiai sur le compte d'Ashley.

— C'est très astucieux, ma belle, dit Morrie.

— Et maintenant, la touche finale.

Je tapai une légende qui ressemblait à s'y méprendre à celles d'Ashley.

« Salut, les loosers. Je suis peut-être morte, mais pas encore enterrée. Tu me retrouveras sous la pleine lune, à l'endroit où nous nous sommes vus la dernière fois. Cette garce de zombie est prête à botter des culs. »

J'appuyai sur « publier » et la photo apparut dans le fil d'actualité d'Ashley. Immédiatement, les gens commencèrent à aimer et à commenter.

— Voilà. Maintenant, quelle que soit la personne qui se

présentera à la librairie demain soir, nous saurons que c'est elle qui a tué Ashley.

— Excellent travail, ma belle.

Morrie me prit dans ses bras et m'honora d'un baiser qui me laissa sans voix. L'atmosphère de la pièce changea immédiatement, et les poils de ma nuque se hérissèrent.

Je m'éloignai de Morrie et attrapai mon sac à main.

— Je ferais mieux d'y aller, il est tard et ma mère veut encore que je crée une page Facebook pour son entreprise de plateformes vibrantes.

— Tu ne vas quand même pas rentrer chez toi à pied, si ?

— Non, je vais prendre un taxi partagé. Ce ne sera pas donné, alors ce serait bien que quelqu'un me verse mon salaire, dis-je en lançant un regard noir à Heathcliff.

Il répondit par un grognement. J'appelai le taxi partagé sur mon téléphone. Il allait mettre quelques minutes à arriver. Je pris une grande inspiration – *c'était maintenant ou jamais.*

Après avoir serré Quoth dans mes bras pour lui dire au revoir, je pris mon sac.

— Tu m'attends dehors ? demandai-je à Heathcliff.

— Je suis occupé.

— S'il te plaît.

Heathcliff soupira, mais il se leva et me suivit dans Butcher Street.

— Écoute, dis-je avant de me défiler lorsque nous nous arrêtâmes sous un réverbère. Je sais que tu m'en veux pour hier, mais tu ne peux pas me traiter comme ça ! Même si j'aime la librairie, je ne peux pas travailler dans un endroit où le patron m'ignore et m'évite. Donc, soit tu m'en parles soit je ne viendrai pas travailler demain.

— Je ne suis pas en colère contre toi, Mina, dit Heathcliff en me regardant fixement, dans la nuit lugubre.

— Alors pourquoi est-ce que tu m'as crié dessus ?

— Ça n'a pas d'importance.

— *Si, c'est* important. Tu es mon patron. Tu ne comprends pas que ce baiser et ces jeux tordus ne sont pas appropriés ?

— C'est la seule raison pour laquelle tu es en colère contre moi, parce que je suis ton employeur ?

— Non. Tu m'embrasses et ensuite tu me cries dessus comme ça ? Je suppose que je t'ai contrarié ou blessé d'une manière ou d'une autre. Mais malgré tout, je tiens à toi, d'accord ? Parce que... parce que tu es plus qu'un patron pour moi. Et ça aussi, ce n'est pas bien.

Heathcliff soupira, son immense silhouette se redressant. Il fixa la lune du regard, serrant les poings.

— Morrie et Quoth n'ont laissé personne derrière eux. Mais moi, je l'ai laissée *elle*, et chaque fois que je te regarde, j'ai l'impression de la trahir.

Et voilà.

— Cathy.

— J'ai lu mon livre, grogna Heathcliff. Je sais ce qui lui arrive, et ce que ça me fait par la suite. Je sais le monstre que je deviens. Je m'étais promis de ne jamais commettre cette erreur. De ne pas tomber amoureux dans ce monde pour priver le monstre du feu dont il a besoin pour se déchaîner. Mais ensuite tu es arrivée et je... et je...

Ses poings se serrèrent et se desserrèrent.

— Tu... quoi ? murmurai-je, la poitrine serrée.

Tout à coup, la porte s'ouvrit au loin avec fracas et le carillon de la boutique tinta.

— Je n'ai jamais été aussi heureux d'avoir un client ! s'écria Heathcliff en se détournant et en rompant le charme.

Il se précipita vers la sécurité de la boutique.

— Entrez, entrez. Faites comme chez vous. Nous sommes ouverts tard ce soir ! dit-il. Sortez votre téléphone portable et prenez des selfies à volonté. Les livres sont par-là ! Venez me distraire avec vos questions ineptes !

Il fit un pas dans le hall et s'arrêta net. Mon rythme cardiaque s'accéléra. Quelque chose ne tournait pas rond.

L'inspecteur Hayes passa soudain devant Heathcliff et se dirigea vers moi, me fixant d'un regard féroce.

— Wilhelmina Wilde, nous vous arrêtons sur la présomption du meurtre d'Ashley Greer.

30

— Je ne sais pas quoi vous dire d'autre, dis-je en enfonçant mes ongles dans ma paume pour m'empêcher de tendre les bras et d'étrangler l'inspecteur Hayes. Je n'ai pas tué Ashley.

Après m'avoir lu mes droits, l'inspecteur m'avait escortée hors de la librairie. Tous les habitants du village encore éveillés à vingt heures étaient sortis du pub ou s'étaient arrêtés dans la rue pour me regarder monter dans une voiture de police.

L'arrière du véhicule sentait l'urine. Pour la première fois de ma vie, j'avais regretté que ma mère ne soit pas avec moi.

Au commissariat, je m'étais soumise à des tests d'empreintes digitales et j'avais donné quelques mèches de cheveux dont ils se serviraient pour l'ADN et les preuves. J'espérais que Jo serait en mesure de prouver mon innocence, mais à en juger par la façon dont elle avait fui la boulangerie, je supposais qu'elle en avait vu assez pour me condamner.

— Vous étiez en colère contre Ashley parce que vous aviez perdu votre stage. Vous avez découvert qu'elle était de retour en ville et vous l'avez menacée, dit l'inspecteur Hayes en poussant une feuille de papier sur la table.

Il y avait dessus toute une liste de commentaires que j'avais publiés sur le compte Instagram d'Ashley après qu'elle m'ait trahie. En les lisant hors contexte, tous ces « je te déteste » et « j'espère que tu t'étoufferas avec un radis » n'étaient pas une si bonne idée.

(L'histoire du radis était une blague entre nous que j'avais voulu lui renvoyer à la figure, mais désormais... ouais, ça ressemblait surtout à une menace).

— J'étais en colère contre elle, dis-je. Je n'avais pas les idées claires. Si vous faites attention, vous remarquerez que les commentaires ont cessé au bout de quelques jours, une fois que je me suis calmée. Vérifiez mes reçus du supermarché. Je n'ai pas acheté de radis.

— Et ceux-là ? ajouta l''inspecteur en faisant glisser sur la table une nouvelle pile de papiers insérés dans des pochettes transparentes.

Les dessins de Marcus.

— Nous les avons trouvés dans votre sac à main. Pouvez-vous nous expliquer d'où ils viennent ? dit-il.

Merde. OK, ça ne sentait pas bon.

— Je les ai trouvés dans le sac d'Ashley, expliquai-je.

— Nous avions pourtant fouillé son sac et n'avons jamais trouvé ces dessins.

— Non, vous avez fouillé son *sac à main*. Moi, je les ai trouvés dans son sac de voyage chez sa mère.

— Pourquoi avez-vous fouillé son sac ?

— Elle volait des croquis sous le nez de Marcus pour les vendre à d'autres créateurs afin qu'ils puissent le devancer sur le marché. Les dessins le prouvent, et je crois que c'est pour ça qu'elle a été assassinée. J'essayais justement de découvrir qui les achetait. Ce n'est pas quelque chose qu'une personne coupable ferait.

— À vrai dire, c'est plutôt typique pour un coupable

d'essayer de rejeter la responsabilité sur les autres. Vous pensez vraiment que l'on va croire à cette histoire farfelue ?

— Mais c'est la vérité ! Appelez Marcus Ribald – demandez-lui si ce sont ses dessins.

— Nous l'avons déjà fait. Mais il n'y a que vous qui affirmez qu'Ashley les a volés. Le scénario le plus probable est que *vous* les *avez* volés et que vous aviez prévu de les mettre dans la poche d'Ashley, pour vous venger des deux en même temps. Seulement, lorsque vos amis sont descendus, vous n'avez pas eu le temps de le faire.

— Morrie et Heathcliff sont descendus juste avant moi. Je n'ai pas eu le temps de faire quoi que ce soit.

— Un alibi bien commode. Nous examinerons leurs déclarations. Pour une jolie jeune fille comme vous, j'imagine qu'ils n'hésitent pas à truquer leur témoignage.

— Je peux le prouver, dis-je en indiquant la date dans le coin inférieur. Marcus datait et classait toujours ses dessins. Ceux-ci ont tous été dessinés après que j'ai perdu mon stage. Je n'étais même pas à New York, il est donc impossible que je les aie volés.

Je me rassis, attendant qu'ils s'excusent, mais la sergente Wilson n'avait pas l'air convaincue.

— Est-ce le stage dont vous avez été renvoyée parce que vous harceliez la victime ?

— Quoi ? Mais *non*. Je n'ai jamais harcelé Ashley. C'était ma meilleure amie. Et puis, Marcus ne m'a pas *renvoyée*. Il nous avait promis un poste rémunéré, et même s'il a admis que j'étais la plus qualifiée pour le rôle, il a choisi de le donner à Ashley parce que je suis en train de devenir aveugle.

Quelque chose cogna contre la porte. L'inspecteur Hayes leva les yeux juste au moment où la poignée tournait et où Heathcliff faisait irruption.

— Ne dis plus un mot, Mina. Ces officiers ne devraient pas t'interroger sans la présence d'un avocat.

— Vous n'êtes pas avocat, fit remarquer l'inspecteur Hayes.

Heathcliff posa une feuille de papier d'un coup sec sur la table.

— C'est une copie de mes notes juridiques. Votre secrétaire a déjà confirmé mon nom dans le registre. Cet entretien est terminé car j'ai rendez-vous avec ma cliente. En *privé*, ajouta-t-il avec un regard noir qui aurait pu faire couler un millier de navires.

L'inspecteur Hayes lui lança un regard mauvais, mais il fit signe à Wilson de se lever. Ils quittèrent la pièce.

— Vous avez vingt minutes, siffla l'inspecteur Hayes à Heathcliff.

— Je prendrai tout le temps qu'il me plaira, répliqua Heathcliff en claquant la porte si fort derrière eux que le mur en trembla.

Il prit le magnétophone sur la table et arracha la cassette de la fente.

Je me laissai tomber contre lui, mon corps s'affaissant contre le sien.

— Je suis contente de te voir.

Heathcliff se raidit à mon contact. *Il va falloir que tu t'y fasses, mon pote. Je suis une fille et j'ai besoin d'un câlin.*

Au bout de quelques instants, Heathcliff passa ses bras autour de mes épaules, m'enveloppant de cuir, de tourbe et de force. *Par Isis, c'est si agréable de le sentir contre moi.*

— Je n'ai jamais été en colère contre toi, murmura-t-il à mon oreille.

— Je sais. Heathcliff, tu es vraiment avocat ?

— Bien sûr que non. Morrie a falsifié une transcription pour moi. Bon, commença-t-il en caressant mes phalanges des doigts, provoquant un frisson qui me traversa le bras avant de descendre directement entre mes cuisses. Nous avons un plan.

— Évidemment que vous en avez un, dis-je en lui tapotant le bras. Puisque Morrie est derrière tout ça, je suppose que ça implique d'enfreindre la loi ?

— Plusieurs lois, j'imagine. Tiens-toi prête. Quoth viendra te chercher ce soir. Dans quelques heures, nous aurons attrapé le tueur et tu seras de nouveau dans nos bras.

—Heathcliff, est-ce que tu sais que Morrie et moi...

Il acquiesça.

—Est-ce que ça... te dérange ? demandai-je.

— Tu souhaites qu'on se batte en duel pour ta vertu ? Je gagnerais, évidemment, mais d'après ce que Morrie m'a dit, il ne reste plus beaucoup de vertu à revendiquer.

—Non, je...

Heathcliff me tapota la main. C'était probablement le geste le plus intime qu'il m'ait jamais adressé. Ses yeux semblaient briller avec émerveillement.

— Nous allons d'abord te sortir de là, Mina. Ensuite, nous verrons ce qui se passera.

31

Heathcliff resta à mes côtés pendant que les policiers terminaient leur interrogatoire. Ils n'obtinrent pas grand-chose de ma part, puisqu'il aboyait : « Pas de commentaire ! » après chaque question, qu'il posait sa main sur mon genou et que ses doigts serraient fermement les bords de la table.

Finalement, l'inspecteur Hayes mit fin à l'entretien. Il m'expliqua qu'il allait me ramener dans une cellule, où l'on me garderait pour m'interroger avant de procéder à une arrestation.

J'étais hantée par des images de lames me transperçant la peau, mais lorsque j'arrivai dans la cellule, je fus heureuse de découvrir que je dormirais seule. Comme si j'allais pouvoir dormir sur cet étroit lit de camp en bois dans une pièce nue qui empestait l'urine. Des taches rouges s'étaient infiltrées entre les dalles du sol. Était-ce du sang ?

Je m'allongeai sur le lit et regardai le plafond, écoutant deux prisonniers discuter dans l'autre cellule et les policiers qui répondaient à des appels. Dehors, un chien aboyait. Des voitures circulaient. Je me mis à les compter. Je m'ennuyais à mourir.

Mon esprit se rebella contre la monotonie de cette cellule. Je me mis à chercher, dans tous les coins et recoins de ma mémoire, les visages et les noms des gens de l'industrie de la mode, ou de tous ceux avec qui Ashley avait été en contact, qui pourraient vouloir détruire Marcus Ribald.

Était-ce Holly ? Elle avait un alibi pour cette nuit-là, mais elle avait peut-être engagé quelqu'un. Était-ce Roger Cox ? Mais ça ne collait pas avec son histoire. Je ne pensais pas non plus que c'était Earl Larson. Mais qui était entré dans le magasin et avait tué Ashley ? Earl m'avait expliqué que personne n'était passé devant lui, alors le meurtrier s'était-il caché dans la librairie pendant tout ce temps ?

Outre le meurtre, il y avait un mystère encore plus grand à résoudre. Que se passait-il dans la librairie Nevermore ? Heathcliff. Morrie. Quoth. Comment avaient-ils pu devenir réels ? Comment une personne pouvait-elle sortir des pages d'un livre et devenir un être de chair et de sang ? Trois personnages torrides issus de la plume de trois de mes auteurs préférés.

C'était comme si quelqu'un les avait choisis spécialement pour moi.

Une policière vint m'apporter mon dîner – un sandwich au jambon et au fromage sur du pain rassis, et un jus d'orange aqueux. Je dévorai tout.

Je m'allongeai sur le lit et observai la lumière de la lune passer du gris au bleu pâle. *Scritch, scritch, scritch.* Quelque chose de pointu racla le béton. Je me levai debout sur le lit et regardai par la fenêtre.

— Quoth, c'est toi ?

— Croac, répondit le corbeau.

Mon cœur se mit à battre la chamade. Une paire de clés passa à travers les barreaux et atterrit sur le lit à côté de moi.

— C'est super, mais comment je vais faire pour échapper aux gardes ? sifflai-je par la fenêtre.

Pas de réponse.

— Quoth ?

Toujours rien.

Je suppose que je suis censée m'enfuir en courant. Pourquoi ont-ils pensé que c'était une bonne idée ?

Parce que j'ai publié ce post Instagram, et que si le tueur vient de l'industrie de la mode, je serai la seule à pouvoir l'identifier. Il faut que j'y sois, pour le bien d'Ashley. Elle le mérite.

Super. Je regardai les clés dans ma main. *Bon ben, je vais le faire. Je vais m'attirer tellement d'ennuis.*

En tâtonnant dans l'obscurité, je parvins à passer ma main autour des barreaux et à insérer la bonne clé dans la serrure de l'extérieur. Elle tourna facilement et la porte de la cellule s'ouvrit avec un grincement qui me brisa les tympans. Je maintins la porte fermée, le cœur battant.

Dix secondes. Vingt secondes. Rien ne bougeait dans le couloir. Les gars dans la cellule à côté de moi continuaient de ronfler.

Je me précipitai vers le lit, j'enlevai mon sweat à capuche et mon jean et je les disposai, ainsi que les oreillers, sous la couverture élimée, pour donner l'impression que je dormais. Je poussai la porte, juste assez pour me glisser à travers, puis je la refermai à clé.

Je me glissai dans le couloir, m'arrêtant devant l'autre cellule. Tout en prenant une grande inspiration, je passai par la porte et plaquai mon dos contre le mur.

Les ronflements des autres détenus restèrent constants.

Un obstacle en moins, maintenant… les gardes.

Le couloir se terminait par une cage d'escalier. En haut se trouvait l'officier de service. Je me faufilai jusqu'à la première volée de marches, me plaquai à nouveau contre le mur et jetai un coup d'œil dans l'angle.

L'officier était assis derrière son bureau, en train d'examiner de la paperasse. Il s'arrêta pour boire une gorgée de café. Une ombre se déplaça derrière sa tête.

Qu'est-ce que...

Un corbeau descendit en piqué depuis le meuble à classeurs, agitant ses ailes au visage du policier.

— Argh, c'est quoi ce bordel !

Il se leva de son siège en titubant et prit un énorme tome intitulé « Manuel d'Autodéfense » Le policier lança le livre sur le corbeau, mais Quoth plongea juste à temps et le flic se frappa le visage.

— Ah, mon nez !

Il prit son visage dans ses mains et se retourna, trébuchant sur sa chaise.

Je m'élançai dans l'escalier et me cachai sous le bureau. Mon cœur battait si fort que j'étais certaine que le flic allait l'entendre, mais il continuait à jurer et à frapper Quoth. Je me précipitai vers une porte de l'autre côté de la pièce et la franchis. Elle menait à un autre long couloir. Au bout, il y avait une pièce intitulée « Salle de repos ».

Je jetai un coup d'œil à l'intérieur. Elle était déserte. Deux rangées de grandes fenêtres donnaient sur les terrains de l'école locale. J'ouvris une fenêtre, je grimpai à travers et je me laissai tomber dans les buissons en dessous, en m'arrêtant pour reprendre mon souffle. Quelques instants plus tard, un point noir passa devant la lune en laissant derrière lui les cris de colère de l'officier.

Le corbeau plongea dans les buissons à côté de moi. Une seconde plus tard, Quoth se matérialisa en chair et en os. Il grimaça lorsqu'il remarqua mon absence de vêtements.

— Ce n'est pas un peu tôt pour qu'on assortisse nos tenues comme un couple ?

— J'ai dû utiliser mes vêtements pour créer ma propre silhouette dans le lit, au cas où ils viendraient me voir.

— C'est une bonne idée. En plus, j'aime bien la vue.

Je lui donnai un petit coup dans le bras.

— Merci d'avoir fait diversion. Comment tu as fait pour récupérer les clés ?

— C'était facile. Je les ai prises à sa ceinture pendant qu'il sortait de sa voiture. Cet imbécile ne l'a même pas remarqué, dit Quoth en me prenant la main. Tu es prête à t'enfuir ? Tu vas te faire remarquer en sous-vêtements.

— Je ne peux pas juste monter sur ton dos pendant que tu t'envoles pour me mettre à l'abri ?

— Ce serait sacrément amusant. J'aurais aimé que ça puisse être possible. Suis-moi. On va passer par-derrière – il y a moins de chances que tu te fasses repérer. Je resterai près de toi pour que tu puisses me voir.

Quoth serra les dents tandis que les plumes jaillissaient de sa peau et que ses os se mettaient en place en claquant et en se tordant. Un instant plus tard, il décolla, volant à basse altitude, de sorte que je puisse distinguer sa silhouette sur l'herbe. Frottant mes mains contre mes bras couverts de chair de poule, je jetai un coup d'œil de chaque côté pour vérifier qu'il n'y ait aucun curieux, puis je le suivis.

La police ayant confisqué mes lacets, mes bottes s'agitaient sur mes chevilles tandis que les semelles s'enfonçaient dans l'herbe douce et humide. Je sprintai vers la rangée d'arbres qui séparait le commissariat de Donahue Road. Mes yeux balayaient le sol du regard devant moi, mais ma vision déclinante me permettait à peine de distinguer quoi que ce soit. J'écoutais le bruissement des feuilles le long des arbres et le vent qui s'engouffrait dans les ailes de Quoth.

Il me guidera.

L'air était humide et lourd, avec un froid mordant qui me brûlait les os. Mais au moins, il ne pleuvait plus. Des branches m'écorchaient la peau tandis que je suivais Quoth le long de la ligne d'arbres, descendant Donahue, passant devant la maison d'Emma et me dirigeant vers l'allée à l'arrière de la librairie.

Ah, comme c'était agréable d'être libre, là où l'air ne sentait pas l'urine fétide.

Quoth s'engouffra au milieu de la rue déserte. Je jetai un coup d'œil à la rangée de boutiques, mais les seules lumières que j'aperçus provenaient de l'étage supérieur de la Librairie Nevermore. Je pris une grande bouffée d'air et traversai la rue en sprintant, mes bottes claquant contre l'asphalte humide, éclaboussant mes jambes d'eau glacée. La porte arrière s'ouvrit juste au moment où je l'atteignais, et une main rugueuse s'enroula autour de mon bras avant de m'entraîner à l'intérieur.

— Pourquoi tu te promènes sans vêtements ? demanda Heathcliff en claquant la porte derrière moi. Tu vas attraper froid.

— Parce qu'elle a utilisé ses habits pour créer une fausse Mina dans le lit de sa cellule afin que personne ne s'aperçoive de sa disparition pendant quelques heures, répondit Moriarty depuis la pièce à l'avant. C'est évident.

— C-c-c-comment tu sais ça ? demandai-je en claquant des dents.

— Parce que tu es intelligente, Mina Wilde, tout comme moi.

— Elle n'a rien à voir avec toi, grogna Heathcliff.

— Hé, j'aimerais b-b-b-b-ien me dire que je suis au moins un peu intelligente, protestai-je tandis que des frissons glacés me parcouraient le corps. L'un d'entre vous peut-il me prêter des v-v-êtements ?

Morrie se leva d'un bond et grimpa les marches deux par

deux. Heathcliff me conduisit jusqu'à son fauteuil et me fit m'asseoir. Il enleva son manteau. Quoth transportait déjà une théière, tenant le plateau de façon à cacher ses parties génitales.

Il doit se geler les testicules. Je parie que c'est pour ça qu'il ne veut pas que je le voie.

J'entourai la tasse de thé chaude de mes mains, émerveillée que Quoth – qui ne me connaissait que depuis trois jours – le prépare parfaitement, alors qu'Ashley n'avait jamais été capable de se rappeler si je le buvais avec du lait. Morrie apparut dans l'embrasure de la porte avec une énorme pile de vêtements.

— Puisque tu es une femme aux goûts raffinés, j'ai évité de me servir dans l'armoire de Quoth et dans le cloaque de puanteur de Heathcliff et je me suis procuré ces vêtements dans ma propre garde-robe.

Il me tendit un pantalon gris et doux comme du beurre. Je l'enfilai. Morrie se mordit la lèvre tandis que je retroussais les ourlets et les enfilais dans mes bottes. Il me tendit une chemise à manches longues en soie noire et une veste en laine fine.

J'aurais aimé avoir un miroir. Je parie que j'ai l'air très élégante.

— Je t'ai aussi trouvé une ceinture, parce qu'avec ta petite taille, tu vas nager dedans.

Il me tendit une ceinture souple en cuir fin et je l'enfilai dans les passants.

Je pris la pose.

— De quoi j'ai l'air ?

— Tu n'as pas l'air aussi ridicule que Morrie, répondit Heathcliff.

— C'est aussi un plaisir de vous revoir, Votre Honneur, dis-je en souriant.

— Je suis ton avocat, pas un juge.

— Là, tout de suite, je m'en fiche. Quel est le plan ? Nous n'avons pas pu discuter des détails avant que la police ne m'emmène.

— Tu vas attendre ici que notre ami se montre, dit Morrie en me tapotant l'épaule. Heathcliff, Quoth et moi allons nous cacher parmi les étagères. Nous tendrons une embuscade au gars quand il se montrera.

— Pourquoi c'est moi qui dois être l'appât ?

— Trois raisons. Premièrement parce que ce type s'attend à voir une femme. S'il connaît Ashley, il te connaît probablement. Deuxièmement, je suis le cerveau du crime, donc je ne servirai pas d'appât. Et troisièmement, parce que Heathcliff et Quoth ne seront jamais convaincants en tant que fashionistas.

— C'est vrai, dis-je avant de faire un signe de la main à Heathcliff. Lève-toi de ce fauteuil. Il faut que tu ailles te cacher et moi il faut que j'aie l'air d'être à ma place ici.

— Si tu abîmes la forme de mes fesses dans le fauteuil, je te vire.

Heathcliff se dirigea vers la salle des langues anciennes de l'autre côté du couloir, en traînant des pieds.

— Sois prudente, Mina, dit Quoth, plantant ses yeux perçants dans les miens.

Il se pencha et effleura le sommet de mon crâne de ses lèvres. Le contact léger comme une plume se répercuta dans tout mon corps, me transperçant le cœur.

— Je ne te perdrai pas de vue, ajouta-t-il.

Il s'effondra à genoux, se tenant la tête tandis que son corps se contorsionnait pour devenir un corbeau.

Mon cœur se serra pour lui. Il s'était transformé tant de fois ce soir. Son corps devait hurler de douleur, mais il ne montrait rien.

Quoth s'éleva jusqu'au lustre, replia ses ailes et se tapit dans l'ombre. Personne ne le verrait, à moins de le chercher.

Morrie plaça un doigt sous mon menton et me fit relever la tête.

— Tu es l'appât le plus sexy que j'aie jamais utilisé.

— Merci..., j'imagine.

Il pressa ses lèvres contre les miennes, me dévorant avec son énergie chaotique, m'apportant la force dont j'avais besoin pour affronter cette épreuve.

Morrie s'éloigna, sa douceur persistant.

Je m'assis derrière le bureau, touchant mes lèvres. Je tirai un livre du haut de la pile de Heathcliff. À ma grande surprise, c'était *Les Hauts de Hurlevent*.

Pourquoi lit-il encore sa propre histoire ? C'est sûrement une façon de se torturer. Je fouillai dans la pile jusqu'à ce que je trouve un livre d'Agatha Christie et je l'ouvris. Après avoir lu douze fois la même page sans comprendre un mot, je refermai le livre et me contentai de regarder ma montre toutes les vingt secondes.

Je n'eus pas à attendre longtemps. La porte s'ouvrit en grinçant, ce qui fit battre mon cœur. Je me penchai sur le bureau et plissai les yeux dans l'obscurité.

Une silhouette sombre apparut dans l'embrasure de la porte.

C'est lui. C'est le type qui a tué Ashley.

— Bonjour, dis-je en brandissant le croquis. Je pense avoir quelque chose que vous cherchez. Approchez-vous, je pense que nous pouvons nous arranger.

La silhouette s'avança, sous la lumière du lustre.

Ses traits se détachèrent nettement, et je tressaillis, surprise.

— Darren ?

32

Darren m'observait de l'autre côté du bureau.

— Salut, Mina.

Je poussai rapidement le dessin sous la pile de livres, l'esprit en ébullition. Darren avait dû me voir sur le pas de la porte et était encore venu me parler d'Ashley.

Il faut que je le fasse sortir d'ici avant que le tueur n'arrive.

— Salut, Darren. Je suis désolée, je ne peux pas te parler maintenant. La librairie est fermée. Je suis en train de faire la comptabilité et j'ai envie de terminer ma journée.

— Je ne m'attendais pas à te voir ici.

Son regard me déstabilisa. *Pourquoi est-il entré dans la boutique, alors ?*

— Qui tu t'attendais à voir, Darren ?

— Ashley, évidemment.

— Euh... pourquoi Ashley serait-elle dans la librairie ?

Un chatouillement nerveux me parcourut la nuque.

— Parce que c'est le dernier endroit où je l'ai vue, dit-il en dansant d'un pied à l'autre. J'ai cru... j'ai cru que je l'avais perdue pour toujours, mais quand j'ai reçu son message, j'ai compris qu'elle n'était pas vraiment morte, alors je suis venu la voir. Je suis venu voir si elle acceptait finalement mon offre.

Je finis par digérer ce qu'il venait de me dire. *Le dernier endroit où je l'ai vue.*

Darren était dans le magasin ce soir-là.

D'autres pièces du puzzle se mirent en place. Il avait mentionné au supermarché qu'il suivait Ashley sur les réseaux sociaux. Il vivait au-dessus de la boucherie et aurait pu voir toutes les allées et venues, et faire des allers-retours sans croiser Earl au coin de la rue. Earl avait retrouvé deux canettes de bière dans les buissons à l'extérieur de la boucherie. Et pas n'importe quelle bière – une IPA locale assez chère.

Merde.

C'est Darren.

Darren a tué Ashley. Mais pourquoi ?

Je jetai un coup d'œil aux étagères derrière Darren, mais il faisait si sombre que je ne voyais Quoth nulle part.

Continue de le faire parler. Fais-le avouer.

— Et c'était quoi cette offre, Darren ?

— Je lui ai demandé de m'épouser. J'ai économisé tout l'argent que je gagnais en travaillant au supermarché, jusqu'au dernier centime. C'est comme ça que j'ai pu acheter ces dessins. J'ai acheté des couteaux moches, sur eBay, juste parce qu'elle les vendait.

L'arme du crime.

— Mais pourquoi ? Si tu l'aimais tant, pourquoi l'avoir tuée ?

— Quand Ashley est partie à New York, elle a tout emporté avec elle. Je ne pouvais pas supporter d'être séparé d'elle, mais au moins je pouvais voir ce qu'elle faisait sur les réseaux sociaux. Tous ces gens célèbres l'adoraient ! En même temps, c'est normal, elle est incroyable.

Darren s'avança.

— Elle m'a envoyé des messages. Elle avait besoin d'argent pour promouvoir ses réseaux sociaux. Elle voulait gagner assez d'argent pour pouvoir faire des photos de mannequin professionnel afin d'aller à Los Angeles pour devenir une star de cinéma. Elle allait devenir la plus grande star du monde ! Mais elle m'a expliqué que ce serait difficile, financièrement, pendant qu'elle construirait sa nouvelle carrière. J'ai décidé de lui montrer que je pouvais subvenir à nos besoins à tous les deux. J'ai donc acheté ses dessins. J'ai fait une meilleure offre que tous les gens du monde de la mode qui les voulaient. Elle m'a dit de trouver un emploi temporaire comme serveur au gala, et j'ai dépensé mes économies pour acheter un billet pour les États-Unis. Ça valait la peine de la revoir en personne. Elle m'a dit d'utiliser un téléphone prépayé pour que personne ne puisse remonter jusqu'à moi, mais j'ai imprimé tous ses messages. Il était hors de question que je détruise un seul de ses précieux mots. Une fois, elle m'a envoyé un emoji cœur, parce qu'elle ressentait la même chose que moi.

Je me souvins alors, grâce à un très mauvais film d'action, que lorsque l'on négociait avec des assaillants complètement cinglés, il valait mieux faire semblant d'être de leur côté et justifier tous leurs délires jusqu'à ce que l'occasion de les éliminer se présente. J'acquiesçai.

— Oui, c'est vrai qu'elle avait des sentiments pour toi.

— J'en étais sûr, gémit Darren en levant sa main gauche pour essuyer les larmes qui lui montaient aux yeux.

Il garda la main droite derrière son dos.

— Je savais qu'elle m'aimait, continua-t-il. Elle m'a toujours accordé une attention particulière. Elle me demandait souvent de l'aider avec son ordinateur ou de finir ses devoirs. Elle avait besoin de moi. Elle me faisait confiance. Elle...

— Darren, parle-moi de la soirée du gala. Que s'est-il passé ensuite ?

— Ah oui, dit Darren en levant les yeux, comme s'il avait oublié où il se trouvait. J'ai retrouvé Ashley vers la zone de service, après avoir servi l'entrée. Ashley n'a pas pu rester longtemps parce qu'elle devait *te* rejoindre. Je t'ai détestée ce soir-là, Mina, parce que tu étais avec elle, mais je savais que ce serait bientôt moi qui l'emmènerais à des galas chics. J'ai donné l'argent à Ashley, elle m'a tendu les croquis et m'a embrassé sur la joue – il frotta une zone boutonneuse sur son visage, tournant les yeux vers le plafond. J'étais tellement heureux de la voir et d'obtenir sa confiance que j'ai jeté mon tablier et je suis parti en courant. J'ai même fait tomber un des dessins sur les marches à l'extérieur. Tu imagines la tête que je faisais ? dit-il en souriant joyeusement. Ça en valait la peine, rien que pour la voir. C'était notre premier vrai rendez-vous.

— Qu'est-ce que tu as fait des dessins ? lui demandai-je.

— Oh, je les garde dans un album sous mon lit, dit-il. Ils me rappellent Ashley, et elle voulait que je les garde. Il ne me viendrait jamais à l'idée de les vendre.

— Tu m'as menti au supermarché. Ashley t'a recontacté quand elle a décidé de revenir à Argleton.

— C'était le plus beau jour de ma vie quand j'ai reçu ce texto, dit-il en souriant. Elle ne m'a pas laissé beaucoup de temps, alors j'ai fait de mon mieux. J'ai trouvé une bague magnifique chez Debenhams. Par chance, il y avait des soldes, j'ai donc pu acheter une nouvelle chemise. J'ai fait importer une bouteille d'American IPA spécialement pour fêter ça. Mais elle ne voulait pas me voir en personne. Elle pensait que c'était trop dangereux, alors elle m'a fait mettre l'argent dans un livre, puis elle est revenue pour le livre et a laissé les croquis. Mais je me fichais des dessins. C'était elle qui m'intéressait. Je l'ai attendue devant la librairie quand elle les a déposés, mais elle n'est pas sortie et j'ai dû retourner travailler. Elle n'a pas répondu à mon message et ma proposition de rendez-vous. Je pouvais comprendre, elle était tellement occupée et importante. Mais j'avais besoin de la voir. Je pensais avoir laissé passer ma chance, mais quand je l'ai vue entrer dans la librairie par ma fenêtre ce soir-là, j'ai su que c'était l'occasion rêvée. Je l'ai trouvée près de la bibliothèque. Je me suis agenouillé et je lui ai dit à quel point je l'aimais, expliqua Darren dont la bouche tressaillit. Elle m'a repoussé. Elle m'a dit d'arrêter de faire l'idiot et de sortir, parce qu'elle devait te parler. Parce qu'elle était venue te voir. Elle s'en fichait de moi. C'était seulement Mina, Mina, Mina.

Darren serra le poing. Ses joues se mirent à rougir et sa mâchoire se crispa.

— Tu as tout gâché ! Tu m'as volé Ashley et tu l'as retournée contre moi. Tu l'as souillée. Elle ne pouvait plus être ma femme et c'était de ta faute !

— Donc tu l'as tuée.

— Non, c'est *toi* qui l'as tuée, murmura Darren. Tu l'as tuée parce que tu refusais de la laisser partir. Tu as éloigné Ashley de moi. Elle est partie à New York avec toi et elle ne m'aimait plus et ensuite tu lui as brisé le cœur pour qu'elle ne puisse plus m'aimer.

— Non, c'est...

— Tu as fait du mal à Ashley, dit Darren en sortant sa main de derrière son dos, révélant un objet long qui brillait dans la lumière.

Un couteau. Il leva la lame au-dessus de sa tête et baissa les yeux vers moi, son visage déformé par la haine.

— Et maintenant c'est moi qui vais te faire du mal.

33

arren se jeta sur moi, le couteau visant ma gorge. Je m'éloignai du bureau. La chaise glissa sur le parquet et s'écrasa contre le mur. Le couteau de Darren se planta dans le bureau, la lame s'enfonçant d'un centimètre dans le bois. Darren saisit le manche à deux mains et essaya de le dégager. Comme il ne bougeait pas, il ramassa le livre du Jugement Dernier que Heathcliff avait posé sur son bureau et se jeta à nouveau sur moi.

Je poussai un cri et me déplaçai sur la gauche, juste au moment où Darren abattait le livre à l'endroit où se trouvait ma tête un peu plus tôt. Le poids du livre déséquilibra Darren et il bascula vers l'avant.

Un hurlement strident résonna dans la pièce tandis que quelque chose passait au-dessus de ma tête. Quoth planta ses serres dans les épaules de Darren. Darren hurla et jeta le livre derrière son dos.

— Quoth ! criai-je, mais le corbeau s'écarta d'un coup sec.

Le livre atterrit sur le dos de Darren. Il cria et s'écroula sur le sol. Heathcliff bondit de derrière l'armoire et le chevaucha, coinçant Darren avec ses genoux et lui envoyant son poing dans le nez avec une telle force que je crus que le corps de Darren allait traverser le plancher.

— Non ! criai-je.

Heathcliff le frappa à nouveau. Darren sanglota tandis que son sang éclaboussait le côté du bureau. Quoth tira sur la chemise de Heathcliff, mais il ne s'arrêta pas. Ses yeux brillaient d'une rage féroce qui me terrifiait.

— Doucement, mon grand, dit Morrie en le saisissant par les épaules et en l'éloignant de Darren. On va laisser la police s'en occuper.

La porte s'ouvrit soudain et l'inspecteur Hayes et le sergent Wilson entrèrent, accompagnés de deux officiers en uniforme et de Jo.

— C'est ici que Mina se rendra, dit-elle, essoufflée, en écartant ses cheveux blonds de ses yeux. S'il vous plaît, ne soyez pas trop durs avec elle. Je suis sûre qu'elle a juste peur...

Jo s'arrêta net en me voyant. Elle cligna deux fois des yeux.

— Mina ?

— Ah. Je vois que les policiers ont une bonne longueur d'avance sur nous, dit Morrie en remettant son téléphone dans sa poche.

— Mina Wilde, déclara l'inspecteur Hayes. S'évader d'une garde à vue est un délit grave et vous serez...

— Ah, parfait, officiers, vous arrivez à point nommé, dit Morrie en donnant un coup de chaussure dans le pied mou de Darren. Mademoiselle Wilde, M. Earnshaw et moi-même avons capturé le meurtrier d'Ashley Greer.

— Quoi ?

L'inspecteur remarqua alors le corps de Darren, l'expression meurtrière de Heathcliff et les éclaboussures de sang sur le mur.

— C'est vrai, acquiesçai-je. Pas besoin de nous remercier.

Faites juste en sorte de nous remettre des médailles dorées et brillantes.

— Qu'est-ce que c'est que tout ça ? demanda Wilson. Wilde est la meurtrière. Elle l'a prouvé en s'enfuyant. Pourquoi vous mêlez-vous d'une affaire policière ?

— Parce qu'une grande erreur judiciaire est sur le point d'être commise sous votre surveillance, dit Morrie en m'adressant un sourire malicieux. Et parce que je suis un grand fan de la justice.

— Ça ne va pas être beau à voir si vous arrêtez la mauvaise personne, bande d'incompétents, ajouta Heathcliff en soulevant Darren du sol.

— Aidez-moi, gémit Darren en tenant son nez ensanglanté.

— Qu'est-ce que vous avez fait à ce type ?

— Nous vous l'avons gardé au chaud, inspecteur. Cet homme ici présent est le véritable meurtrier d'Ashley Greer.

— Il m'a cassé le nez ! hurla Darren. J'ai besoin d'une ambulance.

— Nous avons assez de preuves pour accuser Mlle Wilde du crime...

— Mais ce n'est pas moi qui l'ai tuée. Et je peux le prouver, dis-je en brandissant le dessin que j'avais fait. Ashley vendait les dessins de Marcus Ribald à Darren. Elle a utilisé ses réseaux sociaux pour envoyer des messages codés et indiquer où se retrouver pour procéder à l'échange. Ce que je vous ai dit au commissariat était vrai – j'avais les dessins de Marcus dans mon sac à main parce que je les avais pris dans la valise d'Ashley. Une fois que nous les avons trouvés, nous avons réalisé que la personne qui achetait les dessins avait peut-être tué Ashley pour la faire taire. J'ai créé un faux message avec un faux dessin sur la page Instagram d'Ashley, indiquant au tueur de me retrouver ici ce soir. Et là, Darren est arrivé et a essayé de me tuer.

Je pointai du doigt le couteau enfoncé dans le bureau. Jo se pencha en avant pour étudier la lame.

— C'est la même taille et la même forme que la lame utilisée pour tuer Greer.

— Cela pourrait être la lame de mademoiselle *Wilde*, insista l'officier.

— Très peu probable. Mina et Ashley ont vendu leurs lames ensemble. Ce jeune homme est obsédé par Mlle Greer depuis le lycée. Il les a achetées juste pour posséder quelque chose qu'elle a touché, dit Morrie en posant son téléphone sur le bureau et en appuyant sur la touche PLAY.

La voix de Darren retentit dans l'air, dévoilant son récit de malheur.

Morrie verrouilla le téléphone et le tendit à un inspecteur stupéfait.

— Tout est là. Comment Darren a suivi Ashley à New York pour acheter la première série de dessins, probablement en surenchérissant sur les autres acheteurs pour avoir l'occasion de devenir utile à Ashley, expliqua-t-il en pointant son doigt sur l'écran. J'ai également pris la liberté de télécharger l'itinéraire de vol de Darren et sa note d'hôtel de la Grosse Pomme. Si vous retrouvez les images de vidéosurveillance du dîner de gala de la même semaine, je parie que nous pouvons prouver qu'il était au même endroit que la victime. Selon ses aveux, lorsqu'il a vu sur ses réseaux sociaux qu'elle retournait à Argleton, il l'a contactée pour lui demander si elle voulait vendre d'autres dessins. Elle s'est arrangée pour glisser les dessins dans un livre dans cette même librairie – un livre qu'elle savait que personne n'était susceptible de prendre – et Darren était censé les récupérer plus tard et laisser l'argent. Mais lorsqu'il a appris qu'il ne verrait même pas Ashley pendant l'échange, il a essayé de trouver un autre moyen de lui révéler son amour. C'est le SMS que vous avez retrouvé dans son téléphone, la suppliant de le rencontrer en personne. Il l'a observée depuis son appartement alors qu'elle passait devant la librairie ce soir-là et qu'elle s'est rendu compte que la porte était ouverte, alors elle s'est faufilée à l'étage pour essayer de parler à Mina. Il l'a suivie pour la demander en mariage. Elle lui a ri au nez, bien sûr..., dit Morrie dont les lèvres se retroussèrent en un sourire cruel. Ça, je ne l'ai pas enregistré, mais nous savons que c'est ce qui s'est passé – et il s'est mis en colère et l'a tuée. Affaire classée. Si vous n'arrivez pas à vous faire à l'idée que tout ce que je viens de vous dire est vrai, j'ai enregistré l'intégralité de ses aveux.

— Si vous cherchez sous son lit, vous trouverez un dossier contenant des dessins de Marcus Ribald, ajoutai-je. Et probablement des photos d'Ashley prises à la dérobée pendant qu'il l'espionnait.

— Je parie qu'il garde une boîte entière de ses mouchoirs de poche usagés, ajouta Heathcliff.

— Plus personne n'utilise de mouchoirs de poche, mon vieux, lui dis-je en souriant.

À ma grande surprise, la mine renfrognée de Heathcliff s'illumina légèrement.

— Euh... très bien, dit l'inspecteur Hayes en se grattant l'oreille.

Il cliqua à nouveau sur le fichier audio. La voix nasillarde de Darren retentit dans la pièce. Une fois la confession terminée, il se tourna vers Wilson.

— Obtenez-moi un mandat de perquisition pour le domicile de cet homme. Trouvez ces dessins. Mlle Wilde, on dirait bien que l'on vous doit des excuses.

— Mais... mais elle s'est évadée de prison ! bégaya Wilson.

Heathcliff s'avança vers le sergent, la surplombant de toute sa hauteur impressionnante.

— Ma cliente a bien des remords d'avoir enfreint la loi, dit-il. Mais je pense que, compte tenu des circonstances et du fait que nous avons résolu le meurtre et fait tout le travail à votre place, vous pourriez fermer les yeux sur la transgression de Mina. Après tout, c'est une femme, et elle est sujette à des crises d'hystérie.

— Hé ! grognai-je.

Se rendait-il seulement compte du siècle dans lequel nous vivions ? Je notai mentalement de préparer une pile de livres féministes pour que Heathcliff les lise.

— Attention, Heathcliff, dit Wilson. Ce n'est pas ainsi que fonctionne la loi.

— L'alternative, c'est que notre ami M. Earnshaw, en fin juriste qu'il est, vous cause beaucoup d'ennuis à cause des mauvais traitements infligés à sa cliente, dit Morrie. Et comme vous allez être promue d'ici les deux prochains mois, je ne pense pas que vous souhaitiez cela.

— Nous ne l'avons jamais maltraitée !

— Il ne s'agit pas de ce qui s'est réellement passé, dit Morrie. Il s'agit de ce que ses pairs *penseront qu'*il s'est passé, au tribunal.

Wilson pâlit. L'inspecteur la poussa vers la porte.

— Nous sommes désolés de vous avoir arrêtée, Mlle Wilde. Vous comprendrez qu'il y avait des preuves qui suggéraient...

— C'est bon, dis-je en souriant. Ce n'est pas grave.

Les officiers les suivirent. Jo s'attarda sur le seuil de la porte, son rire finissant par retentir.

— Ce que ses pairs penseront qu'il s'est passé ? Tu es vraiment quelqu'un, Morrie. Je ne sais pas comment tu les as convaincus de laisser Mina partir, mais je suis sacrément contente que tu l'aies fait.

— C'est Mina qui a été une véritable héroïne, dit Morrie. C'est elle qui a compris comment Ashley faisait parvenir les dessins à son acheteur, ce qui nous a menés à Darren.

— On dirait bien que c'est la fille qu'il te faut pour te

stimuler, alors, dit Jo en me faisant un signe de la main. Je crois bien que je n'ai pas fini de travailler s'ils trouvent d'autres preuves dans la chambre de Darren, mais ça te dit que je t'appelle demain pour qu'on aille boire ce café ?

— Va pour le rencard, dis-je avec un grand sourire.

Jo siffla une chanson de The Clash en suivant les officiers jusqu'à la porte. Dès que celle-ci se referma, Morrie me prit par la taille et me souleva du sol.

— Tu es libre, Mina ! déclara-t-il tout sourire. Le système de justice pénale britannique triomphe à nouveau !

— Je n'arrive pas à y croire, lui répondis-je en souriant, le poids des derniers jours me quittant enfin.

Morrie plaqua un baiser sur mes lèvres qui me coupa le souffle.

— Comme disait toujours l'un de mes anciens collègues, « Lorsque vous avez éliminé l'impossible, tout ce qui reste, aussi improbable soit-il, est forcément la vérité ». Aucun d'entre nous n'avait prédit les véritables motivations du tueur, et pourtant, les indices étaient là. Les canettes de bière dans le jardin, la bague dans la poche d'Ashley et le fait que le tueur ait laissé des croquis derrière lui.

— Il va falloir frotter très fort pour enlever ces taches de sang de mon bureau, grogna Heathcliff.

— Laisse-les, dit Quoth en reprenant forme humaine. En guise d'avertissement pour tous ceux qui oseront te contrarier.

— Cela mérite d'être fêté. Je vais chercher le vin, dit Morrie en bondissant dans les escaliers, Quoth le suivant de près.

Heathcliff frotta la tache de sang. Un silence gênant s'installa.

— Mina..., commença Heathcliff en relevant la tête, fixant un point derrière mon épaule. À propos de l'autre jour...

— Tu veux dire quand tu m'as embrassée ? Tu peux le dire, tu sais. Je ne suis pas prude.

— Oui, eh bien, marmonna-t-il. J'avais tort.

— Le grand Heathcliff admet qu'il s'est trompé. Alors, en quoi as-tu eu tort ?

— J'ai eu tort d'embrasser une employée. Maintenant, réponds à ma question. Si je n'étais pas ton patron, qu'est-ce que ça voudrait dire ?

Si je n'étais pas ton patron...

Qu'est-ce qu'il raconte ?

L'air entre nous sembla s'épaissir. Heathcliff cessa de respirer. Mon corps se mit à vibrer d'énergie. Je fis un pas vers lui, comme tirée par une force invisible.

Heathcliff grogna et s'éloigna.

— Non, ce n'est pas une chose à laquelle nous devrions penser, dit-il.

— Pourtant, on dirait que tu y penses en ce moment même.

— Tu es une femme exaspérante.

— Si tu as un problème avec moi, tu ferais mieux de me virer.

— C'est vrai, je *devrais*, grogna-t-il. Monte boire un verre de vin avec nous.

Un large sourire m'étira les lèvres. Je tendis la main et Heathcliff la saisit, la chaleur de ses doigts me parcourant le corps.

— C'est d'accord.

34

— Je suis trop contente que tu ne sois pas la meurtrière, dit Jo en versant du vin dans deux verres et en m'en tendant un. Maintenant, je peux traîner avec toi sans craindre de finir avec un couteau dans le dos.

Nous étions assises au bureau de Heathcliff, l'une en face de l'autre, gérant la boutique pendant que Monsieur Grincheux allait hurler sur une pauvre guichetière sans défense à cause d'une erreur de chèque, comme si c'était de sa faute s'il n'était pas capable d'utiliser l'application de banque en ligne comme tout le monde.

Je fis tinter mon verre contre celui de Jo.

— Je suis contente moi aussi. Même si je ne suis pas sûre que tu aies la meilleure influence sur moi. Je suis officiellement devenue une consommatrice d'alcool en journée.

— Tu travailles dans une librairie à l'ère du digital. Je pense qu'il n'y a rien d'autre à faire *que de* boire.

Je m'esclaffai.

— J'ai déjà entendu cette blague.

— Je ne suis pas sûre qu'il s'agisse d'une blague, mais plutôt d'une vérité universelle.

Deux semaines s'étaient écoulées depuis que nous avions attrapé Darren, et Jo et moi nous étions retrouvées tous les deux jours, la plupart du temps pour boire du vin au déjeuner. Elle aimait me régaler avec des récits macabres sur son travail au laboratoire, et je stockais pour elle toutes les histoires des interactions avec les clients d'Heathcliff. Elle était à l'opposé d'Ashley sur presque tous les plans, mais j'avais le sentiment que je découvrais ma future meilleure amie.

Jo s'en alla après que nous eûmes fini notre verre. Elle devait procéder à deux autopsies dans l'après-midi. Tandis que je contemplais les étagères soigneusement rangées et dépoussiérées (grâce à moi) et que j'essayais de ne pas imaginer Jo en train de fouiller dans les organes de quelqu'un, mes doigts s'attardèrent sur la tranche du livre du Jugement Dernier qui trônait sur le bureau.

La découverte de Heathcliff me revint à l'esprit, à savoir que le bâtiment avait été utilisé pour le commerce des livres durant des centaines d'années. J'avais pensé à la chambre à l'étage et à son état impeccable, comme si elle n'avait été abandonnée que depuis quelques mois. Mais les meubles étaient anciens – victoriens, ou peut-être de la fin de l'époque géorgienne. Il semblait impossible qu'ils soient restés dans cet état, sans être abîmés, pendant toutes ces années.

Je tournai le bord d'une page. Je repensai alors à la salle d'occultisme et aux vieilles reliures poussiéreuses de certains de ces livres. *Je me demande s'il y a là quelque chose qui date de l'époque où la boutique a été créée.*

J'ouvris le tiroir supérieur du bureau de Heathcliff. Là, niché sous un paquet de biscuits Wagon Wheels écrasés, se trouvait un trousseau de clés à l'ancienne. Je le glissai dans ma poche.

— Surveille le bureau pour moi, dis-je à Quoth. J'ai besoin de vérifier quelque chose au premier étage.

Quoth hocha la tête depuis son perchoir sur le tatou. Je

montai l'escalier en bondissant et me glissai dans la salle de stockage. Heathcliff avait collé un grand panneau « NE PAS ENTRER » sur la porte et celle-ci était bien fermée. J'essayai les clés jusqu'à ce que l'une d'elles tourne dans la serrure. La porte s'ouvrit avec un déclic et j'entrai.

Cette fois-ci, j'ignorai le livre sur le socle et me dirigeai vers les étagères, tirant des livres au hasard et vérifiant leur rabat intérieur. Beaucoup d'entre eux n'étaient pas en anglais, et ce n'était pas comme si le droit d'auteur avait été inventé au moment où ils avaient été écrits, mais après quelques volumes, j'en trouvai un qui était daté du quatorzième siècle. Bien sûr, il était en latin.

Pourquoi l'école de mode ne proposait-elle pas des cours de latin médiéval ? Punaise.

— Morrie ! criai-je en attrapant le volume avant de l'apporter à l'étage.

— Oui, ma belle ?

Morrie passa sa tête dans l'alcôve, le visage éclairé par la lueur de ses écrans.

Je lui mis le livre sous le nez.

— Qu'est-ce qui est écrit ici, sur la première page ?

Morrie jeta un coup d'œil au livre.

— C'est le titre de l'ouvrage, qui est un livre *fascinant* sur la démonologie, et voici le nom du gérant de la librairie où il a été copié – Herman Strepel.

Je le savais.

— C'est le même type qui avait une librairie *ici*. C'est possible d'en savoir plus sur ce Strepel ? Idéalement, une liste des textes qu'il vendait.

— Les livres anciens, ce n'est pas vraiment mon truc, à moins qu'il ne s'agisse de les voler. Mais je vais en parler à quelques personnes, répondit Morrie en me souriant.

— Ça pourrait être important. Ça pourrait être un indice

majeur sur la raison pour laquelle la boutique fait ce qu'elle fait. Mais Morrie, si je veux espérer comprendre, je dois savoir ce qu'il en est de la chambre principale.

—Il faut que tu demandes à Heathcliff...

— C'est à toi que je le demande, dis-je en lui lançant un regard sévère.

Morrie soupira.

— Monsieur Simson a dit à Heathcliff de ne jamais entrer dans cette pièce. Il a obéi, mais pas moi. La première nuit que j'ai passé ici, j'ai volé la clé sur son bureau et j'ai ouvert la porte. À l'intérieur, j'ai trouvé une forêt.

—Une...

— Une forêt. Des arbres, des choses bizarres en forme de palmier. De la saleté. D'ailleurs, elle a complètement ruiné ma première paire de brogues, dit-il en fronçant les sourcils à ce souvenir.

— Mais c'est impossible.

— Pas nécessairement. J'ai fait quelques calculs et je crois que la pièce fonctionne comme une sorte de trou de ver à travers l'espace-temps. En l'occurrence, le temps. Je crois qu'elle montre les permutations passées et peut-être même futures de la librairie. Ce qui a été et ce qui sera. Je me suis échappé de la forêt et j'ai raconté à Heathcliff ce que j'avais vu. Après m'avoir crié dessus pendant trois bonnes heures, il m'a accompagné pour visiter à nouveau la pièce, et cette fois-ci, c'était une salle poussiéreuse et vide. Il n'y avait aucun meuble. La seule chose à l'intérieur était un grand livre en cuir vide avec un symbole en or sur la couverture. Ce même livre se trouve dans la salle d'occultisme en bas.

—Je l'ai vu.

— Oui, et tu as vu une chambre de maître victorienne, après que la porte se soit ouverte d'elle-même. La salle d'occultisme s'est également ouverte pour toi. Je ne sais pas ce que cela signifie, mais je sais que la librairie veut que tu découvres ses secrets, dit Morrie avant de sourire et de me pincer les fesses. C'est une bonne chose. Les secrets, c'est amusant. J'aime bien découvrir tes secrets, Mina Wilde.

Je lui rendis son sourire. Certes, nous n'avions toujours aucune idée de la raison pour laquelle les gars étaient ici ou du type de magie que renfermait la librairie, et certes, Quoth était en quelque sorte piégé ici, et peut-être que j'étais éprise de chacun d'entre eux, mais pour la première fois depuis longtemps, j'avais confiance en l'avenir. Je me sentais apaisée. J'avais l'impression de pouvoir affronter ma cécité éventuelle.

À la Librairie Nevermore, j'avais le sentiment d'être rentrée à la maison.

À SUIVRE

Vous souhaitez découvrir plus de secrets sur la Librairie Nevermore ? Procurez-vous le livre numéro 2, *Of Mice and Murder*, à paraître bientôt en français.

http://books2read.com/ofmiceandmurderfrench

(Tournez la page pour lire un extrait passionnant).

Vous en voulez plus sur Mina et ses garçons ? Lisez gratuitement une scène alternative du point de vue de Quoth ainsi que d'autres scènes bonus et histoires supplémentaires en vous inscrivant à la newsletter de Steffanie Holmes.

www.steffanieholmes.com/newsletterfrench

MESSAGE DE L'AUTEURE

Ne vous inquiétez pas ! Je promets qu'il y a bien un extrait du livre 2 dans quelques pages. Je dois juste effectuer plusieurs remerciements et dire encore quelques bêtises avant.

Les Mystères de la Librairie Nevermore font partie des livres les plus personnels que j'ai écrits, et ce pour plusieurs raisons. J'ai mis tout mon amour des livres dans ces personnages et j'ai essayé de transmettre le pouvoir qu'ont les histoires de transformer nos vies – à la fois celles que nous lisons et celles que nous nous racontons.

Pour Mina, les livres l'ont sauvée lorsqu'elle était seule et vulnérable. Lorsqu'elle retourne à Argleton, ce sont les livres – et leurs hommes fictifs et sexy – qui l'aident à surmonter cette nouvelle épreuve.

Vous ne le savez peut-être pas, mais je suis légalement aveugle.

Contrairement à Mina, ma vue n'a pas baissé avec le temps. Je suis née avec une maladie génétique, l'*achromatopsie*, ce qui fait que mes yeux n'ont pas les millions de cellules coniques nécessaires pour reconnaître les couleurs et percevoir la profondeur. Je suis complètement daltonienne, sensible à la lumière et j'ai une mauvaise perception de la profondeur. Je louche et cligne des yeux en permanence et j'ai du mal à établir un contact visuel. Je suis tellement myope que je suis considérée comme légalement aveugle.

Enfant, j'étais constamment harcelée car j'étais différente. J'avais des yeux bizarres, une imagination débordante et j'étais nulle en sport. Les autres enfants se moquaient de moi car je ne pouvais pas faire les mêmes choses qu'eux. Je pensais que j'étais un monstre, destinée à ne jamais avoir d'amis. Je m'attendais à être seule pour toujours.

J'ai trouvé du réconfort dans les livres et la musique. Je me suis perdue dans des mondes qui m'entraînaient loin de ma petite ville et de ces gens qui me détestaient. Dans ces mondes-là, il n'y avait pas de mal à être différent et ces héroïnes inattendues pouvaient vivre toutes sortes d'aventures.

En grandissant, j'ai vécu la discrimination de la même manière que Mina. J'ai à la fois ressenti de l'indignation et une certaine fatalité. Si quelqu'un m'indique que je ne peux pas effectuer un métier, a-t-il raison ? Notre monde s'évertue à nous dire que les personnes différentes doivent être mises de côté.

Je ne suis pas d'accord.

Parfois, la vie vous prive d'opportunités et de choses que vous méritez. Parfois, travailler dur ne suffit pas. C'est injuste et douloureux, mais il n'y a que deux façons de procéder – vous pouvez vous recroqueviller sur vous-même et vous étioler, ou vous pouvez créer vos propres opportunités.

En 2015, lorsque j'ai publié mon premier roman en tant que Steffanie Holmes, je n'avais aucune idée de ce que ça allait donner. Et cela m'a conduite à une carrière d'écrivaine à plein temps, à des milliers de fans dans le monde entier et à écrire cette saga incroyable pour raconter l'histoire de Mina et une partie de ma propre histoire.

Tellement de gens m'ont soutenue et ont cru en moi, même

lorsque j'avais du mal à le faire pour moi même. Merci à mes parents, Maman et Papa Metal et ma soeur, Belinda, pour leur soutien indéfectible.

Les auteurs avec qui j'ai célébré et partagé – les gens de Dirty Discourse, les filles incroyables des Auteures de Romance de Nouvelle-Zélande, les Badass Authors et mes chéries spécialistes du harem inversé. Merci de m'avoir enseigné que lorsque l'un d'entre nous réussit, cela tire tout le monde vers le haut.

À mes amis, les bogans, à ma famille élargie, mes frères et sœur métalleux. Je m'excuse pour le nombre de nos frasques qui ont atterri dans mes livres.

Et bien sûr, à mon mari batteur et grincheux qui est tout pour moi. Chaque héros que je crée est une partie de toi et de ce que tu représentes pour moi.

Un milliard de mercis à tous ceux qui ont soutenu le projet sur Kickstarter et qui ont rendu ces éditions spéciales possibles !

Et enfin, à vous, mes lecteurs, pour m'avoir suivie dans cette aventure. Je vous aime plus que les mots ne peuvent l'exprimer.

Mina a une sacrée aventure qui l'attend. Elle est arrivée à la Librairie Nevermore brisée et abattue mais elle est plus forte qu'elle ne le pense. Et elle a Heathcliff, Morrie, Quoth et Jo à ses côtés. Avec une bande pareille, elle est invincible.

Bisous,

Steffanie.

EXTRAIT
DES SOURIS ET DES MEURTRES

— T'en penses quoi ?! cria Morrie depuis sa position précaire sur l'échelle en bois en tenant le tableau d'un chat Godzilla déchaîné terrorisant une ville remplie de souris en fuite contre le mur lambrissé sombre au-dessus de l'escalier.

— C'est aussi laid que les entrailles d'une souris éviscérée par Grimalkin, grogna Heathcliff.

— Miaou, répondit Grimalkin depuis son perchoir sur l'épaule de Heathcliff.

— Hé, dit Quoth en faisant la moue.

Il s'assit sur la dernière marche, ses cheveux noirs tombant sur son visage, tel un voile d'ombres.

— J'ai travaillé dur sur cette peinture.

— Ignore Heathcliff, il n'est d'aucune aide, dit Morrie en se stabilisant contre le mur alors que l'échelle vacillait. Mina, qu'est-ce que tu en penses ?

— Je pense que cette échelle n'a pas l'air d'avoir une structure très solide.

Morrie serra les dents, les muscles de ses bras se contractant à force de tenir la toile.

— Je tiens à vous rappeler que je risque mon beau cou

pour *votre* plan de génie. Nous ne sommes pas *obligés* d'accrocher les peintures de Quoth dans tout le magasin...

— OK, OK. Déplace-le de quelques centimètres pour qu'il soit centré sur le lambris.

Morrie se pencha, ses bras s'étirant encore d'un centimètre. J'acquiesçai et il prit son marteau et...

Quelque chose de chaud courut par-dessus mes bottes. Une minuscule forme blanche grimpa l'escalier et longea le cadre de l'échelle. Un nez frétillant renifla l'air tandis que la souris réfléchissait.

— Aïïïïe ! gémit Heathcliff lorsque les griffes de Grimalkin s'enfoncèrent dans son épaule.

Elle s'élança à travers la pièce, volant jusqu'à l'escalier et atterrissant sur le dernier barreau de l'échelle juste au moment où la souris grimpait sur la jambe de Morrie.

— Au secours, elle est dans mon pantalon !

Morrie se pencha en avant, sautillant d'un pied sur l'autre en balançant le tableau vers sa jambe.

L'échelle vacilla sur la marche et plongea vers le bord de l'escalier.

— Morrie, attention ! criai-je.

Morrie sauta du haut de l'échelle juste au moment où le pied de celle-ci dépassait le bord de la marche et que l'ensemble s'écrasait dans l'escalier.

Le tableau lui échappa et vola dans les airs.

Des plumes flottèrent de tous les côtés tandis que Quoth se transformait en corbeau. Il s'écarta du chemin juste au moment où l'échelle glissait sur la dernière marche.

Je retins mon souffle

Quoth s'élança et attrapa le cadre dans son bec juste avant qu'il ne touche le sol.

Il battit des ailes et le posa contre le mur.

La souris fila devant lui. Grimalkin redescendit les escaliers et bondit à sa poursuite.

Quoth sortit une serre pour attraper la créature, mais la souris lui échappa et disparut sous une étagère.

Les pattes avant de Grimalkin glissèrent sur les lattes du plancher et elle hurla en dérapant contre Quoth, les envoyant tous deux à travers la pièce dans une boule de fourrure et de plumes.

Je me précipitai dans l'escalier, le cœur battant, et enlaçai Morrie, qui battait toujours frénétiquement la jambe.

— Sors-la, sors-la, sors-la ! hurla-t-il.

— Elle est partie.

Je l'attrapai par les bras et le hissai vers le haut, surprise de sentir des taches humides sous ses aisselles.

James Moriarty, génie du crime et éminent professeur de mathématiques, a-t-il peur d'une petite souris ?

Visiblement, oui. Morrie enfouit son visage dans mon cou.

— Elle avait de petites pattes griffues, murmura-t-il dans mes cheveux.

— Ne sois pas si dramatique. Où est-elle passée ? dit Heathcliff en séparant Grimalkin et Quoth.

— Dans les rayons. Je suis sûre qu'il n'y a pas de quoi s'inquiéter. C'est juste une petite souris.

J'écartai une mèche de cheveux sur le visage de Morrie. Sa lèvre inférieure frémit, et ce fut tout à fait adorable.

— À en juger par la rangée de trophées minuscules le long du perchoir au-dessus de la porte, Quoth et Grimalkin ne tarderont pas à s'en débarrasser, dis-je.

— Ce n'était pas une simple souris, grogna Heathcliff. C'est la Furie Grise, la Souris des Baskerville, la Souris Démoniaque de Butcher Street.

— Ce n'est pas toi qui disais qu'il ne fallait pas être si dramatique ?

— Tu n'as pas lu le journal ? dit Morrie en s'affalant sur la première marche, croisant les mains sur ses longues jambes. Cette petite chose a fait le tour de tous les magasins de la ville, se frayant un chemin à travers les câbles électriques et les conduits, terrifiant les clients, créant des infractions sanitaires. On dirait bien qu'elle a décidé de s'installer dans notre boutique. Je n'aime pas ça. Je n'aime pas la *vermine*.

— Une *souris* a fait les gros titres de la *Gazette d'*Argleton ?

Après avoir passé quatre ans à New York, j'avais oublié la folie de la vie villageoise.

— Pas seulement les gros titres. La première page, dit Morrie en grimaçant, en se levant et en époussetant son pantalon. Ce pantalon est contaminé. Je vais devoir le jeter alors qu'il m'a coûté 400 livres sterling.

— Tu dépenses 400 livres pour un pantalon, toi ?

Je n'avais probablement jamais vu 400 livres de ma vie.

— Oublie ce foutu pantalon. Regarde ce que tu as fait à mon magasin ! s'écria Heathcliff en croisant les bras et en regardant l'échelle, qui avait brisé un panneau de bois et avait laissé une longue éraflure le long de la balustrade.

— Ce n'est pas moi ! protesta Morrie. C'est la souris !

— Miaouuu ! hurla Grimalkin.

Mes tempes palpitaient. *Encore une journée banale à la librairie Nevermore.*

Le carillon du magasin tinta. Heathcliff fronça les sourcils lorsqu'un bruit de chaussures orthopédiques retentit, signalant l'arrivée d'un client âgé. C'était le type de clients qu'il aimait le moins, après les enfants, les milléniaux et tous les autres.

Heathcliff était le seul propriétaire de magasin que je connaissais qui souhaitait que les clients le laissent tranquille. Depuis que j'avais commencé à travailler à la Librairie Nevermore, nous avions un flux constant de clients, mais je mettais cela sur le compte du récent meurtre commis dans le rayon sociologie. Bien que la police ait résolu ce crime il y a plus d'un mois (avec un peu d'aide de la part de Heathcliff, Morrie, Quoth et moi), les villageois s'étaient toujours dirigés vers la pièce de l'étage où il avait eu lieu.

Croyez-le ou non, un meurtre au cours de ma première semaine de travail avait été jusqu'à présent le *cadet de* mes soucis. Il s'était avéré que la victime était mon ex-meilleure amie, Ashley, et comme j'avais été l'une des personnes à trouver le corps, la police avait été convaincue que c'était moi qui l'avais tuée. Heureusement, nous avions réussi à me disculper et à mettre un dangereux tueur derrière les barreaux.

Il s'avère *également* que mon nouveau patron et ses deux colocataires sont en fait les personnages de fiction Heathcliff, James Moriarty et le corbeau de Poe. Et la librairie que j'aimais depuis mon enfance n'était pas une librairie ordinaire – elle était rongée par une sorte de malédiction, possédait une collection cachée de livres occultes et une pièce qui avançait et reculait dans le temps.

Et *puis,* comme si ma vie n'était pas déjà assez folle, j'avais en quelque sorte... *couché* avec Morrie. En fait, il n'était pas vraiment question de sommeil. Il m'avait prise contre l'une des étagères du couloir avec force. Je rougis rien que d'y penser. Depuis, nous le faisions partout où nous le pouvions – dans le débarras, sur son lit parfaitement fait, sur le fauteuil de Heathcliff dans le salon. Mon corps frissonnait rien qu'en pensant aux mains de Morrie qui glissaient sur ma peau. Ma vie avait beau être insensée, elle n'avait jamais été aussi parfaite... *à l'exception* de ce petit problème non résolu qui était que je ne voulais pas être en couple avec un maître du crime, que Heathcliff m'avait embrassée et que Quoth avait déclaré avoir des sentiments pour moi et que je ne savais pas lequel choisir...

Ah oui, et je devenais aveugle. Ça aussi, c'était un problème.

Quoth s'envola pour aller saluer notre cliente pendant que

Morrie se démenait pour redresser l'échelle. Heathcliff s'attela à son bureau et glissa son corps musclé dans son fauteuil, ouvrant un livre devant lui avec un bruit sourd.

Je suppose que je vais aller aider la cliente, alors. Je me retournai pour voir qui venait de franchir la porte.

— Oh, bonjour, Mme Ellis !

Mme Ellis était la vieille dame incroyablement obscène qui avait été ma maîtresse d'école. Elle avait encouragé mon amour de la lecture, me donnant toujours des livres qui n'étaient clairement pas de mon âge, mettant généralement en scène des hommes musclés et des femmes en pâmoison, plus ou moins dénudés sur les couvertures. Elle avait pris sa retraite il y a des années et vivait désormais dans un petit appartement situé au-dessus de l'épicerie de l'autre côté de la rue, ce qui lui convenait parfaitement car elle disposait ainsi d'un point d'observation idéal pour écouter les conversations dans la rue et recueillir tous les potins du village.

— Bonjour, ma petite Mina.

Mme Ellis me serra dans ses bras de façon maternelle. Je sentis son parfum capiteux à la jacinthe et tentai de ne pas avoir de haut-le-cœur. Lorsque je m'écartai, une paire d'yeux gris et perçants croisa mon regard par-dessus l'épaule de Mme Ellis.

Ces yeux appartenaient à une femme à l'air revêche, vêtue d'un tailleur rose fuchsia, avec un sac à main et un chapeau assortis. Elle me regarda de haut en bas à travers une paire de lunettes à monture en corne.

— Ce n'est pas une tenue très appropriée pour une vendeuse, dit-elle en fronçant les sourcils et en balayant mon corps d'un regard critique.

Je lissai le devant du tee-shirt que j'avais sérigraphié la veille. On pouvait y lire :

« J'aime les gros livres et je ne suis pas mentir* », avec le O du mot GROS stratégiquement placé en biais sur ma poitrine. Morrie et Quoth avaient trouvé ça hilarant. Heathcliff ne semblait pas encore l'avoir remarqué.

— Qu'est-ce que vous voulez dire, madame ? demandai-je, toute solaire et innocente. Je ne fais que déclarer mon amour pour la littérature.

— Cela sous-entend que vous êtes sexuellement excitée par les livres, comme une sorte de *lesbienne* perverse, dit-elle en reniflant avec dédain.

— Oh non, dit Morrie du haut de l'escalier. Je peux vous assurer que c'est une grande adepte du sexe masculin.

Mme Ellis ricana et me serra la main.

— Je *savais que* tu finirais par séduire l'un de ces beaux garçons, ma chérie. Dis-moi, est-ce qu'il est long et mince là où il faut ?

Mon visage s'enflamma. *J'aimerais bien que le sol m'engloutisse, là tout de suite.*

L'autre cliente devint rouge comme une betterave. Elle aboya en direction des escaliers.

— Jeune homme, vous tenez un langage tout à fait inapproprié devant vos aînées et vous...

Sentant qu'un sermon se préparait et que la colère de Heathcliff grésillait en arrière-plan, je décidai d'intervenir.

— Madame, je suis désolée pour mon ami et mon t-shirt. Sachez que je serais ravie d'assister et de conseiller deux dames aussi charmantes que vous dans notre librairie.

Mme Ellis ricana. Son amie n'avait pas l'air aussi amusée, bien qu'elle se soit débarrassée d'une peluche invisible sur son épaule.

---

* « I like big books and I cannot lie » référence à la chanson Baby Got Back « I like big butts and I cannot lie »

— Oh, mon Dieu, où sont mes manières ? Mina, voici ma chère amie, Gladys Scarlett.

Mme Ellis rayonna et serra la main de Gladys.

— Nous faisons toutes les deux partie du comité de collecte de fonds de l'église.

— Non, moi je *préside* le comité, la corrigea Gladys Scarlett.

— Oui, bien sûr. Gladys est très impliquée dans la communauté. Elle fait partie de toutes sortes de comités, j'ai oublié lesquels.

— Enchantée, Gladys, dis-je en tendant la main et la vieille dame la serra.

Elle avait une poigne ferme.

— Moi c'est Wilhelmina Wilde. J'étais l'une des élèves de Mme Ellis...

— Wilde ? s'exclama madame Scarlett, son regard s'illuminant. Avez-vous un lien de parenté avec notre Oscar ?

— Hum, je ne pense pas.

Mon rythme cardiaque s'accéléra. Ma mère s'était enfuie de chez elle à l'âge de seize ans pour rejoindre mon père, qui l'avait abandonnée peu de temps après, alors qu'elle était enceinte de moi. Elle ne parlait toujours pas à sa famille, et je n'avais jamais rencontré aucun de ses proches.

— Je ne connais personne de ce nom...

— Non, non, non, *Oscar Wilde*, le grand écrivain et provocateur de l'époque victorienne. Nous avons étudié *Le Portrait de Dorian Gray* au club de lecture le mois dernier, n'est-ce pas, Linda ?

— Certainement. Même si je dois admettre que ce n'était pas aussi vulgaire que ce à quoi je m'attendais.

— Le choix de ce mois-ci devrait être plus à ton goût, déclara Mme Scarlett. C'est l'un des livres les plus interdits aux États-Unis depuis sa sortie en 1962 en raison de sa vulgarité et de son langage.

— Vous faites toutes les deux partie d'un club de lecture ? demandai-je, intéressée.

— Mais bien sûr ! Je suis surprise que Heathcliff ne t'en ait pas parlé, dit madame Ellis qui était occupée à parcourir les livres de la bibliothèque, probablement à la recherche d'un de ses livres préférés. Gladys dirige le Club des Livres Interdits d'Argleton depuis quinze ans.

— Le club des livres interdits ? Vous ne lisez que des livres interdits ?

L'idée m'intriguait. Heathcliff me tapa sur le pied pour que je mette fin à la conversation, mais je l'ignorai.

— Oui, c'est moi qui en ai eu l'idée. Nous pensons qu'il est important de veiller à ce que la censure continue d'être remise en question, expliqua Mme Scarlett. Chaque mois, nous choisissons un livre différent qui a été interdit d'une manière ou d'une autre, nous le lisons et nous discutons ensuite de ses mérites et de ses personnages autour d'un thé.

— Tous les mois, nous venons chercher des livres pour nos membres, expliqua madame Ellis en faisant signe à Heathcliff. M. Heathcliff est si gentil de mettre nos demandes de côté. C'est d'ailleurs pour ça que nous sommes ici, pour nos six exemplaires de *Des souris et des hommes*.

— Ne parlez pas de souris ! cria Morrie depuis l'étage.

— Il est un peu sensible en ce moment, chuchotai-je, suffisamment fort pour que Morrie l'entende. Une petite souris est rentrée dans son pantalon et ce n'est plus le même depuis.

— Ce n'était pas une petite souris. Elle était énorme, comme tout ce qui se trouve dans mon pantalon !

— Je comprends pourquoi tu te sens chez toi dans ce magasin, Mabel, souffla madame Scarlett. Jeune fille, dites-moi que vous avez les six exemplaires. Je ne supporterais pas qu'il y ait un autre problème.

Heathcliff déposa une pile de livres sur le bureau.

— Voilà. Six exemplaires en parfait état. Si vous y trouvez des crottes de souris, vous pourrez les avoir à moitié prix. Bon, est-ce qu'on peut faire avancer les choses ? C'est une librairie, pas un club social...

— De quel autre problème parlez-vous ? demandai-je en poussant Heathcliff d'un coup de coude pour m'occuper de la caisse.

— Nous avions l'habitude de nous réunir dans la salle des fêtes, mais des ouvriers travaillant sur le projet King's Copse ont perdu le contrôle de leur engin de chantier et l'ont fait passer à travers le mur, expliqua madame Ellis tandis que son regard s'illuminait. Alors évidemment, l'endroit est dans un état lamentable, et les services d'hygiène et de sécurité ne nous autorisent plus à nous y réunir.

— Nous avons demandé à utiliser la salle de l'école du dimanche, mais certains membres du comité de l'église s'y sont opposés, déclara madame Scarlett. Apparemment, notre club de lecture a une influence néfaste sur la communauté. Personnellement, je pense qu'il s'agit d'une tentative pour m'évincer de mon siège et me remplacer par cette pourriture d'Helen Ingram.

— Eh bien, c'est vrai que nous lisons des livres que l'église considère comme répréhensibles, rétorqua madame Ellis. Bien que je ne comprenne pas comment on peut s'opposer à Harry Potter. Le jeune Harry ne s'envoie jamais en l'air...

— Oui, et je ne comprends pas comment ils peuvent s'opposer à la littérature tout en soutenant ce projet hideux de développement, cela me dépasse !

— Ce projet ? demandai-je.

Je n'étais pas au courant des nouvelles d'Argleton lorsque j'étais New York. Je ne savais rien d'un projet de développement.

— Un grand promoteur urbain a acheté l'ancien bois de

King's Copse. Ils construisent un énorme lotissement derrière Argleton, dit madame Ellis en faisant une grimace. Plusieurs maisons ont déjà été construites sur la bande dégagée entre le bois et le village. C'est comme ça que la salle des fêtes a été détruite.

— Je parie qu'ils l'ont fait exprès. C'est une affaire épouvantable, ce projet de construction.

Madame Scarlett fit la moue. Elle se rapprocha et chuchota d'un air conspirateur. Je perçus une légère odeur d'ail dans son haleine.

— Mais nous allons bientôt y mettre un terme.

— Comment ?

Je tentai d'imaginer Mme Scarlett et une horde de vieilles dames redoutables en train de s'enchaîner à des arbres.

— Les promoteurs sont peut-être propriétaires du terrain, mais s'ils veulent y construire quoi que ce soit, ils devront obtenir une autorisation d'urbanisme comme tout le monde, déclara Mme Scarlett en bombant le torse. En tant que présidente du comité d'urbanisme, je n'ai pas l'intention de permettre à leurs monstruosités modernes de souiller notre pittoresque vernaculaire local. Argleton est une destination populaire pour les touristes et les habitants de la région en raison de son charme d'antan, et ce projet la menace. Je suis surprise que vous ne soyez pas plus inquiet à ce sujet, dit-elle en lançant un regard noir à Heathcliff. Ils vont faire fuir vos clients !

— Tant mieux, marmonna Heathcliff. J'espère qu'ils commenceront à construire dès demain.

— Gladys a recueilli une pétition des sympathisants de la communauté locale pour bloquer les plans jusqu'à ce qu'un projet plus conforme à notre patrimoine soit présenté. Elle est vraiment très intelligente, ajouta Mme Ellis. J'attends avec impatience la réunion de la semaine prochaine au cours de laquelle elle la présentera. Le promoteur en chef, Edward Lachlan, est plutôt séduisant.

— C'est une *crapule*, siffla madame Scarlett. Si sa femme ne faisait pas partie du club, je le ferais chasser de ce village. Mais cela ne résout pas le problème du lieu de réunion de notre club de lecture. L'un d'entre vous connaît-il des locaux à louer dans le village ? Si nous ne trouvons rien, nous devrons nous réunir chez les Lachlan, ce qui ne me convient pas.

— Pourquoi ne pas vous retrouver ici ? proposai-je.

Heathcliff écrasa mon pied avec sa botte. Je fis semblant de ne pas le remarquer.

— Oh, ce serait merveilleux ! dit madame Ellis en applaudissant à tout rompre. Comme ce serait approprié d'organiser notre club de lecture dans une vraie librairie !

Mme Scarlett renifla en passant en revue les rangées d'étagères remplies de livres, le fauteuil en cuir déchiré à côté de la fenêtre et le tatou empaillé au centre du présentoir.

— Il fait plutôt sombre ici. Il faut déjà pouvoir lire *Des souris et des hommes* pour en discuter.

J'étais d'accord. J'avais progressivement ajouté des lampes dans les pièces de l'étage afin d'éclairer les lieux pour que je puisse voir correctement, mais je n'en avais pas encore parlé à Heathcliff.

Au lieu de cela, je dis :

— Combien y a-t-il de membres dans votre club de lecture ? Vous pourriez tous tenir dans la salle d'histoire mondiale.

La Librairie Nevermore était divisée en plusieurs pièces minuscules et couloirs étroits. La salle d'histoire mondiale était le plus grand espace du rez-de-chaussée, dominée par la baie vitrée qui faisait partie d'une tourelle pentagonale située à l'angle ouest du bâtiment. Les fenêtres allant du sol au plafond et le papier peint jaune pastel conféraient à la pièce un caractère joyeux.

— C'est très joli et lumineux à l'intérieur.

— Voyons voir, dit madame Scarlett en commençant à compter sur ses doigts. Il y a nous deux, et Sylvia Blume – c'est la médium locale, une dame un peu idiote, mais qui apporte toujours une sélection de thés délicieux. Madame Lachlan, bien sûr, l'épouse du promoteur détesté. Ils vivent dans la grande maison sur la colline et se font passer pour des nantis alors qu'ils ne sont que des pouilleux de l'East End. Il y a aussi la jeune Ginny Button et ma chère amie Brenda Winstone, la cousine de Mabel, n'est-ce pas ?

— Oui, tout à fait. Une femme charmante, bien qu'elle ait épousé cet homme, Harold. Je suis heureuse qu'il ne fasse pas partie de notre club, dit madame Ellis en fronçant les sourcils. Nous serions ravis d'accueillir le club des livres interdits dans votre librairie, et j'espère que vous et le beau monsieur Heathcliff vous joindrez à nous.

— Hors de question, grogna Heathcliff en cognant une pile de livres poussiéreux sur le comptoir.

—J'en serais très heureuse, dis-je avec un grand sourire.

— Oh, comme c'est merveilleux ! s'exclama madame Ellis en tapant dans ses mains. Nous demandons toujours à Greta, à la boulangerie, de préparer des pâtisseries pour nos réunions. Elle fait les meilleurs beignets à la crème qui existent. Gladys et moi en prenons un tous les matins après notre promenade, n'est-ce pas ? Nous y passerons après avoir payé nos livres et nous nous assurerons qu'elle en ait prévu assez pour tout le monde.

— Il faudra lire le livre avant mercredi - iiiiii ! cria soudain madame Scarlett en se serrant la poitrine.

Son visage se gonfla et ses joues déjà rouges s'assombrirent.

—Une souris !

Je me retournai, juste à temps pour voir une traînée blanche parcourir le sol et disparaître derrière le bureau de Heathcliff. Il se leva d'un bond en jurant. Quoth descendit du lustre et plongea à la poursuite du rongeur. La souris disparut entre les piles de livres, mais Quoth n'était pas assez petit pour se glisser dans l'espace et il ne put s'arrêter à temps. Il s'écrasa contre l'étagère et dégringola sur le sol dans un tourbillon de plumes.

— Quoth !

Je le ramassai et le pris dans mes bras, tâtant son corps à la recherche d'os cassés.

Il cligna des yeux, lissant ses plumes tandis que je lui caressais le sommet de la tête.

Je l'ai fait exprès hein. Sa voix retentit dans mon crâne. Je m'habituais encore aux interventions télépathiques occasionnelles de Quoth lorsqu'il était sous sa forme de corbeau.

Je lui souris.

— Bon, tout va bien, tu n'as rien de cassé.

— Au secours ! Gladys ! s'écria madame Ellis.

Je me retournai. Mme Scarlett s'était mise à genoux, une main agrippée au bord du bureau de Heathcliff, l'autre serrant son ventre. Elle appuya sa tête sur son épaule et inspira profondément.

— Ça va, souffla-t-elle. Donnez-moi juste un instant.

— Gladys ne va pas très bien, dit Mme Ellis en frottant l'épaule de son amie. Les médecins pensent que c'est son cœur. Elle a des vertiges et...

— Faites place, le docteur arrive, dit Morrie en descendant les escaliers et en claquant des doigts.

Il s'agenouilla à côté de la vieille dame, la regarda dans les yeux, renifla son haleine d'ail, lui pinça le lobe de l'oreille et lui tapota les joues.

— Je vais bien, pas besoin d'en faire toute une histoire, dit madame Scarlett en saisissant l'épaule de Morrie et en se relevant. J'ai juste eu une petite frayeur.

— Cette foutue souris, jura Morrie. Vous l'avez vue, n'est-ce pas ? Ce n'était pas vraiment une souris mais plutôt un *chien féroce* ...

— Oui, bon, dit madame Scarlett en se tamponnant les joues avec son mouchoir. Je crois que nous allons y aller maintenant. Soyez gentils et assurez-vous de vous occuper de cette souris avant notre réunion.

— Tu as entendu ? grogna Heathcliff en direction de Quoth, qui s'était perché sur le haut de la caisse.

— Croac !

À SUIVRE

Vous souhaitez découvrir d'autres secrets sur la Librairie Nevermore ? Procurez-vous le livre 2, *Of Mice and Murder*, à paraître bientôt en français.

Https://books2read.com/ofmiceandmurderfrench

OBTENIR DES ÉDITIONS SPÉCIALES DE LIVRES ET DE PRODUITS DÉRIVÉSOBTENIR DES ÉDITIONS SPÉCIALES DE LIVRES ET DE PRODUITS DÉRIVÉS

Visitez la Librairie Nevermore pour découvrir des livres en édition spéciale, des produits dérivés et bien d'autres choses encore.

Vous voulez mettre la main sur des éditions spéciales dédicacées par Steffanie Holmes, des coffrets, des produits dérivés, des créations artistiques et bien d'autres choses encore ?

Visitez la librairie Nevermore pour vous procurer tous ces articles :
https://www.nevermorebookshop.co.nz/

Inscrivez-vous à la liste de diffusion de la boutique pour obtenir 10 % de réduction sur votre première commande.

À PROPOS DE L'AUTEURE

Steffanie Holmes est l'auteure de romances paranormales, fantastiques et gothiques qui donnent la chair de poule et qui ont rejoint la liste des bestsellers *USA Today*. Ses livres mettent en scène des héroïnes intelligentes et pleines d'esprit, des sociétés secrètes, des villages excentriques où rien n'est ce qu'il semble être, de vieux manoirs effrayants et des mâles alpha qui obtiennent *toujours* ce qu'ils veulent.

Légalement aveugle depuis sa naissance, Steffanie a reçu le prix Attitude 2017 pour sa réussite artistique. Elle a également été finaliste d'un prix Femmes d'Influence en 2018.

Steffanie vit en Nouvelle-Zélande avec son mari, une horde de chats acariâtres et leur collection d'épées médiévales.

NEWSLETTER DE STEFFANIE HOLMES

Obtenez un exemplaire gratuit de *Cabinet of Curiosities* - un recueil de nouvelles et de scènes bonus de Steffanie Holmes - en vous inscrivant à la Newsletter de Steffanie Holmes.

http://www.steffanieholmes.com/newsletterfrench